설화 속 동물 인간을 말하다 : 이야기 동물원

설화 속 동물 인간을 말하다 : 이야기 동물원

심우장 · 김경희 · 전주영 · 이홍우 · 조선영 지음   묀찬 그림

cum libro
책과함께

이야기 동물원 가이드 '비루' 입니다.
지금부터 다양한 동물들이 펼치는 흥미로운 이야기의 세계로 안내하겠습니다.
다른 동물들은 물론, 제가 멋지게 활약하는 모습도 보실 수 있을 거예요.
잘 부탁합니다.

매표소

양개선사에게 한 스님이 물었습니다.

"지금 막 밖에서 뱀이 개구리를 잡아먹으려는 것을 보았습니다. 구해줘야 합니까, 그냥 내버려 둬야 합니까?"

"구해준다면 대자연의 질서를 깨뜨리는 것이고, 구해주지 않는다면 한 생명을 저버리는 일이 될 것이다."

"그러면 어떻게 해야 합니까?"

"자연의 질서도 깨뜨리지 않고, 생명도 저버리지 않는 길을 택해야지."

"……"

언젠가 지하철을 기다리며 지루한 시선을 이리저리 옮기다 총천연색의 광고판 사이에 다소곳이 펼쳐진 '지하철에서 만난 풍경소리'라는 글을 본 적이 있다. '선택의 갈림길에서' 라는 제목의 이 풍경소리를 보고 한참을 생각했다. 양개선사의 말을 제대로 이해할 수 없었던 것이다. '자연의 질서도 깨뜨리지 않고, 생명도 저버리지 않는 길' 이라니? 때마침 지하철이 들어온다는 요란한 신호음이 울렸고, 고민은 거기에서 멈춰버렸다.

우리의 옛이야기 속에서도 이와 비슷한 상황을 만나볼 수 있다. 잘 알려진 〈까치의 보은〉이라는 설화다. 과거길을 떠나는 한 젊은이가 뱀에게 잡혀 고생을 하고 있는 두 마리의 까치를 보게 된다. 구해주어야 하는가, 말아야 하는가? 이야기 속에서 젊은이는 별다른 고민을 하지 않는다. 대자연의 질서보다는 생명을 구하는 일이 더 소중했던 모양이다. 보자마자 활을 쏘아서 뱀을 죽이고 까치를 구해주었다.

그런데 정작 문제는 그 다음에 생겼다. 해가 저물어 하룻밤 유숙하기 위해 산중의 작은 절을 찾은 젊은이는 아름다운 한 여인의 안내를 받게 된다. 밤이 되어 잠을 자던 젊은이가 이상한 느낌이 들어 깨어나 보니 그 여인이 큰 뱀으로 변해 자기의 몸을 감싸고 있는 것이 아닌가! 자신은 아까 젊은이가 죽인 뱀의 아내로, 원수를 갚고자 한다는 것이었다. 이쯤에서 우리는 젊은이의 선택이 결코 옳지 않았음을 알게 된다. 무시를 당한 대자연의 질서가 반격을 가하기 시작한 것이다.

생명을 구하기는 했지만 대자연의 질서를 깨뜨렸으니 벌을 받는 것은 당연한 일일지도 모르겠다. 그렇다면 까치가 뱀에게 죽도록 내버려 두었어야 하는가? 젊은이가 뱀의 아내에게 죽임을 당하는 것으로 이야기가 끝을 맺었다면 이러한 답이 자연스러우리라. 하지만 잘 알다시피 이야기의 결론은 그렇지 않다. 애걸하는 젊은이에게 뱀은 절에 있는 종이 울리면 살려주겠노라고 실현 불가능한 조건을 내걸었고, 뱀이 젊은이를 물려는 순간, 절의 종소리가 두 번 울렸다. 그러자 뱀은 스르르 도망쳐 갔다. 간신히 목숨을 건진 젊은이가 아침에 종루로 가보았더니 두 마리의 까치가 피투성이가 되어 죽어 있었다.

이야기의 마지막에서 다시 한번 '자연의 질서도 깨뜨리지 않고, 생명도 저버리지 않는 길'을 생각하게 된다. 젊은이의 행동이 새로운 문제를 일으킨 행동이었다면, 뱀의 아내가 보여준 복수의 몸짓은 그러한 문제가 악순환의 고리를 타고 끊임없이 반복되게 하는 행동이라고 할 수 있으리라. 악순환의 고리를 끊을 수 있게 했던 것은 바로 까치의 죽음이었다. 무엇을 살리기 위해 무엇을 죽이는 행위라기보다는 무엇을 살리기 위해 스스로를 죽이는 행위! 이것이 양개선사가 말한 '자연의 질서도 깨뜨리지 않고, 생명도 저버리지 않는 길'일지도 모르겠다.

양개선사가 이심전심으로 전하려 했던 그 메시지를, 사람과 동물이 어우러지는 이야기의 세계로 표현한 것이 바로 〈까치의 보은〉 이야기이다. 이렇듯 겉으로는 별반 새로운 것이 없어 보이지만 곰곰 생각해 보면 참으로 오묘해지는 것이 옛이야기의 세계다. 이야기를 통해서 전달하려는 바는 득도의 경지에 오른 선사의 말씀과 다르지 않다. 그러면서도 이야기 자체가 주는 매력이 있어서 그 여운이 오래 남는다. 우리가 이 책에서 전하려는 것은 바로 이렇게 오묘하면서도 오래도록 살아 숨 쉬는 옛이야기의 여운들이다.

특히 옛이야기 중에서도 동물과 관련된 이야기들은 그 오묘함이 더하다. 멋들어지게 펼쳐지는 동물에 대한 은유 때문이다. 빗대어 말하는 솜씨가 뛰어나면 뛰어날수록 전하려는 메시지는 강렬해지고, 이야기를 통해서 우리가 얻을 수 있는 것은 한층 다양하고 풍부해진다. 게

다가 그 속에는 옛 선인들의 동물에 대한 깊은 관심과 애정이 함께 깃들어 있다. 그 대상은 가축인 소나 개, 돼지뿐만 아니라 호랑이, 사슴, 족제비는 물론이고 이나 벼룩, 빈대, 개미와 같이 미미한 존재들까지 다양하다.

옛이야기가 보여주는 동물에 대한 관심과 애정은 곧 사람에 대한 관심과 애정으로 이어진다. 이야기에 등장하는 동물들은 자체로 동물이면서 또한 사람이기도 하다. 동물들의 행동은 그들의 생태적 특성을 그대로 반영했으면서도 실은 사람의 행동이다. 사람 사는 문제를 동물들을 등장시켜 은유적으로, 그것도 너무나 그럴싸하게 표현해내는 솜씨는 동물 이야기에서 맛볼 수 있는 최고의 진미다.

팔도 사람의 기질을 동물에 빗대어 표현한 옛 선인들의 기지는 이를 잘 보여준다. 흔히 우스개 이야기에서 함경도 사람들은 산돼지에 비유된다. 강인하고 끈질긴 성격에서 함경도 사람들과 산돼지가 닮았다는 것이다. 평안도 사람들은 이리다. 용맹하면서 담대하고 무리를 지어 단결을 잘하는 성격 때문이다. 황해도 사람들은 황소란다. 부지런하고 진득하면서도 어찌 보면 무던한 성격이 황소를 닮았다고 한다. 강원도는 곰이고, 경상도는 뱀이다. 얼핏 보면 무서운 것 같이 생겼지만 실은 선량한 성격을 지닌 강원도 사람과, 적절히 사용하면 좋은 약이 되나 그렇지 않으면 해가 되는 독을 품은 듯 거칠고 드센 성격을 지닌 경상도 사람을 그렇게 표현했다. 경기도와 충청도 사람들은 사슴이다. 외모가 준수하고 온순한 성격을 사슴으로 이해했다. 전라도는 여우다. 재주는 비상한데 침착치 못하고 교활한 데가 있다고 해서 여우에 비유했다.

사람이 사는 곳에는 항상 동물이 있다. 하지만 그 동물을 대하는 우리들의 태도는 제각각이다. 옛이야기 속 동물들은 동물원 철창에 가두어 놓은 관람용도 아니고, 쏟을 데 없는 애정을 대신 받아주는 애완용도 아니다. 굳이 이야기하면 더불어 살아가며 때론 웃음을 주고, 때론 질책을 하며, 때론 삶의 진리마저 슬쩍 일러주는 '벗'이라고나 할까? 최소한 이곳 '이야기 동물원'에서는 동물을 이렇게 보아주었으면 한다.

옛이야기 속 동물들을 한자리에 불러 모은 이야기 동물원을 거닐며, 유쾌한 친구들을 만난 것처럼 즐겁게 어울리고 많이 느껴서 흐뭇한 표정으로 이곳을 나서게 되길 바란다.

2008년 2월

저자 일동

동물 유래관

사람에게는 누구나 사연이 있습니다. 남이 듣기엔 참으로 웃기고 촌스런 별명을 갖게 된 사연, 오래된 낡은 가방을 쉬이 버리지 못하는 사연, 비 오는 날이면 술이 생각나는 사연 등등. 어쩌면 사람뿐만이 아니라 세상에 존재하는 모든 것들은 저마다의 사연을 가지고 있는 게 아닐까요.

광어의 눈이 한쪽으로 몰리고, 메뚜기의 이마가 벗겨지고, 개미의 허리가 잘록하게 된 데도 그럴듯한 나름의 사연들이 있습니다. 뻐꾸기가 한스럽게 울고 돼지가 '꿀꿀'이 아닌 '꾹꾹'이라고 울게 된 이유에도 말이지요. 이제 여기 우여곡절 많은 그들의 사연을 풀어놓으니 귀를 쫑긋하고 한번 들어볼까요?

광어의 해몽

바닷가에 가면 사람들은 으레 회 센터를 찾는다. 싱싱한 횟감을 직접 고르는 맛이 일반 횟집에서는 느낄 수 없는 재미를 주기 때문이다. 숨이 꺼지지 않아 퍼덕거리고 있는 싱싱한 횟감들을 고르다 보면 한편으로는 그네들이 좀 불쌍하게 여겨지기도 한다. 산 채로 사람들에게 잡아먹히는 그들의 운명도 그러하거니와 또한 그들의 생김새가 너무도 괴상하기 때문이다. 도대체 저것들은 전생에 무슨 죄를 졌기에 저렇게 못생긴 것일까? 특히 광어는 '비호감' 생김새로 인해 안타까움을 불러일으키는 대표적인 횟감이다. 몸뚱이는 크고 납작한 것이 유난스러운데다가 눈과 입은 왼쪽으로 한참 몰려 있고, 눈알은 밖으로 불쑥 튀어나왔으며, 입은 또 한쪽으로 비뚤어져 있어 가만히 쳐다보고 있노라면 기괴하다는 생각마저 들게 한다.

이런 광어의 생김새에 대해 의문을 가진 사람이 한두 명이 아니었던 가 보다. 이야기를 통해 생김새에 대한 유래가 오늘날까지 꾸준히 전해지는 것을 보면 말이다. 옛이야기에서는 눈이 튀어나오고 입이 비뚤어진 광어를 두고 천벌을 받았다거나 병에 걸렸다는 식으로 처리하지는 않는다. 단순히 생김새가 이상하다고 해 천벌을 받았다고 하면 광어뿐만이 아니라 못생긴 사람들에게도 실례가 될 터이고, 병에 걸렸다고 하면 사람들이 먹는 것인데 기분이 찜찜해질 것이기 때문이다.

깜찍하게도 이야기에서는 덩치로는 광어의 상대가 되지도 않는 조그마한 멸치한테 얻어맞아서 그렇게 되었다고 말해준다. 무엇에 얻어맞아서 그렇게 되었다는 것도 재미있지만, 때린 동물이 멸치라니. 이야기가 보여주는 엉뚱함은 항상 우리를 즐겁게 한다.

옛날 옛적에 바닷가에 멸치 한 마리가 살고 있었는데 그 나이가 무려 삼천 살이나 되었다. 바다에서 제일 나이가 많은 멸치가 삼천 년을 살면서 바라는 게 하나 있었으니 바로 용이 되어 승천하는 것이었다. 하지만 그렇게 간절히 원하는 소원은 쉽게 이루어지지 않았다.

하루는 멸치가 꿈을 꾸었다. 하늘로 올라갔다가 땅으로 내려왔다가 구름이 끼었다가 비가 오다가 눈이 오는 아주 괴상한 꿈이었다. 멸치는 한낮이 되었는데도 꿈 때문에 아무 일도 할 수가 없었다. 꿈에서의 일이 마치 현실인 듯 생생하게 떠올라 어떤 일도 손에 잡히지 않았다.

'내가 삼천 년을 살았어도 이런 꿈은 꿔본 적이 없는데. 참, 이거 희한하네! 이렇게 가만히 있을 게 아니라 해몽을 한번 해봐야겠다.'

멸치는 자신의 꿈을 해석해줄 만한 물고기가 없을까 곰곰 생각했다. 그런데 아무리 봐도 바다 속에는 자신보다 나이 많은 이가 없었다.

'아, 맞다! 광어가 있었지. 나이는 나보다 한참 어리지만…… 올해 팔백 살이라던가? 그래도 꿈에 관해서는 나보다 아는 게 많다. 광어에게 물어보는 것이 낫겠다.'

멸치는 이웃에 사는 새우를 불렀다.

"얘, 새우야! 너 가서 광어 좀 데리고 오너라."

"무슨 일인데요? 저 지금 바쁜데……."

"바쁘긴 뭐가 바빠? 어른이 심부름 시키면 '네, 알았습니다.' 하고 얼른 다녀와야지, 무슨 말이 그렇게 많아. 내가 급히 볼일이 있으니 얼른 가서 광어 좀 데려오너라."

새우는 기분이 언짢았지만 멸치가 하도 성화여서 어쩔 수 없었다. 아마도 멸치 영감이 늘 그렇게 노래를 부르던 승천 때문이겠거니 하고 짐작만 할 뿐이었다. 새우는 광어를 찾아 데리고 왔다.

광어는 멸치의 꿈 이야기를 듣자 얼굴이 하얗게 질렸다. 너무나 좋지 않은 꿈이었던 것이다. 광어는 안색이 변한 것을 들킬까봐 일부러 에헴, 하고 크게 헛기침을 해 보였다. 멸치는 기대에 가득 찬 눈빛으로 광어를 쳐다보았다. 광어는 그 표정이 부담스러워 고개를 슬쩍 옆으로 돌리고는 골똘히 생각하는 표정을 짓고 있었다. 온몸에서 땀이 흘렀다.

'이를 어쩐담. 이렇게 흉한 꿈을 꾸다니. 멸치 영감 성깔에 흉몽이라고 말하면 나를 가만두지 않을 텐데. 분명 영감은 혹 용 될 꿈은 아닐까 궁금해서 저런 표정을 짓고 있는 것이겠지. 멸치 주제에 용은 무슨! 그나저나 멸치 영감 성질머리 한번 고약한데 사실대로 말했다가는 저보다 내가 먼저 세상을 뜨게 될 텐데, 으흠. 안 되겠다. 멸치 영감이 그토록 듣고 싶어 하는 소리인데 한번 못해주겠어? 그래도 자기가 용이 될 거라고 굳게 믿으면 그게 또 얼마나 행복이겠어. 나도 괜히 미운 털 박힐 필요 없고.'

광어는 멸치를 보고는 빙그레 웃으면서 과장되게 무릎을 탁 쳤다.

"어허, 영감. 그 꿈 참 좋수다! 하늘에 갔다가 땅에 왔다가 하는 것은 용밖에는 할 수 없는 일이고, 비가 왔다가 눈이 왔다가 구름이 끼었다가 하는 것은 용이 부리는 조화이니, 이제 곧 영감은 용이 되어 승천할 것이외다."

이 말을 듣고 멸치는 너무도 기뻐서 꼬리를 팔랑거리며 춤을 추었다. 그리고는 온갖 맛난 음식을 장만해서 성대하게 잔치를 열었다. 특히나 해몽을 해준 광어에 대한 대접은 특별했다. 진수성찬은 모두 광어 앞에 차려놓았고, 술도 마음껏 마실 수 있게 특별히 배려해주었다.

이것을 본 새우는 심통이 났다. 힘겹게 멀리까지 가서 광어를 데리고 왔는데 멸치가 자신에게는 술을 주기는커녕 수고했다는 말조차 하지 않았기 때문이다. 광어도 아니꼽기는 마찬가지였다. 새우가 생각하기에 이 꿈은 굉장한 흉몽이었다. 자신의 할아버지도 예전에 비슷한 꿈을 꾸고는 흉몽이라며 조심했는데도 얼마 되지 않아 돌아가셨기 때문이다. 광어가 일부러 거짓말을 한 것도 아니꼽고 그것을 곧이곧대로 믿는 멸치도 한심했다. 화가 난 새우는 멸치 곁으로 가서 빈정거렸다.

"치. 흉몽을 꿔 놓고서는 잔치는 무슨 잔치람!"

"뭐, 뭐라고? 너 지금 뭐라고 그랬냐?"

멸치는 술을 들이켜다 말고 놀라서 새우에게 소리쳤다. 새우는 팔짱을 낀 채로 멸치에게 쏘아붙였다.

"그 꿈은 흉몽이라고요. 하늘에 갔다가 땅에 오는 것은 낚시에 걸려서 솟았다가 떨어지는 것이고, 구름이 낀 것은 숯불이 타서 연기가 나는 것이고, 눈이 오는 것은 소금을 뿌리는 거예요. 비가 오는 것은 냄비에 물이 부어지는 것이고!"

멸치는 입을 떡 벌리고는 말을 잇지 못했다. 멸치의 얼굴은 새파랗게 질려버렸다. 새우는 쯧쯧쯧 혀를 차며 멸치를 안쓰러운 눈으로 바라보았다. 그리고는 고개를 설레설레 저으며 멸치의 집을 나왔다.

요란하게 울리던 풍악소리도 멈추었다. 그리고 갑자기 멸치네 집 쪽에서 우당탕탕 하는 소리가 들려왔다. 놀란 새우가 멸치 집으로 다시 돌아가 보니 잔치판은 엉망이 되어 있었다.

"야, 이 나쁜 광어 놈아! 네가 감히 나를 속여?"

멸치가 소리를 고래고래 지르면서 광어를 때리고 있었다. 아니 말

광어의 눈 두 눈이 왼쪽으로 심하게 몰려 있으며, 약간 부어오른 것이 꼭 누구에게 맞아서 그리 된 것처럼 보인다.

그대로 두들겨 패고 있었다. 술에 흥건히 취해 있던 광어는 갑작스런 멸치의 공격에 미처 방어할 겨를이 없었다. 갑자기 날아온 멸치의 꼬리에 호되게 얻어맞아 광어의 두 눈은 왼쪽으로 휙 돌아가 버리고 말았다. 눈이 빠질 듯 부어올랐고 입술 또한 벌겋게 부어올랐다.

광어의 엉망이 된 몰골을 본 새우는 웃음을 참을 수가 없었다. 시뻘겋게 달아오른 얼굴로 화가 나 펄쩍펄쩍 뛰는 멸치 영감의 행태도 우습기는 마찬가지였다.

"아하하하하, 아하하하하하."

너무도 많이 웃어서일까. 새우는 그날 이후로 허리가 바싹 꼬부라졌다고 한다.

광어의 우리말 이름은 넙치다. 넙치라는 이름은 '넓다' 라는 말과 물고기 이름에 자주 붙이는 '치' 가 결합하여 이루어진 말이다. 그런데 사람들은 흔히 '넓을 광(廣)', '고기 어(魚)'를 써서 광어라고 부른다. 광어의 몸은 넓은 타원형으로 되어 있는데 눈이 있는 왼쪽은 색깔이 암갈색이고 눈이 없는 오른쪽은 백색이다. 광어의 몸길이는 보통 40센티미터 정도이고 아주 큰 경우 85센티미터에 달하는 것도 있다. 이렇게 몸집이 큰 광어는 주로 작은 어류나 새우류, 갯가재류를 먹는다고 한다. 이러한 식성으로 보았을 때, 멸치나 새우는 모두 광어의 밥인 셈이다. 먹이사슬로 보았을 때 셋 중에 광어가 가장 위쪽에 자리한다. 더 힘이 센 존재가 약자에게 얻어맞는다는 설정은 이야기만이 보여줄 수 있는 뒤집기의 묘미이다.

멸치에 관한 설정도 재미있다. 멸치는 알다시피 대체로 10센티미터 정도 길이의 작은 물고기로 수명이 1~2년밖에 안 된다. 이런 멸치가 이야기 속에서는 무려 삼천 살이나 먹었다. 몸집이 제일 작아서 힘도 제일 없을 것 같은 멸치가 삼천 살의 나이로 바다의 우두머리 행세를 한다는 설정이 흥미롭다. 더욱 재미있는 것은 멸치가 용이 되어 승천하고픈 꿈을 지녔다는 점이다. 주로 몸이 가늘고 기다란 동물이 용이 된다고 믿어지는데, 그래서 멸치도 자신의 몸매를 보며 용이 될 수 있다는 희망을 품었을지도 모른다. 하지만 희망은 희망일 뿐이다. 멸치보다 훨씬 몸집도 크면서 사람들에게 두려움의 대상이 되는 이무기도 용으로 승천하는 일이 쉽지 않은 일인데, 하물며 하찮은 멸치한테 용이란 가당키나 한 일인지. 용이 되고픈 멸치의 덧없는 욕망이 결국 이야기를 비극으로 몰고 가는 데 핵심적인 역할을 한다.

삼천 살이나 먹은 멸치가 품고 있는 꿈은 애초부터 이루어질 수 없는 것이었다. 욕망이 너무 과도하기 때문이다. 그것을 깨닫지 못하는 것 자체가 불행일 수밖에 없다. 여기에서 꿈풀이는 핵심적 역할을 한다. 승천하여 용이 되는 꿈과 낚시에 걸려서 매운탕으로 들어가는 꿈이 같을 수 있다는 점이 중요하다. 과도한 욕망은 결국 비극이 된다는 것이 이야기 속 꿈풀이가 보여주는 맛이다. 광어는 이러한 멸치의 과도한 욕망을 붙잡아 현실을 직시할 수 있도록 했어야 했다. 그러나 광어는 오히려 그러한 멸치의 욕망을 부추기며 눈앞의 난처함만을 모면하려 했다. 광어의 괴상한 생김새는 이것에 대한 징벌로도 볼 수 있다.

옛이야기 속에는 같은 꿈을 두고서 서로 다른 해석을 하는 경우가 많다. 꿈은 욕망을 반영하고 욕망은 항상 위험한 것일 수 있기 때문이다. 다음은 《삼국유사》의 〈원성대왕조元聖大王條〉에 실린 이야기이다.

> 김경신이 왕이 되기 전, 상재 김주원보다 낮은 지위에 있을 때이다. 하루는 복두를 벗고 흰 갓을 쓰고 열두 줄 가야금을 들고 천관사(天官寺) 우물 속으로 들어가는 꿈을 꾸었다. 꿈이 하도 이상해서 그는 사람을 불러 해몽을 하게 했다.
>
> "복두를 벗은 것은 관직을 잃는다는 뜻이고 가야금을 든 것은 칼을 쓸 징조입니다. 그리고 우물 속으로 들어가는 것은 감옥에 갇힌다는 뜻입니다."
>
> 이 말을 듣고 김경신은 몹시 걱정이 되었다. 방 안에 틀어박혀 여

멸치의 꿈 용이 되어 승천하고픈 소망을 갖고 있는 멸치가 있었다. 이 멸치가 하늘로 올라갔다가 땅으로 내려왔다가 구름이 끼었다가 비가 오다가 눈이 오는 꿈을 꾸었다면, 과연 이 꿈은 뭘까.

러 날 나오지 않았다. 찾아오는 사람들도 모두 그냥 돌려보냈다. 어느 날 아찬(阿湌) 여삼(餘三)이 이러한 행동을 이상히 여기며 김경신을 찾아왔다. 이번에도 역시나 김경신은 병을 핑계대면서 그냥 돌아가라고 하였다. 아찬이 여러 번 청하자 김경신은 마지못해 이를 허락하였다. 아찬이 김경신의 기색을 살펴보니 며칠 잠을 못잔 듯 얼굴이 창백하고 핼쑥해져 있었다.

"무슨 일 때문에 이렇게 병이 나셨습니까?"

아찬의 물음에 김경신은 꿈에 대해 자세히 말했다. 아찬은 조용히 꿈 내용을 듣더니 갑자기 일어나서 절을 했다.

"이는 굉장히 좋은 꿈입니다. 복두를 벗은 것은 위에 앉는 이가 없다는 것이요, 흰 갓을 쓴 것은 면류관을 쓸 징조입니다. 열두 줄 가야금을 든 것은 12대손이 왕위를 이어받을 것이란 뜻이요, 천관사 우물에 들어간 것은 궁궐에 들어갈 상서로운 징조입니다."

그러나 김경신은 의심스러운 표정으로 물었다.

"내 윗자리에 주원이 있는데 내가 어떻게 왕이 될 수가 있단 말이오?"

이에 아찬이 대답했다.

"비밀스럽게 북천신(北川神)에게 제사지내면 좋을 것입니다."

김경신은 고개를 끄덕이며 아찬이 시키는 대로 했다. 이렇게 북천신에게 제사를 올린 지 얼마 되지 않아 선덕왕이 세상을 떠났다. 나라 사람들은 김주원을 궁으로 맞아들여 왕으로 삼고자 했다. 북천 북쪽에 살던 김주원이 채비를 하고 궁으로 오려고 하였는데 떠나려는 날 아침 갑자기 비가 내려 냇물이 불어서 북천을 건널 수가 없었다. 이에 김경신이 먼저 궁에 들어가 왕위에 오르게 되니, 이가 바로 원성대왕이었다.

그 꿈을 꾼 사람이 어떠한 인품을 가진 인물이냐에 따라서 그 해석이 달라지기도 한다. 멸치는 자신의 수명을 훨씬 넘어서 오래 살았고 그 때문에 나름대로 권위도 지니고 있었다. 더 이상 바랄 것이 없어 보이는데도, 그것에 만족하지 못하고 용이 되어 승천하고픈 꿈을 꾸었다. 이렇게 욕심 많은 멸치였기 때문에 이 꿈은 처음부터 길몽일 수가 없었다. 하지만 원성대왕 이야기에서는 아찬 여삼이 꿈을 좋은 쪽으로 재해석하여 의기소침해진 원성대왕이 용기를 지닐 수 있도록 하였다. 광어가 자신의 이익을 위해 거짓으로 꿈을 해석하여 그렇지 않아도 오만한 멸치가 더욱 기고만장해지도록 만들었던 것과는 상반된다. 이처럼 용기를 잃은 사람에게는 좋은 말을 해주어서 기를 살리고, 오만한 사람에게는 충고의 말을 해서 그 잘못을 깨닫고 조심하도록 해야 하는 것이 꿈풀이의 진정한 역할이다.

그런데 이 이야기가 광어의 잘못된 행동과 징벌에만 초점을 맞추었다고 보는 것 역시 올바른 이해는 아니다. 광어가 당하는 모습을 보고서 웃어댄 새우도 벌을 받는다. 남이 잘못되는 것을 오히려 통쾌해하던 새우는 평생 구부러진 허리로 살아가게 된다. 아첨과 아부가 사회생활을 잘해나가는 첩경이라고 생각하는 우리는 모두 눈이 비뚤어져 있고, 튀어 나와 있는 광어일지도 모르겠다. 또한 남이 잘되는 꼴을 보지 못하고, 잘나가던 사람이 나락으로 떨어지면 통쾌해하는 우리는 허리가 구부러진 새우일지도 모르겠다.

지금도 여전히 광어는 왼쪽으로 눈이 몰려 툭 튀어나와 있고 입은 비뚤어져서, 어시장 갑판 위에서 파닥거리고 있다.

원래 대부분의 공연은 뒤풀이가 더 흥겹고, 모임에서도 뒷담화가 감칠맛이 나는 법이다. 이야기 또한 본 이야기 외에 덧붙여진 이야기에 숨은 재미가 쏠쏠한 경우가 많다. 멸치가 잔치를 열었을 때, 멸치네 집에 초대를 받아 간 어패류가 한둘이 아니었던 모양이다.

자신이 꾼 꿈이 용이 되는 것인 줄 알고 기뻐했던 멸치는 그것이 사실 정반대의 의미였다는 것을 깨닫고는 있는 화 없는 화 할 것 없이 성질을 부렸다. 성질 고약한 멸치는 광어에게 뿐만 아니라 초대한 손님 모두에게 화풀이를 해댔다. 그래서 그날 온갖 물고기들이 병신이 되었다는 후문이다.

멸치가 정신없이 광어를 패고 있을 때 마침 옆에 있던 도다리는 흥분한 멸치가 휘두른 꼬리에 오른쪽으로 눈이 틀어졌으며 이 광경을

병어의 입 병어는 다른 물고기에 비해서 입이 무척 짧고 뭉툭한 것이 특징이다. 멸치의 필살기인 휘두르기에 당했음 직하다.

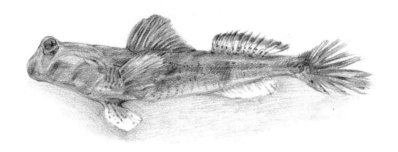

망둥어의 가슴 망둥어는 유난히 톡 튀어나온 눈과 부풀어 오른 가슴 부분이 인상적이다. 꼭 무엇에 놀라서 눈이 휘둥그렇고 가슴이 콩닥콩닥하는 것처럼 보일 수 있겠다.

본 오징어는 눈이 다칠까봐 다리에 감추어 숨긴 것이 지금에 이르렀다. 메기 역시 도망가다가 멸치에게 밟혀서 입이 납작하게 되었고, 병어도 멸치의 필살기, 꼬리 휘두르기에 맞아 입이 짧고 둔한 모양이 되었다. 그때 하도 놀란 망둥이 가슴은 아직까지도 콩닥콩닥 뛰고 있으며, 여기저기 참견하기 좋아하던 갈치는 뒤늦게야 멸치네 집에서 싸움 났다는 소문을 듣고 찾아갔다가 다른 물고기들이 밀치고 도망가고 하는 바람에 몸이 쭉 길어졌다고 한다.

메뚜기, 꿩, 참새,
그들만의 사연

기린은 목이 길고, 코끼리는 코가 손이고, 토끼는 유난히 긴 귀를 가졌고, 돼지는 뭉뚝하게 앞으로 튀어나온 못생긴 코를 가졌다. 낙타는 등에 혹이 나 있고, 캥거루는 배에 주머니가 있으며, 원숭이는 엉덩이가 빨갛다. 우리가 동물들을 대할 때는 대개 이런 식으로 그 동물의 특징적인 면을 포착하여 그것을 중심으로 이해하곤 한다. 곤충들도 마찬가지다. 나비는 우아하고 아름다운 두 날개가 특징적이고 사슴벌레는 무시무시하게 생긴 집게가 특징적이다. 개미는 당연히 허리다. '개미허리'라는 말이 사전에 올라와 있을 정도로 개미는 그

메뚜기의 이마 커다란 눈 뒤쪽으로 미끈하게 넘어간 메뚜기의 이마를 보고 선인들은 '벗어진 이마' 라 생각했다.

가느다란 허리로 유명세를 치른다.

그렇다면 메뚜기는 무엇이 특징일까? 일단 풀쩍풀쩍 뛰는 품새가 멋져 보이니 길게 쭉 뻗은 다리에 관심이 모아질 만하다. 그것이 아니라면 풀빛과 같은 메뚜기의 보호색에 주의를 기울일 필요가 있다. 풀빛이 계절마다 바뀌는 것에 맞춰, 연초록에서 갈색으로 몸빛을 바꾸는 동물이 어디 흔한가. 하지만 선인들은 메뚜기의 이런 면에는 별 관심이 없었던 모양이다. 메뚜기가 주목받은 것은 자랑할 만한 길고 가늘게 잘 뻗은 뒷다리도 아니고, 여름이면 초록으로 가을이면 갈색으로 변하는 몸 색깔도 아닌, 바로 이마였다.

작은 메뚜기에게 이마라는 게 있을까 싶지만, 찬찬히 살펴보면 커다란 눈 뒤쪽으로 이마라고 할 만한 곳이 반원을 그리며 미끈하게 넘어가 있는 것을 볼 수 있다. 거기다 머리카락이랄 것도 없고 보니 꼭 이마가 뒤로 훌러덩 벗어진 것처럼 느껴질 만도 하다. 이런 이유로 옛 선인들은 메뚜기의 두드러진 특징으로 벗어진 이마를 생각했던 것이다. 그리고 거기에 이야기를 덧붙여 놓았다. 메뚜기 이마가 시원스럽게 벗어진 이유에 관한 이야기 말이다.

언뜻 보면 그다지 어울릴 법하지 않은 세 친구가 있었다. 메뚜기와 물총새 그리고 개미. 이 셋은 세상에 둘도 없는 단짝 친구들이었다. 하루는 개미가 친구들에게 한턱낼 테니 냇가로 놀러가자고 제안했다. 냇가에 모인 친구들을 보며 개미는 "잠깐만 기다려봐. 내 맛있는 음식을 구해올 테니." 하곤 저쪽에서 새참을 지고 걸어오고 있는 아주머니를 향해 갔다. 개미가 다가갔을 때, 마침 아주머니는 소변이 급해 바구니를 채 내려놓지도 못하고 대충 풀숲에 앉아 용변을 보고 있었다. 개미는 다리를 타고 슬금슬금 기어 올라가 아주머니의 볼일 보는 엉덩이를 깨물었다.

"아이고, 따가워라."

개미가 물자 깜짝 놀란 아주머니는 머리에 새참바구니를 이고 있는 것도 잊은 채 벌떡 일어나는 바람에 음식들이 모두 쏟아져 버렸다. 쏟아진 음식은 못쓰게 되었으니 할 수 없이 아주머니는 다시 새참을 가지러 떠났다. 그러자 개미가 친구들을 불렀다.

"얘들아, 이리 와. 이건 내가 쏘는 거야."

개미 덕에 포식을 한 친구들은 그날 냇가에서 즐겁게 놀았다. 집으로 오는 길, 물총새는 친구들에게 말했다.

"내일은 내가 한턱낼 테니까 오늘 놀았던 개울 밑에 있는 바위 위로 와라, 애들아."

물총새의 말대로 다음날 셋은 개울 밑 널찍한 바위 위에 모였다. 신나게 놀다가 지쳐 배가 고플 때쯤 되자 물총새가 물속으로 첨벙 자맥질을 하더니 물고기를 물고 날아올랐다가 바위 위로 휙 던져 기절시켰다. 그렇게 몇 번 하자 바위 위는 물고기로 수북해졌다. 셋은 그날 물고기를 배터지도록 먹고 종일토록 물가에서 놀았다.

그날 집으로 돌아오는 길, 메뚜기는 고민이 됐다.

'다들 한턱씩 냈으니 가만있을 수도 없고, 이를 어쩐다. 나는 별 재주도 없는데……. 할 수 없다. 일단은 내일 모이라고 해야지.'

"애들아, 다들 한턱씩 냈는데 나도 내야지. 내일은 내가 먹을거리를 준비할 테니까 오늘 놀았던 장소에서 보자."

물총새와 개미는 기뻐하며 내일을 약속하고 헤어졌다.

다음날, 바위 위에 세 친구들이 모였다. 메뚜기는 물총새가 어제 고기 잡았던 것을 떠올리며 '물고기 잡는 게 참 쉬워보였단 말이야. 나도 그렇게 해야겠다.' 하고는 고기가 많은 물웅덩이 쪽으로 뛰어들었다. 그런데 이게 웬 떡이냐 싶게 처다보던 큰 물고기 한 마리가 날름 메뚜기를 삼켜버렸다. 물고기 뱃속에 통째로 들어간 메뚜기가 놀라기도 하고 두렵기도 해서 그 안에서 쿵쿵거리고 뛰며 생난리를 치자 이에 놀란 물고기가 수면 위로 펄쩍펄쩍 뛰어올랐다. 이 광경을 지켜보던 친구들은 어쩔 줄을 몰랐다.

마침내 물총새가 날아올라 메뚜기를 삼킨 물고기를 잡아 바위 위로 내리쳐서 기절시켰다. 그리고는 부리로 쪼아 뱃속에 있던 메뚜기를 간신히 끄집어냈다. 천신만고 끝에 살아난 메뚜기는 그러나 전혀 고마워하는 눈치가 아니었다.

"어이쿠, 갑갑해서 혼났네. 내가 뱃속에 들어가 얘를 잡느라고 얼마나 힘들었는지 아니? 자, 다들 먹자고."

메뚜기는 물고기 뱃속이 더워서 얼굴이 벌겋게 익은 상태였다. 친구들 앞에서 겸연쩍은 표정으로 이마를 한번 쓰윽 닦았는데 그만 이마가 홀러덩 벗겨져 버렸다. 물총새는 메뚜기가 하는 말이 어이가 없고 아니꼬워서 입을 삐죽삐죽거렸다. 고맙다는 말은커녕 물고기를 잡느라 힘들었다니. 뻔뻔한 메뚜기의 말에 저도 모르게 주둥이가 닷발은 나와 버렸던 것이다. 너무 입을 내밀었던 탓인지 물총새의 부리는 이 날로 들어갈 줄 모르고 삐죽하게 길어져 버렸다. 심통이 나서 주둥이가 이만큼이나 나와 있는 물총새와 물고기 뱃속에 있다 얼굴이 익어버려 이마가 벗겨졌는데도 아랑곳하지 않고 뻔뻔한 말을 늘어놓는 메뚜기를 바라보면서 개미는 허리가 끊어질 정도로 웃다가 그때부터 허리가 잘록해졌다고 한다.

이것이 개미의 허리가 잘록해지고 물총새의 입이 삐죽해진 까닭이자, 더불어 메뚜기의 이마가 벗겨진 사연이다. 겉으로 보기엔 전혀 연관성이 없어 보이는 각기 다른 동물의 생김새를 이렇게 한 이야기로 묶어서 재미있게 풀어냈다. 물론 그 속에서 단연 재미를 더해주는 것이 메뚜기의 벗겨진 이마에 대한 사연이다. 허풍스럽다고 할까, 아니면 촐싹댄다고 해야 하나, 어찌 보면 능청스럽고 어찌 보면 뻔뻔하기

단짝 친구 물총새와 개미와 메뚜기 언뜻 보면 그다지 어울릴 법하지 않은 이 세 동물들이 옛이야기 속에서는 둘도 없는 단짝 친구란다.

도 한 메뚜기의 거드름이 벗어진 이마와 오버랩 되면서 어이없는 웃음을 불러일으키기 때문일 것이다.

메뚜기의 트레이드마크가 벗어진 이마라는 사실은 다음 이야기에서도 재미있게 엮이고 있다. 작은 곤충에 불과한 메뚜기를 사람과 대등하게 내세워 이야기를 엮은 것도 재미있지만, 벗어진 이마를 가진 메뚜기에게 망건을 쓰게 하는 설정이 참 기발하다고 하겠다.

> 어떤 사람이 길을 가다가 들으니 어디선가, "에헤, 부아 난다. 에헤, 부아 난다."는 소리가 들려왔다. 풀숲을 자세히 들여다보니 메뚜기란 놈이 뭔가를 들고 낑낑거리며 얼굴을 붉히고 있었다. 뭣 때문에 그런가 하고 쳐다보니, 메뚜기가 장에 가려고 망건을 쓰는데, 이마가 벗어져서 망건이 제대로 써지지 않자 혼자서 화를 내고 있었던 것이다.
>
> "에헤, 부아 난다. 에헤, 부아 난다."

자, 이번에는 관심을 꿩의 사연으로 돌려보자. 옛이야기 속 꿩 또한 메뚜기 못지않은 사연을 지녔다. 메뚜기에게 벗어진 이마가 있었다면 꿩에게는 또 무엇이 있을까? 우선 멋들어지게 뻗어 있는 알록달록한 꽁지가 눈에 들어온다. 모자에 꿩 꽁지깃을 멋지게 장식하고서 말을 타고 사냥을 하는 사람을 옛 벽화나 그림에서 종종 볼 수 있었다. 하지만 옛이야기에서 주목한 꿩의 특징은 의외로 다른 것이다.

눈치 없는 암꿩과 장난기 많기로 유명한 수꿩이 살고 있었다. 추운 겨울 이들 부부에게 고난이 닥쳐왔다. 양식이 똑 떨어진 것이다. 할 수 없이 암꿩이 부자로 소문난 쥐의 집을 찾아갔다.

"이보오, 쥐씨, 쥐씨!" 하고 불렀더니 쥐는 암꿩이 쥐씨라고 부르는 게 아니꼬워서 "쥐씨 안계시다."라며 대답하며 문을 열어주지 않았다. 허탕을 치고 돌아온 암꿩을 보며, 수꿩은 "양식 꾸러간 사람이 그렇게 불러서야 되나?" 하곤 쥐의 집으로 갔다. "쥐선생, 넓고 높은 광청을 자유자재로 오르내리는 쥐선생 계십니까." 수꿩이 쥐를 부르니 "이거 꿩님 아니십니까?"라며 쥐가 반갑게 문을 열어주었다.

쥐를 만난 수꿩은 사정 설명을 하며 양식을 꿔달라고 청했다. "아유, 걱정을 마세요. 내 당장 꿔드리다. 그나저나 우리 집에 오셨으니 수제비라도 드시고 가세요. 내 금방 만들어 드리겠습니다." 하고는 밀가루 반죽을 하기 시작했다. 수꿩은 도와줄 것이 없냐고 물었고, 쥐는 불 좀 때달라고 부탁했다. 수꿩이 불을 지피고 있는데 가랑이 사이로 쥐의 거시기가 보였다. 그것도 물건이라고 그 작은 물건을 달랑달랑거리며 밀가루 반죽하는 모습이 영 우스웠다.

장난기가 발동한 수꿩은 슬그머니 다가가 실룩거리는 물건에 부지깽이를 확 갖다댔다. 그러자 깜짝 놀란 쥐가 뜨거워서 펄쩍펄쩍 뛰고 죽겠다고 난리였다.

"이놈의 꿩이, 내가 양식도 꿔주고, 수제비까지 해먹이려고 했는데 은혜를 원수로 갚아!"

쥐는 반죽을 하던 손으로 수꿩의 모가지를 붙잡고 늘어졌다. 수꿩은 순식간에 일어난 일이라 도망갈 틈도 없이 붙잡혀 버둥댔다. 쥐는 화가 나서 꿩의 따귀를 연거푸 때렸다. 뺨을 수차례 맞은 꿩은 하도 얼얼해서 정신을 못 차릴 정도였다. 그때부터 밀가루 반죽하던 쥐의 손에 붙잡혔던 꿩의 목에는 하얀 줄이 생기게 되었고, 그때 하도 얻어맞아서 꿩의 볼은 시퍼렇게 멍이 들었고 눈은 시뻘겋게 달아올랐다고 한다.

꿩 목의 흰 띠 이야기에서처럼 목 둘레에 있는 흰 띠, 시퍼런 볼과 새빨간 눈은 수꿩만의 특징이다.

그러고 보니 꿩의 목둘레에 있는 고리 모양의 흰색 띠가 확실히 눈에 들어온다. 그리고 그 위로 시퍼런 볼과 새빨간 눈 주위가 뚜렷이 눈에 띈다. 더욱 더 재미있는 것은 이러한 색깔이 장끼라 불리는 수꿩에게만 보이고 까투리라 불리는 암꿩에게는 보이지 않는다는 사실이다. 그러니까 흰색 띠나 파란 볼, 빨간 눈은 일반적인 꿩의 특징이 아니라, 수더분해 보이는 암꿩에 비해서 무척 화려한 색감을 자랑하는 수꿩의 특징이라는 것인데, 이야기의 설정과 딱 들어맞는 대목이다.

이왕 새의 생김새의 유래에 대한 이야기가 나온 김에 참새에 대해서도 살펴봐야 할 것 같다. 소리로 친다면야 '짹짹짹' 하는 울음소리가 특징적이라고 할 수 있겠지만 참새의 생김새로는 특별할 것이 없어 보인다. 그저 흔해빠진 좀 작은 새의 하나로밖에는 안 보인다. 옛이야기에서는 이 참새의 특징을 그 걸음새에서 찾았다.

　　옛날에 가을 추수를 한 뒤 사람들이 하늘에 제사를 지내기 위해 떡을 만들었다. 그런데 어디서 파리 한 놈이 날아와 제사상에 차려놓은 떡 위에 떡하니 앉아 있었다. 사람들은 이것을 보고 하느님에게 고했다.

　　"하느님, 파리란 놈이 하느님이 드시기 전에 지가 먼저 먹고 있습니다. 어떻게 하면 좋을까요?"

　　하느님이 이 말을 듣고 당장 파리를 잡아 들여 호통을 쳤다.

　　"너는 어째서 나한테 바친 떡을 네가 먼저 먹느냐?"

　　그러자 파리란 놈이 억울하다는 듯이 대답했다.

　　"나보다 먼저 먹은 놈은 혼내지 않고 왜 나만 혼내려 합니까?"

　　"너보다 먼저 먹은 놈이 누구냐?"

　　"참새는 곡식이 여물기 전부터 곡식을 쪼아 먹지 않습니까?"

　　듣고 보니 그럴듯해서 하느님은 참새를 잡아다가 매를 때렸다.

　　종아리에 매를 일만 팔천구백팔십칠 대를 맞은 참새는 다리가 아파서 제대로 걸어 다니지 못하고 볼독볼독 뛰어 다니게 되었다고 한다.

　　생각해보니, 참새가 또박또박 걸어 다니는 모습을 본 적이 없었던 것 같다. 항상 두 다리를 모으고서 풀쩍풀쩍 뛰어 다니다가 인기척이라도 나는 듯 싶으면 훌쩍 날아가 버리곤 했었다. 보잘것없는 참새의 걸음새에서 특징을 잡아내 이렇게 흥미로운 이야기를 만들어냈으니,

옛이야기가 보여주는 관찰력이며 구성력은 나무랄 데가 없다. 생각하면 생각할수록 참 재미있는 사연들이다.

파리는 어찌 되었을까? 참새보다야 많이 맞지는 않았겠지만 그도 또한 죄를 지었으니 꽤 많이 맞았을 것이다. 그런데 파리는 종아리가 아닌 손바닥을 맞았다는 후문이다. 그래서 지금도 그때 맞은 손바닥이 아파서 계속 비비고 있다나 뭐라나……

메추리알로 우리에게 잘 알려진 메추리라는 새는 꽁지가 거의 없는 새로 유명하다. 정말 너무 서운할 정도로 꼬리 부분이 뭉뚝하게 끝나버렸다. 메추리의 꽁지깃이 없어지게 된 사연은 또 어떤 것일까?

배가 고파 먹이를 찾던 여우가 우연히 메추리를 잡게 되었다. 그런데 메추리가 여우에게 의외의 제안을 내놓는다.

"여우님! 저를 먹어봐야 한 입감밖에 안 됩니다. 저를 살려주신다면 제가 오늘 배불리 먹게 해드리고 좋은 구경을 할 수 있게 해드리겠습니다."

배불리 먹을 수 있다는 말에 솔깃해진 여우는 메추리의 제안을 받아들였다.

때마침 밥 광주리를 이고 논으로 나가는 아낙네 앞으로 메추리가 날아갔다. 닿을락말락한 거리에서 앉았다가 폴짝폴짝 날아오르곤 하기를 여러 번 반복하였다. 조금만 어찌하면 메추리를 잡을 수도 있을 것 같다고 생각한 아낙네는 밥 광주리를 내려놓고 본격적으로 메추리를 잡기 시작했다. 메추리는 아낙네를 멀리로 유도했고 그 사이 여우는 광주리에 있는 밥을 맛있게 훔쳐 먹을 수 있었다.

메추리는 이번에는 우스운 꼴을 보여준다면서 자기를 따라오라고 했다. 길가에 앉아 쉬고 있는 옹기 짐을 진 옹기장사에게 다가간 메추리는 이쪽저쪽에 앉았다 날아오르면서 옹기장사를 유혹하기 시작했다. 어찌하면 잡을 수도 있을 것 같아 작대기로 이리저리 휘젓다가 옹기에 앉았다 날아가는 메추리를 보고 작대기를 힘껏 내리쳤다가 그만 옹기를 몽땅 깨뜨리고 말았다. 이를 본 여우가 재미있다면서 박장대소를 하였다.

메추리는 마지막으로 아프면서도 서러운 꼴을 보여준다고 여우더러 저기 무덤가에 조용히 누워 있으라고 했다. 메추리를 믿게 된 여우는 군소리 없이 시키는 대로 했다. 이때 마침 장례를 마치고 돌아오는 상주 일행이 있어 무덤가에 누워 있는 여우를 보고는 짚고 있던 지팡이로 여우를 흠씬 두들겨 패주었다. 어찌나 아프고 서럽던지 눈물을 주룩주룩 흘리던

메추리 꽁지 〈추순도秋鶉圖〉이다. 메추리는 서운할 정도로 뭉뚝한 꽁지를 가졌다. 작자 미상, 순천대 박물관 소장.

여우는, 이 광경을 고소해 하면서 웃고 있느라 잠깐 방심한 메추리를 재빠르게 낚아챘다. 화들짝 놀란 메추리는 재빠르게 날아올라 간신히 잡히지 않을 수 있었지만, 꽁지의 깃은 여우의 손아귀에 들어가고 난 다음이었다.

메추리에게 꽁지깃이 없게 된 것은 이때의 일 때문이라고 한다.

떡국 떡국 개개개개

닭장 속에는 암탉이, 꼬꼬댁 / 문간 옆에는 거위가, 꽥꽥

배나무 밑엔 염소가, 음매 / 외양간에는 송아지, 음매

깊은 산속엔 뻐꾸기, 뻐꾹 / 높은 하늘엔 종달새, 호르르

부뚜막 위엔 고양이, 야옹 / 마루 밑에는 강아지, 멍멍

어렸을 때 누구나 한번쯤은 불러본 국민 동요 〈동물 농장〉이다. 동물 소리를 흉내 낼 때면 마치 자기가 그 동물인 양 목청껏 노래를 했던 기억이 생생하다. 어찌 보면 최초로 성대모사를 시도한 셈

이기도 한데, 그때는 다양한 동물 소리가 마냥 재미있고 신기한 시절이었다.

그런데 옛 선인들은 동물 소리를 흉내 내는 데만 그치지 않고, 한 걸음 더 나아가 그러한 동물 소리가 어떻게 생겨났는지 일상생활에서 흔히 접할 수 있는 비슷한 말과 연관 지어 생각하곤 하였다. 동물은 항상 함께 생활하는 존재였기에 그 소리 역시 친밀했던 것이다.

뻐꾸기 소리를 예로 들어보면, 우리가 흔히 알고 있듯이 '뻐꾹뻐꾹' 하고 우는 것이 아니라 '떡국 떡국' 하고 우는 것이란다. 글로 적으면 전혀 다른 말 같지만 실제 발음해보면 두 말은 참 비슷하다. 좀 더 자세히 뻐꾸기 소리를 들어보면 '떡국 떡국, 개개개개' 하고 운다고도 한다. 뻐꾸기 울음소리 사이에 존재하는 여음까지 잡아낸 것이다. 그리고는 여기에 이야기를 덧붙였으니 한번 들어보시라.

옛날에 박고개 아래에 한 홀아비가 심성 곱기로 소문난 달미라는 딸과 함께 살고 있었다. 달미네 부녀는 비록 가난하지만 오순도순 즐겁게 살았는데 다만 걱정이라면 열심히 일해도 매년 늘어만 가는 빚이었다. 달미네가 소작하는 땅주인이 어찌나 고약한지 소작료가 추수한 것의 배가 넘을 정도였기 때문이다.

하루는 주인이 달미네 집에 들이닥쳤다.

"남의 땅을 빌려 농사를 지었으면 소작료를 제대로 내야 할 것 아니야. 지금 쌓인 빚이 얼마나 되는지 알기나 해?"

달미 아버지는 다그치는 주인에게 계속해서 머리를 숙이며 조금만 더 기간을 연장해달라고 간청했다.

"지금 무슨 소리를 하는 거야? 돈을 갚을 능력이 없으면 몸으로라도 때워야지……. 보아하니, 자네 딸이 쓸 만하니 빚 대신 데려가 종으로 쓰면 되겠군."

달미와 달미 아버지는 주인의 바짓가랑이를 붙잡으며 애원해봤지만 아무 소용이 없었다. 오히려 종들에게 매질만 당한 뒤 부녀는 생이별을 할 수밖에 없었다.

그렇게 억지로 주인집에 끌려온 달미는 온갖 구박과 천대를 받으며 하루하루를 근근이 버텨 나갔다. 그러던 어느 날, 주인내외가 나들이를 간다고 아침부터 난리법석을 떨었다.

"우린 잠시 나들이 좀 다녀올 테니 나 없다고 집안일 게으름 부릴 생각은 눈곱만치도 하지 마라. 다녀와서 모두 확인할 테니까. 그리고 오늘 저녁으론 떡국이 먹고 싶으니 저기 꺼내놓은 가래떡으로 떡국좀 맛있게 끓여 놔라. 떡국에 손 댈 생각은 애당초 말고."

인색하고 모질기로는 남편 못지않은 안방마님은 집을 나서며 달미에게 일렀다. 달미는 하루 종일 집안일로 종종걸음을 치다가 저녁 때 안방마님의 분부대로 떡국을 끓였다. 종일 찬밥 한 덩이밖에 먹은 게 없는 달미는 김이 모락모락 나는 떡국을 보고 있으니 침이 꼴깍 절로 넘어갔다.

'맛있겠다. 딱 한 숟가락만이라도 먹어봤으면……. 떡국을 보니 아버지 생각이 오늘따라 더 나네. 우리 아버지도 떡국 참 좋아하셨는데. 지금쯤 저녁진지는 드셨을라나.'

달미는 혼자 계실 아버지 생각에 눈물이 났다. 잠시 앉아 아버지 생각에 잠겨 있던 달미는 새벽부터 일하느라 힘들었던 탓에 고단함이 밀려와 이내 잠이 들고 말았다. 그런데 하필 그때 개가 부엌에 들어왔다. 배가 고팠던 개는 부뚜막 위에 있던 떡국을 보고는 웬 떡이냐 싶어 흔적도 없이 모두 먹어 치워버렸다.

얼마쯤 지나자 잠에서 깬 달미는 부뚜막 위를 보았다. 그런데 분명히 그 자리에 두었던 떡국이 흔적도 없이 사라진 것이 아닌가. 기가 막힐 노릇이었다.

달미가 발을 동동 구르며 어쩔 줄 몰라 하고 있는 사이, 마침 대문에서 주인 내외가 들어오는 소리가 들렸다. 돌아온 주인 내외가 떡국을 찾았지만 달미는 대령할 수가 없었다. 잠시 졸았다 눈을 뜨니 만들어 놓은 떡국이 갑자기 없어졌다고 사실대로 말했지만, 주인 내외가 달미의 말을 믿을 리 없었다.

"네가 떡국을 다 먹고 그렇게 시치미를 떼면 우리가 모를 줄 아느냐. 어디서 말도 안 되는 거짓말까지 하는 게냐."

아무리 사정을 이야기해도 소용이 없었다. 화가 난 주인은 달미에게 매질을 했다. 평소에 잘 먹지도 못 하고 일만 해서 몸이 약해진 달미가 독이 오를 대로 오른 주인의 매를 온전히 견뎌낼 리 없었다. 달미는 매를 맞다 정신을 잃어버렸다. 그런 달미를 주인 내외는 마당에 내팽개쳐 두고 방으로 들어가 버렸다. 밤이 되어 겨우 정신을 차린 달미는 죽기 전에 아버지를 보고 싶다는 생각에 주인집을 도망쳤다. 저 멀리 박고개가 보였다.

'박고개만 넘으면 아버지를 만날 수 있어. 조금만, 조금만 더…….'

그러나 박고개 근처에 다다른 달미는 지쳐 쓰러지고 만다. 그리고 아버지를 끝끝내 보지 못한 채 영원히 일어나지 못했다.

이듬해 초여름, 달미가 죽은 자리 근처 밤나무에 새 한 마리가 날아와 울기 시작했다.

"떡국, 떡국, 개개개개……."

그랬다. 뻐꾸기는 원래 '뻐꾹뻐꾹' 하고 운 것이 아니라, '떡국 떡국, 개개개개' 하고 울었던 것이다. 달미의 죽음에는 떡국도 관계가 있지만, 직접적인 원인은 바로 '개'이다. 그래서인지 달미는 죽어서도 '떡국'과 함께 그것을 훔쳐 먹은 '개'를 원망하며 진범을 밝히려는 듯 '떡국 떡국, 개개개개' 하고 울게 된 것이다. 그런데 이를 개의 입장에서 보면 모든 뻐꾸기의 입에 평생 오르내릴 만큼 그렇게 커다란 잘못을 한 것도 아니다. 그저 떡국이 보였고 배가 고파 먹었을 뿐인데, 무슨 철천지원수라도 되는 양, 울어대는 모양이 그리 달갑지는 않았으리라. 그래서 이래저래 뻐꾸기와 개는 앙숙이 될 수밖에 없었나 보다. 민간 속설에 화장실에서 일을 보다가 뻐꾸기 소리를 들으면 재앙을 맞게 된다고 한다. 이때 뻐꾸기 울음소리가 들려온 쪽을 향해 개 짖는 소리를 세 번 내면 재앙을 면할 수 있다고 하는데, 이 또한 뻐꾸기와 개 사이의 앙숙 관계에 바탕을 두고 생겨난 것이 아닐까.

그런데 또 어떤 사람들은 뻐꾸기의 울음소리를 '떡국'이 아닌 '박국'으로 들었다고도 한다. 발음상 거기서 거기니 그럴 수도 있겠다 싶지만, 이와 함께 전해지는 이야기가 앞의 것과는 내용이 완전 반대 이다.

하늘나라에 있던 사람이 어느 날 인간 세상에 구경을 왔다. 지상의 사람들이 나름대로 귀인을 대접한다고 바가지에 국을 담아 천인(天 人)에게 권했다. 그런데 노는 물이 달랐던 그 천인은 끝까지 '천한 것 들'의 박국을 사양했다. 그러나 겸손도 지나치면 무례가 되는 법. 결 국 화가 난 인간들이 천인에게 뜨거운 박국을 끼얹어버렸다. 결과는 안 봐도 뻔했다. 결국 천인은 죽어 뻐꾸기로 태어나게 되었다. 그리 고는 늘 하늘을 보며 "박국 박국" 하고 운다는 것이다.

달미는 못 먹어서 한이었는데, 천인은 먹기 싫은 것을 억지로 뒤집 어써서 한이 되고 말았으니, 뻐꾸기 소리의 유래에 대해 이렇게 다르 게 생각할 수 있다는 점이 흥미롭다. 특히 이 이야기에서는 새가 하늘 과 관련이 깊다는 점을 들어, 하늘나라 사람이 죽어 그 영혼이 뻐꾸기 가 되었다고 했다.

하늘나라 사람이 죽어 그 영혼이 새가 되었다는 이야기가 또 하나 있다. 바로 꿩에 대한 이야기다. 이왕 새소리의 유래에 대한 이야기를 하는 김에 꿩 소리에 대해서도 알아보자.

꿩은 원래 하늘나라 사람이었다. 어느 날 하느님은 딸이 몹시 아프자 약초인 '반하(半夏)'를 캐어오라며 한 신하를 인간 세상으로 내려 보냈다. 그런데 막상 그 신하가 인간 세상에 내려와 반하를 캐어 먹어보니 맛이 일품이었다. 그래서 신하는 그것을 캐어 먹느라 하늘에 올라갈 날짜를 차일피일 미루었다.

일이 이렇게 되자, 답답한 것은 하느님이었다. 아무리 기다려도 반하를 캐러 간 신하는 돌아오지 않았다. 화가 난 하느님은 인간 세상에 있는 신하에게 천둥을 내리치면서 호통을 쳤다.

"네, 이놈! 도대체 언제 올라올 것이냐? 반하는 캤느냐?"

그때마다 그 신하는 하늘을 향해 소리를 쳤다.

"캐거덩 올라갈게요! 캐거덩!"

결국 기다리다 못해 화가 난 하느님이 신하를 꿩으로 만들어버렸다. 그 뒤로 꿩은 천둥이 칠 때마다 깜짝깜짝 놀라면서 하늘로 날아오르며 "캐거덩 캐거덩" 하고 운다고 한다.

산길을 가다 보면 갈대숲이나 풀숲에서 무엇을 찾는지 부스럭거리다가 갑자기 '푸드덕' 소리를 내며 날아오르는 꿩을 보곤 한다. 그 모습이 마치 약초를 캐다가 놀란 모습으로 비춰져서 이런 이야기가 만들어졌으리라. 이야기에 등장하는 반하는 한약재로 쓰는 약초이다. 꿩은 실제로 반하의 알뿌리를 매우 좋아하여, 이것을 보면 주둥이로 캐내어 먹는다고 한다. 하느님의 아픈 딸을 살려낼 정도로 지상 최고의 약초인 반하를 평생 먹고 자란 꿩이 얼마나 대단한 기운을 지녔을지 충분히 짐작이 간다.

그래서인지 예부터 꿩은 귀한 음식으로 여겨졌다. 《삼국유사》에 보면 김춘추는 세 끼 중 아침과 저녁만 먹었는데 하루에 쌀 여섯 말, 술 여섯 말, 꿩 열 마리가 필요했다고 한다. 대식가인 김춘추에게 그만큼 꿩고기는 별미였음을 알 수 있는 대목이다. 민간에서도 꿩고기는 맛있는 음식의 대명사였다. 우리가 자주 쓰는 속담 중에 '꿩 구워 먹은 자리' 란 말이 있다. 이는 어떤 일의 흔적이 전혀 없을 때 쓰는 말인데, 꿩고기가 너무 맛이 있어 뼈까지도 버릴 것이 없다는 얘기다. 하늘에서 탐내는 반하를 평생 먹고 산 꿩인데 그 맛이 오죽하랴!

지금까지의 이야기들은 새 울음소리와 직접적으로 관련이 있었다. 새 울음소리와 관련된 이야기를 하다 보니 또 궁금해지는 것이 있다. 새들을 쫓을 때 쓰는 '훠어이, 훠어이' 라는 말은 어떻게 생겨나게 된 것일까. 왜 많고 많은 말 중에서도 하필이면 '훠어이' 를 쓰는 것일까? 혹시 그 말 속에는 새들이 무서워하는 뭔가가 있는 것이 아닐까?

옛날에 '유궁후예(有弓后羿)' 라는 사람이 있었다. 그는 중국 하나라 때 태어난 사람인데 후일 유궁국의 왕이 되었다. 그는 활을 아주 잘 쏘았는데, 날아가는 새의 오른쪽 눈이나 왼쪽 눈을 선택해 맞힐 정도였다. 이런 명궁에게 제자들이 모여들지 않으면 이상한 일. 후예는 소문을 듣고 몰려든 제자들에게 그의 뛰어난 활솜씨를 전수했다. 그러나 청출어람(靑出於藍)은 말처럼 쉽지 않아서 제자들은 후예만큼 활을 잘 쏘질 못했다.

그러한 제자들 중 특히 재주가 뛰어난 인물이 있었는데, 다른 제

자들에 비해서는 재주가 특출났으나 스승의 실력을 따라잡을 정도
는 아니었다. 재주는 이르지 못하나 천하제일의 명궁이 되겠다는
욕심은 누구보다 앞섰던 제자는 결국 넘어서는 안 되는 선을 넘고
말았다.

'언제까지나 스승의 그늘에 가려져 있을 수는 없지. 하늘에 두 개
의 해가 있을 순 없듯이 세상의 최고 명궁은 나 하나로 족해. 그렇다
면 방법은 하나.'

제자는 결국 스승인 유궁후예를 죽이고 말았다. 그러나 유궁후예가
죽은 뒤에도 그 명성은 여전했다. 새들도 그 명성을 익히 들어 알고
있었기에, 새들을 쫓을 때 '휘어이, 휘어이'
하는 말을 쓰면 모두 놀라 달아났다. 이 말은
원래 활을 쏘았다 하면 새의 눈을 맞추는 유
궁후예가 왔다는 의미로 '후예에, 후예에' 라
는 말이 변해서 된 것이다. 즉, 사람들이 '후
예에, 후예에' 하면 새들은 '어이쿠, 후예가
왔구나!' 하고 줄행랑을 친다는 것이다.

태양을 향해 활을 쏘고 있는 예(羿) 활을
잘 쏘는 천신 예가 삼족오로 상징되는
태양을 쏘아 없애고 있다. 후예도 예처럼
활을 잘 쏘았는데, 예를 본받고자 스스로
'후예(后羿)' 라 이름지었다고 한다.

새를 쫓을 때 외치는 '휘어이 휘어이'
란 말을 명사수 후예와 연결시키는 것이
재미있다. 이는 후예가 새를 특히 잘 맞
췄다는 것과 '후예' 라는 말이 '휘어이'
라는 말과 발음이 비슷한 것에서 아이디

어를 얻어 만들어진 이야기일 것이다.

요즘 도시에서는 새소리를 거의 들을 수가 없다. 또 '뻐꾸기는 뻐꾹 뻐꾹 울고, 참새는 짹짹 울어.' 라고 어릴 때부터 배우기 때문에 사람들이 직접 새 울음소리를 듣고 그것을 상상할 여지가 없어졌다. 혹 주말에 대공원이나 교외로 나들이를 나갔다가 뻐꾸기 소리를 듣게 된다면, 그것이 떡국인지, 박국인지, 개개개개 하는 소리도 들리는지, 또 꿩 소리를 듣는다면 정말 캐거덩 캐거덩 하는지 곰곰이 살펴볼 일이다.

자투리
우수리

예전에는 시골 어디를 가나 쟁기를 끄는 소를 어렵지 않게 볼 수 있었다. 농부가 자신보다 수십 배는 더 힘이 센 소를 자유자재로 다루면서 그 넓은 논을, 자로 대고 줄을 그은 것처럼 반듯하게 갈아 놓는 것을 보면 경이롭기까지 했다. 그런데 옆에 서서 찬찬히 살펴보면 농부가 그리 별다른 소리를 하는 것도 아니다. 소를 마치 자신의 수족인 양 다루면서도 내뱉는 소리라고는 '이랴', '워워' 정도가 고작이다. '워워' 하면 멈추었던 소가 '이랴' 하면 여지없이 앞으로 나간다. 그러기를 몇 번 하면 어느새 논은 줄무늬를 갖게 되었다. 그런데 왜 소는 고작 그런 말마디에 부지런을 떠는 것일까? 소가 '이랴'라는 말에 왜 그렇게 겁을 내고 앞으로 가는지를 소상히 알 수 있는 재미난 이야기가 있다.

옛날에 어떤 마을에 힘이 무척 센 며느리가 살았다. 얼마나 힘이 셌던지 장정들도 들기 힘든 쌀가마니를 한 손으로 번쩍번쩍 들 정도였다. 그러자 그 소식이 이웃 고을은 물론, 임금의 귀에까지 들어가게 되었다. 힘 센 며느리에 대한 소문을 들은 임금은 이맛살을 찌푸리며 말했다. "여자가 힘이 너무 세도 못 쓰는 법이지. 가만히 뒀다가는 큰일을 낼 수도 있겠다."

그리하여 그 고을의 사또에게 며느리를 잡아들이라는 임금의 명령이 내려졌다. 군졸들이 집에 들이닥치자 며느리는 가족들과 하룻밤만 같이 보내게 해 달라고 통사정을 했다. 다행히 인정 많은 고을의 사또가 그 청을 들어주었다.

그날 밤, 평소에 일 잘하는 며느리가 늘 고맙고 믿음직스러웠던 시아버지는 며느리가 너무도 걱정이 되어 어찌할 바를 몰랐다. 근심에 가득 찬 시아버지를 보며 며느리는 침착하게 말했다.

"아버님, 너무 염려하지 마세요. 이게 다 제 팔자겠지요. 그렇지만 이대로 순순히 잡혀갈 수만은 없으니 소 한 마리에 양식을 좀 실어주세요. 한동안 깊은 산속에 들어가 살다 때를 봐서 돌아오겠습니다."

그리고 다음날 새벽, 며느리는 조용히 소 한 마리를 끌고 집을 떠났다. 집을 나선 며느리는 소에다 짐을 싣고 깊은 산으로 향했다. 그런데 잘 가던 소가 가파른 고개에 이르자, 갑자기 멈추더니 딴전을 피우기 시작했다. 무거운 양식을 짊어진데다 오랫동안 길을 걸은 소는 쉬고 싶었던 것이다. 하지만 관군이 쫓아오기 전에 더 멀리 도망가야 했던 며느리는 마음이 바빴다. 연신 소의 엉덩이를 툭툭 치며 부드럽게 타일렀다. 하지만 소는 꿈쩍도 하지 않았다. 뒤에서도 밀어보고 앞에서 코뚜레를 잡고 당겨보아도 도무지 소가 움직일 기미를 보이지 않았다.

"이놈이, 뜨거운 맛을 봐야 정신을 차리겠구나!"

화가 잔뜩 난 며느리는 소매를 걷어붙이고는 두 손으로 소의 옆구리를 잡아 냉큼 위로 들어 올려 머리에 이었다. 눈 깜짝할 사이에 공중에 붕 뜬 소는 "음매, 음매!" 소리를 지르며 발버둥을 쳤지만 소용이 없었다. 등은 무거운 짐짝이 눌렀고 배는 며느리 머리에 눌려 터질 듯이 아팠다. 소는 애원하듯 계속해서 발버둥 쳤지만, 며느리는 한번도 쉬지 않고 재를 넘어 내리막길에 이르러서야 소를 내려주었다. 정신이 아찔해진 소는 그 자리에 푹 주저앉고 말았다.

"이 녀석, 좋은 말로 할 때 들을 것이지."

정신을 차린 소는 며느리를 따라 내리막길을 내려갔다. 그런데 얼마 가지 않아 또 재가 보였다. 아까 며느리에게 호되게 당한 소는 여기저기 몸이 쑤시는데다 힘이 달려서 오르막길을 제대로 오르지 못했다. 그러자 꾸물대는 소를 보고 며느리가 호통을 쳤다.

"이놈의 소가 아직도 정신을 못 차렸나? 또 머리에 이랴? 이랴?"

그러자 그 소리를 들은 소가 깜짝 놀라 뒤도 안보고 고개 정상을 향해 뛰기 시작했다.

농부들이 소를 몰 때, "이랴, 이랴!" 하는 소리는 여기서 비롯된 것이라 한다.

돼지가 '꿀꿀' 우는 이유

> 토실토실 아기 돼지 밥 달라고 꿀꿀꿀,
>
> 엄마 돼지 오냐오냐 알았다고 꿀꿀꿀.

어릴 때 즐겨 부르던 동요다. 사실 돼지의 소리 중 우리가 분간해 들을 수 있는 것은 '꿀꿀꿀' 밖에는 없으니, 아기 돼지가 밥 달 라는 것도 '꿀꿀꿀', 엄마 돼지가 오냐오냐 하는 것도 '꿀꿀꿀' 일 수밖 에 없다. 돼지를 탐욕이나 탐식의 상징으로 이해하는 것은 많은 부분 이 '꿀꿀꿀' 하는 울음소리와 관련이 있는 듯하다. 정말로 돼지우리 근처에 가보면 돼지가 쉴 새 없이 소리를 내면서 음식을 허겁지겁 먹어 치우곤 하는데, 낮고 거칠면서도 갈라지는 음성으로 들리는 이 '꿀꿀 꿀' 소리가 돼지를 한층 먹성 좋은 동물로 보이게 한다.

'꿀꿀'이라는 특이한 소리 때문에라도 그 사연이 충분히 남아 있을 법하다.

옛날 옛날에 세 명의 선비가 깊은 산속에 함께 들어가 도를 닦았다. 그들은 돌아가며 밥을 지어먹고 살았는데, 첫째 선비가 밥을 지으면 자신의 밥그릇에는 적게, 두 선비의 밥그릇에는 뚜껑이 덮이지 않을 정도로 가득 밥을 담았다. 둘째 선비는 세 개의 밥그릇에 모두 똑같은 양으로 담았다. 그런데 셋째 선비는 자신의 밥그릇에만 가득 밥을 담았다.

세월이 흘러 세 선비가 수행을 마치자 하늘나라의 옥황상제가 이들을 불렀다. 수행 결과에 따라 직위를 부여하기 위해서였다. 먼저 첫째 선비에게 말했다.

"너는 언제나 남을 먼저 배려하고 돌봐주는 미덕을 지녔으니 신선이 되거라."

이어 둘째 선비에게 말했다.

"너는 자신과 남을 차별하지 않고 골고루 나누는 마음을 가졌으니 백성을 보살피는 나랏일을 하여라."

마지막으로 셋째 선비를 불렀다. 옥황상제는 셋째 선비의 행적을 찬찬히 살펴더니 화를 내면서 벌을 내렸다.

"너는 매사에 남이야 어찌 되었든 자기 뱃속만 채우면 된다는 고약한 심보를 가졌으니 욕심꾸러기 돼지가 딱이로구나."

세 선비는 같은 날, 같은 시간에 산으로 들어가 함께 도를 닦았는데 결과는 신선에서 돼지까지 극과 극이었다. 셋째 선비는 자기만 돼지가 되었다고 억울해했다. 선량한 두 선비는 셋째 선비가 바른길로 나아가도록 도움을 주지 못한 것이 미안했다. 그래서 그가 돼지가 되지 않을 방도를 찾으려 애썼다. 두 선비는 오랫동안 의논한 끝에 방법을 찾아냈다. 셋째 선비에게 다시 한번 기회를 달라고 옥황상제에게 상소를 올리기로 한 것이다.

다음날, 두 선비는 셋째 선비를 불러 빈 자루를 하나 주었다.

"산에 가서 도토리 좀 주어다 주게. 우리는 오늘 다른 일이 있어 함께 가지 못하네. 그렇지만 자네가 주워오면 그걸로 도토리묵을 맛있게 만들어주겠네."

사실 도토리묵은 핑계였고, 옥황상제에게 기회를 달라는 빌미를 만들기 위한 것이었다. 셋째 선비는 자루를 받아들고 산에 가 숲속을 이리저리 돌아다니며 도토리를 주웠다. 그런데 줍는 족족 자기 입에다 톡톡 넣어버리고는 자루에 담을 생각을 하지 않았다. 그렇게 실컷 먹고 나서 배가 부르자 한 알 두 알 자루에 담기 시작했는데 얼마 지나지 않아 해가 뉘엿뉘엿 서산으로 기울기 시작했다. 도토리가 얼마 담기지 않은 홀쭉한 자루를 들고 집으로 돌아온 선비는 기다리고 있던 두 선비에게 말했다.

"산에 도토리가 어찌나 많은지 보는 족족 주워 먹다 보니 배가 너무 불러 허리를 굽힐 수가 없지 뭔가. 그래, 요것만 주워왔네."

두 선비는 어이가 없어 셋째 선비를 다그쳤다.

"옥황상제가 자네를 사람도 아니고 짐승 가운데서도 가장 더러운 돼지가 되라고 한 것은 자네의 욕심 많은 그 심보 때문이었어. 그런데 또 이렇게 자신의 배만 채우고 홀쭉한 자루를 들고 오다니, 너무 심하지 않은가. 자넨 새사람이 될 기회를 또 잃었네."

그제야 셋째 선비는 자신의 행동을 반성하는 기미를 보이며 한번만 더 기회를 달라고 통사정을 했다.

두 선비는 다음날 다시 자루를 내어주며 산에 가서 잘 익은 돌배를 따오라고 했다. 그러나 천성은 쉽게 바뀌지 않는 법. 굳게 마음을 다잡아 봤지만 맛있는 돌배를 보는 순간 먹고 싶은 생각 외에 다른 생각이 들지 않았다. 결국 셋째 선비가 따온 것은 채 익지도 않은 시퍼런 돌배뿐이었다. 두 선비는 친구를 돕는 것을 포기하고 옥황상제의 분부대로 제 갈 길로 가버렸다.

돼지가 된 셋째 선비는 하루는 정처 없이 길을 가다 배나무 한그루가 서 있는 곳을 지나게 되었다. 주렁주렁 달린 돌배를 보며 군침을 흘리던 토끼들은 돼지를 보고 반가워하면서 모여들었다.

"돼지 어르신! 저 돌배 좀 따주실 수 있으신지요."

"오냐, 염려마라, 내가 얼른 따주마."

돼지는 커다란 바윗돌을 들어다 배나무 기둥을 내리쳐 흔들었다. 배나무가 한바탕 몸부림을 치더니 돌배가 와르르 떨어졌다. 토끼들이 기뻐하며 뛰어오는 것을 본 돼지는 갑자기 욕심이 나기 시작했다.

"어허, 안 돼, 안 돼! 손대지 마라. 이건 내가 딴 것이니 모두 내 것이다. 다들 저리 가! 가!"

돼지는 그렇게 토끼들을 모두 쫓아냈다. 그리고는 바닥에 널린 돌배를 모아 혼자서만 게걸스럽게 먹기 시작했다.

돼지에게 쫓겨난 토끼들은 울며 돌아설 수밖에 없었다. 그런데 진작부터 이 광경을 지켜보던 꿀벌들이 토끼들을 위로하며 말했다.

"돌배보다 더 달고 맛 좋은 꿀이 우리 집에 있으니 함께 가자."

돌배를 혼자서 먹던 돼지는 꿀벌의 이 말에 귀가 번쩍 뜨였다. 돌배로 배부른 몸을 이끌고 꿀벌네 집으로 쫓아갔다. 토끼들이 꿀을 맛있게 먹는 것을 본 돼지는 자신도 꿀을 먹겠다고 "꿀! 꿀!" 하면서 게걸스럽게 덤벼들었다. 하지만 얄미운 돼지에게 꿀벌들이 꿀을 줄리 없었다. 꿀을 먹고 싶은 욕심에 무턱대고 꿀통을 덮친 돼지의 주둥이를 화가 난 꿀벌들이 마구 쏘아댔다. 꿀벌에게 주둥이를 쏘인 돼지는 놀라 도망쳐서는 길가에 쌓아놓은 볏단 밑에 주둥이를 틀어박고 비명을 질렀다.

이때 논에서 일하던 농부들이 뚱뚱하게 살찐 돼지를 보고는 잡아서 울에 가두었다. 이때부터 돼지는 사람에게 잡혀 울에서 길러지게 되었고, 욕심 많은 돼지는 꿀벌네 가서 먹어보지 못한 꿀맛이 그리워 자나 깨나 "꿀! 꿀!" 거리게 되었다는 것이다.

사실 돼지는 좀 억울하다. 고기는 삼겹살, 목살, 갈비로, 내장은 곱창과 순대로, 거기에 껍데기와 족발까지 식탁에 오른다. 어디 그뿐인

가. 머리는 통째로 삶아져 제사상에 오르고, 피는 합판 접착제와 단백질 사료로, 뼈와 가죽은 풀과 단추의 재료로, 심지어 뼛가루는 비료와 유리를 만드는 데까지 이용된다. 하지만 정작 인간이 생각하는 돼지는 그저 게걸스럽게 먹어만 대는 욕심쟁이일 뿐이다. 훌륭한 존재가 될 수 있는 좋은 기회도 놓치고, 토끼가 먹고 싶어 하는 돌배도 혼자서 먹어치우고, 꿀벌의 미움을 받아 유일하게 먹지 못한 꿀에 대한 한이 아직까지도 남아 평생을 꿀꿀거리게 되었다는 이 이야기는 돼지의 입장에서 보면 좀 억울하다는 생각이 들 수도 있을 것 같다.

그렇다면 다음 이야기는 어떨까? 돼지가 '꿀꿀' 우는 이유에 대한 이야기가 하나 더 전해진다. 앞의 이야기가 '전체관람가'라면 이 이야기는 '19금' 딱지가 붙은 것이니, 좀 야한 이야기에 속한다. 앞의 이야기가 지극히 교훈적인 아동용이라면 이 이야기는 술자리에서나 즐길 법한 성인용이다.

옛날에 어떤 집에 소, 말, 개, 돼지가 있었는데, 말과 개는 수놈이고 소와 돼지는 암놈이었다. 말과 소는 한 마구간에서 살고, 개와 돼지는 한 울타리 안에서 살았다.

암소는 수말의 거시기가 크고 탐스런 것을 보면서 '늘 저것에 당해 봤으면' 하고 생각했다. 수말과 달리 황소의 거시기는 가늘고 기다랗기만 하지 끝이 뾰족한데다, 한다는 짓이란 잠깐 쑥 넣었다가 곧 빼버리는 게 싱거워서 불만스러웠기 때문이다. 그런데 말이란 놈은 암소의 속을 아는지 모르는지, 가끔 그 큼직하고 탐스러운 것을 쭈욱 뽑아가지고 끄드덕 끄드덕 하면서 제 배때기에 툭툭 치며 자랑을 하는 것이었다. 암소는 그것을 보면서 자기가 먼저 한번 해보자고 할수도 없어 애만 태우고 있었다.

암퇘지도 역시 암소와 같은 심정이었다. 수캐가 쪼그리고 앉아 있으면 삘그죽죽한 그것이 내다보이고 한번 휙 뒤척이면 그것이 말뚝같이 밋밋하게 커져서 보기만 해도 욕심이 났다. 수퇘지의 거시기는 가느다랗고 짧은데다가 꼬불꼬불하기까지 하니 수캐의 거시기에 댈것도 아니었다. 암퇘지는 수캐를 볼 때마다 '저런 놈을 한번 맛봤으면' 하고 바라고 바랐다. 그런데 개란 놈은 돼지 속도 모르고 그것을 삐쭉이 내보이기만 하고는 한번도 건들지 않았다.

이렇게 소와 돼지가 안타깝게 지내던 중 따뜻한 봄이 왔다. 봄날이되면 만물이 이성을 그리게 되는 마음이 더욱 간절해지는지, 하루는 암소가 염치불구하고 수말더러 사랑해달라고 졸랐다. 평소에 암소의 낌새를 눈치 채고 있던 말은 곧바로 일을 시작했다. 암소는 수말이하는 짓이 어찌나 재미나고 신나던지 황홀해서 돌아가실 지경이었다. 흥이 나서 입을 벌리고 침을 질질 흘리며 머리를 위아래로 까불며 좋아하다가 그만 여물통에 위턱을 부딪치고 말았다. 그 바람에 소는 윗니가 모두 부스러져서 빠지고 말았다. 이때부터 소에게는 윗니가 없어지게 되었다고 한다.

암퇘지는 암소의 구애에 수말이 응하는 것을 보고 용기를 내어 수캐에게 수작을 걸어 역시 일을 치르게 되었다. 그 빨갛고 밋밋한 놈이 들어가니 처음에는 퍽 좋아서 어쩔 줄 몰랐다. 하지만 그뿐이었다. 생각했던 것과 다르게 수캐는 거시기를 넣어 놓고서 그냥 가만히 있을 뿐 도무지 움직이지를 않았다. 수캐는 돼지가 별로 예쁘지도 않고 매력도 없어서 마음이 동하지 않았던 것이다. 돼지는 영 싱겁고 재미가 나지 않아서 개에게 "꾹 눌러, 꾹 눌러" 하고 소리쳤다. 돼지의 외침에도 불구하고 개는 전혀 움직일 생각을 하지 않았다. 돼지는 더욱더 간절하게 "꾹꾹 꾸우욱꾹" 하고 소리를 질렀다.

이때의 한이 남아 있어서일까? 돼지는 지금도 시도 때도 없이 '꾹꾹' 소리를 내고 있다고 한다.

이렇게 많은 동물들이 등장해서 이 정도의 짙은 정사 장면을 보여주는 이야기도 많지 않을 것이다. '동물 외설'이라 할 수 있는 이 야릇한 이야기의 비극적 주인공도 역시 돼지다. 실제로 돼지가 어느 정도의 밝힘증을 가지고 있는지는 알 수 없다. 돼지는 21일 간격으로 발정을 하는데, 한번 발정이 시작되면 2~3일간 지속된다고 하며, 암돼지의 경우 새끼돼지가 젖을 뗀 후 7~10일이면 다시 발정기가 시작된다고 하니, 이걸로 미루어 좀 밝힌다고 이야기해도 크게 무리는 없을 것 같다.

하지만 암돼지가 밝히게 되는 결정적 계기는 개의 거시기에서 찾아야 한다. 그것은 미끈하게 좍 뻗은 것이 뻘그죽죽하기까지 해서 수돼지의 그것에 비할 바가 아니었다. 그런데 수캐가 마음이 동하지 않을 줄이야. 사실 수캐가 마음이 동했다고 해도 문제였을 것이다. 만약 그랬다면 돼지도 소처럼 윗니가 다 빠져버렸을지도 모를 일이기 때문이다. 하지만 모르긴 해도 암돼지는 이빨이 없어 평생 되새김질 하는 운

암퇘지와 수캐, 암소와 수말의 사연 수캐를 바라보는 암퇘지의 그윽한 눈, 수말을 바라보며 무엇인가 간절히 바라는 듯한 암소의 표정, 분명 이들에게 무슨 사연이 있었을 것이다.

돼지를 그린 이발소 그림 많은 새끼를 거느린 돼지가, '必有萬福來' 꼭 복이 올 것이라는 사람들의 바람을 대신 표현하고 있다.

명이 되더라도 '꾹꾹' 눌러주기를 바랐을 것이다.

비록 돼지의 울음소리를 '꿀꿀' 과 '꾹꾹' 으로 다르게 풀이하고는 있지만, 두 이야기 사이에는 나름 상통하는 면이 있다. 둘 다 돼지의 울음소리가 욕망이 충족되지 못해서 부르짖는 것이라고 본 점이다. 욕심 많은 돼지이기 때문에 뭔가를 더 얻고자 울어대는 것이라고 옛 선인들은 생각했던 모양이다. 그러나 곰곰이 생각해보면 꼭 돼지를 두고 하는 말이 아닌 것 같기도 하다. 꿀이 먹고 싶어 '꿀꿀' 했다고 하지만 정작 꿀을 좋아하는 쪽은 돼지가 아니라 사람이다. '꾹꾹' 이라고 소리치면서 더 신나는 성생활을 바라는 것도 역시 돼지보다는 사람에 더 어울리는 생각이 아닐까.

이렇게 보면 돼지를 등장시켜 이야기를 꾸며 놓고는 있지만, 어쩌면 사람들의 채워지지 않은 욕망을 돼지에게 투영시켜 놓은 것일지도 모른다. 사실 돼지는 그저 울 뿐이다. 돼지의 울음소리를 '꿀꿀'로 듣고 '꾹꾹'으로 듣는 것은, 사람의 귀다. 더 많이 배부르고 싶고 더 뜨겁게 욕정을 불태우고 싶은 사람들이 그 욕망을 돼지에게 이입시켜 놓은 것이라면, 그저 울고 있을 뿐인 돼지로서는 많이 억울한 일이 아닐 수 없다.

비나이다, 비나이다..
다음 생에는
신선도 말고 임금도 말고
암캐로 태어나게 해 주십시오 !

으이그...
이놈의 인기는 식을줄을
모른다니까.

개의 거시기를 보고 마음이 동해버린 암퇘지의 이야기를 읽고 호기심 많은 사람들은 고개를 갸우뚱했을 것이다. 도대체 돼지의 거시기가 어떻기에 암퇘지가 개에게 눈독을 들이는 것일까 하고 말이다. 우리는 그동안 '돼지' 하면 납작하게 들린 코와 꼬불꼬불한 꼬리만 떠올렸지, 돼지의 거시기까지 들여다볼 생각은 하지 않았다. 그러면 돼지의 거시기가 어떻게 생겼는지 역시 이야기를 통해 한번 엿보도록 하자.

옛날에 하느님이 이 세상에 사는 동물들한테 거시기를 나누어주겠다고 여러 가지 거시기를 만들어서 보자기에다 한 보따리 싸서 땅으로 떨어뜨렸다. 그러자 모든 동물들은 크고 좋은 것을 가지겠다고 거시기가 들어 있는 보따리가 떨어진 곳으로 뛰어갔다. 걸음이 빠른 말과 개는 맨 먼저 도착하여 제일 크고 밋밋한 것으로 골라잡았다. 그래서 오늘날 보는 것같이 크고 밋밋한 거시기를 달고 다니게 됐다고 한다.

돼지는 걸음이 아주 느려서 제일 늦게 도착했는데, 이미 다른 동물들이 거시기란 거시기는 다 가져가서 보따리에는 남아 있는 것이 하나도 없었다. 그래서 돼지만 거시기를 달지 못했다. 돼지는 다른 동물들은 모두 다 거시기를 달고 있는데 자기만 없는 것이 부끄러워서 '뭐 달 거 없나' 하고 주위를 살펴보았다. 근데 마침 보따리를 묶은 끈이 있기에 그것을 풀어서 달았다. 그래서 돼지의 거시기는 그렇게 흐물흐물 꼬불꼬불하다고 한다.

실제로 돼지의 거시기는 꼭 보따리를 묶은 끈처럼 생겼다고 한다. 과연 암돼지가 개를 보고서 단번에 마음이 동할 만하다 하겠다.

민요 속 동물들

민요 중에는 옛 선인들의 소소한 일상을 느껴볼 수 있는 것들이 참 많은데, 그러한 민요에 동물이 등장하는 경우가 적지 않다. 소소한 일상을 함께 할 정도로 동물들이 친숙한 존재였기 때문일 것이다. 동물이 등장하는 재미있는 민요 몇 편을 감상해보 기로 하자.

> 까치야 까치야
> 헌 이 줄게 새 이 다오

이 민요는 헌 이를 지붕 위로 던지면서 부르던 노래이다. 예전에는 새 이를 '갓치' 라고 했다고 한다. '갓 스물', '갓난애' 할 때 쓰이는 '갓'은 '이제 막' 또는 '새로 운'의 뜻을 갖고 있는데 여기에 이를 뜻하는 한자 '치(齒)'가 결합된 것이다. 중세국 어에서는 까치를 '갓치'라 했으니, 새로운 이를 뜻하는 '갓치'와 동음이 된다. 여기 에서 연유하여 '갓치(까치)가 갓치(새로운 이)를 물고 온다'고 생각했던 모양이다. 비 슷한 것이 비슷한 것을 낳는다는 일종의 유감 주술인 셈이다.

> 두껍아 두껍아 네 눈은 어째 그리고 빨갛느냐
> 한량의 품에 자다가 안질이 올라서 빨갛네
> 두껍아 두껍아 네 몸은 어째 우툴두툴 하느냐
> 한량의 품에 자다가 옴 올라서 그럽니다
> 두껍아 두껍아 네 가슴은 어째 울뚝불뚝 하느냐
> 한량의 품에 자다가 본서방한테 들켜서 울뚝불뚝 합니다

두꺼비는 생김새가 무척 독특하다. 툭 튀어나온 눈 그것도 동자만 까맣고 나머지 부분은 빨간 눈과 우툴두툴한 피부, 울뚝불뚝 뛰는 가슴이 특히 눈에 띈다. 이 노래는 이러한 두꺼비의 특징을 서방질한 여인에 빗대어 표현하고 있어서 재미를 주고 있다. 바람 핀 사람들에 대한 곱지 않은 시선을 직설적으로 표현하는 것보다는 이렇게 두꺼비를 내세워 에둘러 표현하는 솜씨가 멋지다.

> 동그랑땡땡 동그랑땡
> 황새란 놈은 다리가 길어서 우편배달로 돌려라
> 제비란 놈은 맵시가 고와 기생방으로 돌려라
> 까마귀란 놈은 몸뚱이가 검어 숯장사로 돌려라
> 참새란 놈은 알을 잘 낳아 군밤장사로 돌려라

도넛 모양의 원 두 개를 그려 놓고 편을 나누어 즐기는 '동그랑땡땡'이란 민속놀이를 하면서 부른 노래이다. 생김새의 특징을 잡아 동물과 인간의 직업을 연결시켜 놓았다. 요즘 우체국에서는 제비를 상징마크로 삼고 있지만 예전에는 우편배달에 황새가 제격이라고 여겼던 모양이다. 다리가 길어서 먼 곳까지 신속하게 소식을 전할 수 있을 것이라 생각했던 것이다. 오늘날에도 말쑥한 차림새와 세련된 매너로 여자를 유혹하는 남자를 흔히 제비라고 부르는데, 예전에도 제비는 아름다운 맵시 때문에 기생방으로 돌려야 하는 동물이었다.
어린아이들이 놀이를 하면서 이런 노래를 불렀다고 하니 동물들은 어렸을 적부터 항상 삶의 테두리 안에서 함께하는 존재일 수밖에 없었다.

2관 | 은근함이 더 야하다

야한 동물관

야한소설을 읽다가 야릇한 장면이 나오면 괜히 얼굴이 빨개져 주위를 두리번거리던, 극장에서 19세 관람가 영화를 보다가 야한 장면이 나오면 팝콘을 차마 삼키지 못하고 입에 꼭 물고만 있던 당신, 혹시 지금 이 순간 곁눈질로 이 페이지를 펼쳐들고 있지는 않은지요?

하지만 여기에서는 동물들이 야한 행동을 하는 게 아니랍니다. 동물들로 인해 남자와 여자가 난처하면서도 야시시한 상황에 빠지게 되어서 야한 것이지요. 상상만 해도 아찔한 그런 상황 말입니다.

이 이야기들은 오늘날에 흔히 떠도는 야설과는 차원이 다르답니다. 남녀가 아주 기발한 상황에 빠지기 때문에 동물들이 야한 행위를 하는 것보다 훨씬 더 짜릿한 쾌감을 맛볼 수 있습니다. 자, 그러면 야한동물관으로 입장할 준비 됐나요?

쥐 좆도 모른다고

흔히 앞뒤 분간을 못할 정도로 아무것도 모른다는 뜻으로 "쥐뿔도 모른다"는 말을 사용하곤 한다. 또한 아무것도 없다는 뜻으로 "쥐뿔도 없다"는 말도 쓴다. 이를 보면 '쥐뿔'이란 말은 아주 보잘 것없는 것을 가리킨다고 볼 수 있는데 여기서 드는 의문 하나, 과연 쥐에게도 뿔이 있을까? 좀체 들어본 적이 없는 소리인 것 같다. 사실 쥐에게 뿔이 있을 리 만무하다. 그런데도 '쥐뿔'이라는 말은 남아 있으니 거기에는 어떤 숨겨진 비밀이 있을까?

먼저 '쥐뿔'은 진짜 쥐의 뿔이 아니라 무소의 뿔이라는 설이 있다.

사극을 보다 보면, 궁중 고위 관리들이 입는 관복 위에 몸에도 맞지 않는 느슨한 허리띠가 매달려 있는 것을 자주 보게 되는데, 이것을 서각대(犀角帶), 즉 무소뿔허리띠라고 한다. 서각대는 높은 벼슬의 상징으로, 집안 대대로 가보로 물려주는 귀한 보물이라고 한다. 그런데 무소는 우리나라에서 흔히 볼 수 있는 동물이 아니라서 서각대의 '서'가 '무소 서(犀)' 자 대신 같은 발음의 '쥐 서(鼠)'로 통용되었다는 것이다. 그러다가 조상이 높은 벼슬을 하였다고 자랑하는 사람에게 거짓말하지 말라는 의미로 '쥐뿔(서각대)도 모르는, 또는 쥐뿔도 없는 것'이라는 말을 쓰게 되었다는 것이다.

'쥐뿔'은 또 쥐의 불알이라고도 본다. 불알을 줄여서 '불'이라고도 하는데, 쥐불이 쥐뿔이 되었다는 것이다. 이야기인즉, 옛날에 잘난 체 잘하는 어떤 사람이 쥐의 불이 어떻게 생겼다느니 하면서 떠들고 돌아다니니까 한 사람이 쥐의 불은 곁에서는 보이지도 않는데, '쥐불도 모르는 놈'이 떠들고 돌아다닌다고 해서 유래되었다는 것이다. 흔히 어린애를 비웃을 때 '쥐방울만하다'라고 하는데 이때의 '쥐방울'도 같은 의미라는 것이다.

'쥐뿔'은 쥐의 거시기를 뜻한다는 주장도 있다. 워낙 은밀한 부분이라 함부로 입에 올리기를 꺼렸던 사람들이 생김새가 비슷함을 들어 '뿔'로 바꾸어 표현한 것이라고 한다. 쥐도 그렇게 작은데 하물며 쥐의 거시기는 얼마나 더 작겠는가. 게다가 몸 안에 숨어 있어서 곁에서는 거의 보이지도 않는다고 하니, 쥐뿔 즉 쥐의 거시기는 하찮고 보잘것없는 것의 대명사가 될 만하다고 하겠다. 흔히 '쥐뿔도 모른다'는 말 대신에 '쥐 좆도 모른다'는 말을 쓰기도 하는 것을 보면 꽤 설득력을 갖고 있는 것 같다. 특히 '쥐 좆도 모른다'는 말과 관련해서는 그러한 말이 생겨난 유래를 알려주는 이야기가 전해지고 있어서 '쥐뿔'이 곧 '쥐 좆'일 것이라는 주장을 강력하게 뒷받침해준다.

옛날에 한 색시가 있었다. 시집온 뒤부터 매일 부엌에서 밥을 하는데, 아침마다 밥을 푸러가면 비쩍 마른 쥐 한 마리가 쪼르르 달려 나왔다. 색시는 쥐가 불쌍해서 볼 때마다 주걱으로 한 숟갈씩 밥을 퍼주었다.

그러던 어느 날. 그날도 여느 때와 다름없이 색시는 쥐에게 밥을 한 숟갈 퍼주고, 밥상을 정갈하게 차려서 방으로 들어갔다. 그런데 이게 웬일인가. 똑같이 생긴 남편 둘이 방에 앉아 있는 것이 아닌가. 남편 둘은 서로 자기가 진짜라고 하면서 서로에게 욕을 해대고 있었다.

색시는 어느 쪽이 진짜 남편인지 헷갈렸다. 둘 모두 눈, 코, 입의 크기나 점이 있는 위치 등이 모두 똑같았다. 목소리마저 똑같아서 더욱 알아볼 수가 없었다.

"아침부터 웬 소란이냐?"

마침 저쪽 방에서 시아버지의 호통소리가 들렸다. 색시는 얼른 시아버지에게로 달려가 자초지종을 알렸다. 시아버지는 놀라 달려왔다. 그러나 시아버지도 자신의 아들이 누구인지 구분해낼 도리가 없었다. 자식을 알아보는 것은 자식을 직접 낳은 어머니를 따를 사람이 없다고, 이번엔 시어머니를 불러왔다. 그러나 시어머니도 하루아침에 둘이 되어버린 자식을 보면서 발만 동동 구를 뿐이었다.

온 가족이 모였지만 진짜 남편이 누구인지 알아낼 수 없었다. 두 명의 남자는 서로 싸워대기만 하고 나머지 식구들은 누가 진짜인지 몰라서 난처하기만 했다. 어릴 때 수두를 앓다가 생긴 곰보자국이며, 오른쪽 엉덩이에 은밀하게 위치한 검은 점이며, 넘어졌을 때 생긴 흉터 따위가 마치 빵틀에서 찍어낸 붕어빵처럼 똑같았다.

"아무렴. 그래도 우리 집안사람이라면 우리 집 일에 대해서 물어보면 모두 알아야겠지?"

시어머니의 제안에 시아버지도, 색시도 머릿속이 밝아지는 듯했다. 한 집안의 장손이라면 그런 것쯤은 당연히 알아야했다. 먼저 시아버지가 물었다.

"우리 6대조 할아버지 존함이 무엇인고?"

둘은 약속이라도 한 듯이 동시에 대답했다. 6대조 할아버지뿐만이 아니라 5대조, 4대조, 3대조까지 이름은 물론 벼슬까지도 잘 알고 있었다. 결국 시아버지는 고개를 설레설레 저었다.

이번에는 시어머니 차례였다.

"우리 집에 숟가락이 모두 몇 개냐?"

여기에서 둘의 대답이 갈렸다. 한쪽은 자신만만하게 큰 목소리로 대답하는 데 반해, 한쪽은 얼굴만 빨개져 아무 말도 하지 못했다. 시어머니는 눈을 부릅떴다.

"우리 집에 젓가락은 모두 몇 개냐?"

이번에도 역시 한쪽만 큰소리로 대답할 뿐이었다. 시어머니는 계속 물었다. 우리 집에 사발은 몇 개냐? 우리 집에 대접은 몇 개냐? 갈수록 누가 진짜인지가 분명해졌다.

　　가짜로 찍힌 남편은 무릎을 꿇고 다급한 목소리로 자신이 진짜이니 믿어달라고 하였다. 그동안 방안에서 글만 읽느라 세간을 돌아볼 여유가 없었다고 애원했지만 집안 식구는 아무도 그를 믿지 않았다. 가짜로 찍힌 남편은 가차 없이 집에서 쫓겨났다.

　　그런데 사실 가짜 남편은 온갖 세간살이 질문에 척척 잘 대답하던 쪽이었다. 가짜 남편은 부엌에서 생활하던 쥐가 둔갑한 것으로 이런 질문에는 당연히 막힘없이 대답할 수 있었던 것이다.

　　한편 진짜 남편은 집에서 쫓겨난 채 슬픔에 젖어 강가로 가 빠져죽기로 결심했다. 하지만 막상 강가에 다다르니 그대로 죽는 것이 너무도 원통했다.

　　'내가 이대로 죽는다고 해서 아무도 알아주지 않을 것이고, 저들만 즐겁게 잘 살아가겠구나.'

　　제사도 못 받고 물고기 밥이 되어 사라진 뒤 원귀가 되어 세상을 떠돌아다닐 것을 생각하니 억울하기 그지없었다. 남편은 강가에 앉아서 엉엉 울며 신세한탄만을 계속 할 뿐이었다. 그렇게 한참을 울고 있는데 갑자기 어디선가 중이 나타났다.

　　"자네는 왜 그렇게 울고 있는가?"

　　남편은 그렇지 않아도 답답했던 차에 도사를 만나게 되니 자신이 겪은 억울하고도 황당한 사연을 말하지 않을 수 없었다. 남편의 이야기를 조용히 듣고 있던 도사는 고개를 끄덕이더니 입을 열었다.

"아직은 때가 아니니 일단 나와 함께 가세."

남편은 하는 수 없이 중을 따라갔다. 중을 따라 도착한 절에는 살찐 고양이가 한 마리 있었다. 중은 저 고양이가 홀쭉해질 때까지 집에 돌아갈 생각은 말고 불경을 공부하라고 하였다. 불도를 닦으며 절에서 지냈지만 남편은 한시도 집을 잊은 적이 없었다. 밤마다 울어대는 고양이 울음소리에 이불 속에서 뒤척이는 날도 많았다.

그렇게 일 년이 지났다. 중은 남편을 불러 이제 때가 되었으니 돌아가 보라고 하였다. 그러면서 웬 자루를 하나 건넸다.

"이것을 가지고 갔다가 그놈이 나타나거든 자루를 풀어 던지게."

남편은 중에게 백배 천배 고개를 숙여 감사하다고 인사를 하고는 길을 나섰다. 일 년 만에 돌아온 집은 예전과 다름없이 조용하고 편안해 보였다. 남편은 자루를 꼭 끌어안고 집 안으로 들어갔다.

가짜 남편은 진짜 남편을 보더니 또 길길이 날뛰기 시작했다. 남편은 가짜 남편이 두 팔을 벌리며 자신을 못 들어오게 막는데도 불구하고 억지로 방까지 들어갔다.

"썩 나가지 못할까!"

이때 남편은 가슴에 끌어안고 있던 자루를 휙 풀어 젖혔다. 그러자 자루 안에서 비쩍 마른 고양이 한 마리가 툭 튀어나왔다. 절에 있던 바로 그 고양이였다. 한참을 굶주린 배고픈 고양이는 가짜 남편을 보자마자 달려들어 목을 물었다. 갑작스런 고양이의 공격에 가짜 남편은 손도 쓰지 못하고 그 자리에 쓰러지고 말았다. 가짜 남편은 쓰러지자마자 조그만 쥐로 변했다.

큰소리가 나자 무슨 일인가 싶어 나왔던 가족들은 이를 보고 깜짝 놀랐다. 다들 진짜를 알아보지 못 했던 것이 미안하여 어쩔 줄 몰라 했다.

"어머니, 아버지!"

남편은 그동안의 서러움도 잊고 감격에 들뜬 목소리로 부모님께 안겼다. 부모도 미안한 마음에 아들을 더욱 꼭 안아주었다. 색시는 그 옆에 얼굴이 빨개진 채로 서서 고개조차 들지 못했다. 남편은 색시를 안으려다말고 흠칫 놀라서 다시 떨어져 그녀를 보았다. 색시는 임신을 해서 배가 불러있었던 것이다. 색시는 눈물을 흘리면서 고개를 돌렸다. 남편은 노여움으로 가득 차서 색시를 끌어안는 대신 한마디 던졌다.

"부인은 쥐 좆도 몰라봤단 말이오!"

쥐는 작은 동물의 대명사로 여겨졌던 것 같다. 물론 쥐보다 작은 동물도 얼마든지 있을 수 있겠지만 특히 열두 띠 동물 중에서 가장 몸집이 작아서 그렇게 이해됐던 것 같다. 이렇게 작은 몸집에도 불구하고 쥐는 한 배에 낳는 새끼의 수가 많아서 예로부터 다산(多産)의 상징으로 여겨졌다. 임신기간도 17~20일로 매우 짧은데, 출산 뒤에도 몇 시간만 지나면 다시 발정하여 교미하고 바로 임신을 한다고 해서 다른 동물에 비해 특히 성(性)적인 것과 관련된 이야기 속에 자주 등장하곤 한다.

〈초충도草蟲圖〉의 수박과 쥐 신사임당(1504~1551)의 그림으로, 그림 속 수박은 씨가 많다는 이유로 자손이 번창함을 의미하고, 왕성한 번식력을 보여주는 쥐가 그 씨를 갉아먹는 것 역시 자손이 번창함을 의미한다고 한다. 국립중앙박물관 소장.

이 이야기에 등장하는 쥐 역시 성적인 분위기를 물씬 풍겨낸다. 본 남편이 마지막에 원망과 노여움이 섞인 목소리로 "부인은 쥐 좆도 몰라봤단 말이오!"라고 말함으로써 우리들의 관심은 가짜 남편인 쥐와 아내의 잠자리로 쏠리게 된다. 과연 어땠을까, 알았을까 몰랐을까, 알고도 모르는 체 한 것은 아닐까? 의문에 의문이 꼬리를 물고 계속되면서 이 이야기는 생각하면 생각할수록 더욱 야한 이야기가 될 수밖에 없다.

사실 쥐 좆도 몰라봤냐는 남편의 원망 속에는 이미 부인이 알고 있었을 것이라는 전제가 깔려 있다. 아무리 생김새가 똑같다고 할지라도 잠자리에서까지 쥐의 행동과 자신의 행동이 똑같을 리 없지 않겠느냐는 말이다. 거기다가 쥐의 거시기는 아무리 너그럽게 봐준다고 해도 사람의 거시기에 비할 바가 못 된다는 생각에 이르면 부인이 그것을 구분하지 못했다는 것이 도저히 믿기지 않았을 터. 그럼에도 이미 부인의 배는 불러와 있었고 그 때문에 남편은 더욱 수치스러울 수밖에 없었을 것이다.

남자들의 자존심은 흔히 거시기의 크기와 비례한다고 한다. 겉으로 보기에 못생기고 키도 작고 볼품없는 남자가 은근히 잠자리에 대한 프라이드가 강하다면 그 사람은 자신의 거시기가 짱이라고 생각하는 사람일 가능성이 높다고 한다. 거시기가 커야 더 남성다운 것이고 여성들이 더 좋아할 것이라는 생각은 다음과 같은 재미있는 이야기를 만들어 놓기도 했다.

어느 날 남편이 소변을 보다가 벌에게 쏘였다. 그런데 하필이면 쏘인 곳이 은밀한 그곳 아니겠는가! 남편의 거시기는 벌겋게 부어올랐다. 급히 약을 발랐지만 붓기는 도무지 가라앉을 줄 몰랐다.

그날 밤, 잠자리에서 아내는 남편의 거시기를 보고 흠칫 놀랐다. 평소와 달리 엄청나게 부풀어 있었다. 쥐새끼가 들어왔다 나가는 것마냥 시시한 잠자리가 아니었다. 훨씬 굵직한 것이 들어왔다 나가는데 그동안과는 달리 엄청난 흥분을 안겨준 밤이었다. 다만 아쉬운 점이 있다면 길이가 짧아 더 깊숙이 들어오지 못한 것이라고나 할까.

그래서 아내는 다음 날부터 남편이 나가면 냉수를 떠다 놓고 벌에게 빌었다.

"땡삐님. 이제 굵기는 그 정도면 되었으니 다음에는 길이가 좀 더 길게 쏘아주십시오."

크기가 곧 자존심인 남자들의 세계에서, 작기로 정평이 나 있는 쥐에게도 밀렸다고 생각하니 남편의 자존심은 처참하게 무너졌으리라. 하지만 남자들의 잠자리 능력이 거시기의 크기에 비례한다는 생각이 남자들만의 큰 착각이듯이, 쥐의 거시기에 밀렸다는 남편의 생각 역시 큰 착각이라고 봐야 할 것 같다.

이 대목에서 우리는 이야기를 다시 한번 곱씹어볼 필요가 있다. 색시에게 시집살이의 스트레스를 풀어줄 수 있는 유일한 상대는 남편일 수밖에 없다. 그런데 그 남편이란 작자는 하루 종일 글만 읽고 색시에 대해서는 전혀 무관심하다. 그러다가 밤이 되면 잠시 자신의 욕망을 풀어버리려고 한번 안아주고 마는 것이 고작이다. 색시는 대화를 나누고 싶었을 것이다. 몸으로 뿐만이 아니라 마음으로 대화를 나누고 싶었을 것이다. 거시기에 힘 한번 주고 곯아떨어져 버리는 남편의 등 뒤에서 색시는 또 얼마나 눈물을 흘렸을까? 남편의 따뜻한 가슴에 포근히 안기지 못하고 널찍한 등만 바라보며 얼마나 많은 한숨을 내쉬었을까?

색시에게 남편의 역할을 대신해준 것이 바로 부엌의 쥐였다. 아내는 남편에게 밥을 해 먹이듯이 쥐에게도 밥을 해 먹였다. 그런데 자신의 이야기를 들어주지 않는 남편과는 다르게 쥐는 무슨 이야기든지 묵묵히 들어준다. 힘들 때는 쥐 앞에서 눈물을 흘리기도 했을 것이다. 쥐는 색시의 유일한 하소연의 대상이었다. 색시가 안타까워서일까? 쥐는 남편과 똑 닮은 모습으로 변신을 한다. 그리고 남편을 몰아내고 대신 색시에게 진정한 위안을 줄 수 있는 실제 남편이 된다. 과연 이후 색시와 이 가짜 쥐 남편의 잠자리는 어떠했을까? 비록 크기는 작았겠지만 색시의 아픔과 슬픔을 누구보다도 잘 알고 있기에 이 가짜 남편의 몸짓은 참으로 따뜻했을 것이다. 그리고 색시는 분명 이 남편이 가짜였다는 것을 알았으면서도 눈을 감아버렸던 것이리라.

쥐 좆도 모르는 사람은 결국 부인이 아니라 남편이었던 셈이다. 그래놓고도 부인에게 쥐 좆도 몰랐느냐고 호통을 쳤으니, 쥐뿔도 모르는 사람, 쥐뿔도 없는 사람, 그래서 쥐방울만할 수밖에 없었던 사람은 바로 색시의 남편이었다.

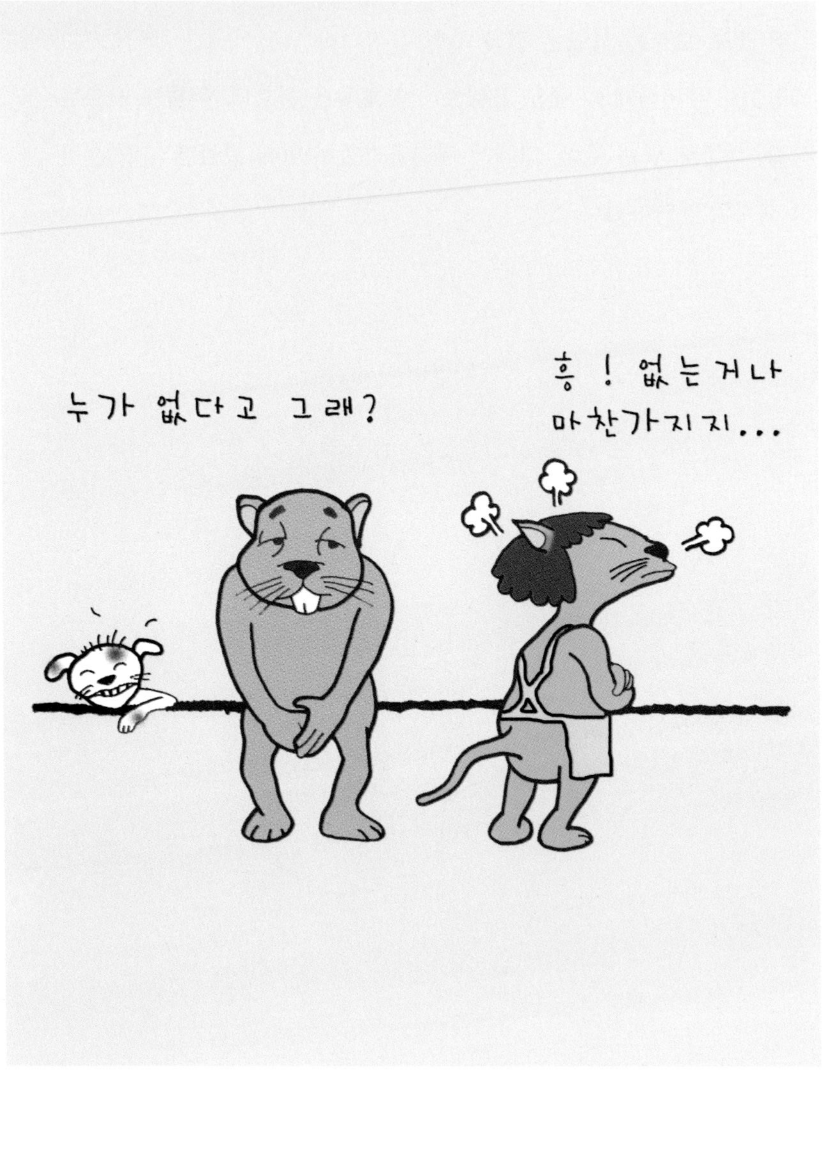
누가 없다고 그래?
흥! 없는거나
마찬가지지...

'쥐뿔도 없다'는 말의 유래담이 《이솝우화》에서도 전하는데, 그 내용은 우리 이야기와는 사뭇 다르다. '쥐뿔'이라는 소재를 취한 것은 같지만, 우리의 이야기가 '쥐뿔'을 쥐의 거시기로 이해했다면 《이솝우화》에서는 말 그대로 '쥐의 뿔'로 이해했다.

쥐들이 모여 사는 마을에 족제비들이 종종 급습해서 큰 피해를 안겨주었다. 그러자 쥐들은 족제비와 정면대결하기로 뜻을 모았다. 그래서 앞장서서 싸울 힘센 쥐들에게 장군 계급장의 표시로 머리에 뿔을 씌워주었다.

드디어 결전의 날이 되었다. 족제비들이 쳐들어오자 쥐들은 일제히 족제비에게 덤벼들었다. 그러나 싸움이 벌어진 지 얼마 지나지 않아 쥐들은 도망가기 시작했다. 도무지 족제비의 상대가 될 수 없었기 때문이다.

이때 장군 칭호를 못 딴 쥐들은 작은 쥐구멍으로 모두 피신했지만 머리에 뿔을 쓴 장군 쥐들은 뿔이 방해가 되어 쥐구멍으로 들어가지 못하고 족제비에게 잡아먹히고 말았다.

'쥐뿔'이란 말은 여기에서 유래하여 '아주 쓸모없음'을 가리킨다. 또한 이에 연유하여 '쥐뿔도 없다'는 말은 아무런 능력도 없음을 말한다고 한다.

족제비에게 거시기를 물린 남자

버스나 지하철에서 헤어진 옛 연인과 닮은 사람을 보고 화들짝 놀란 경험이 다들 한두 번쯤은 있을 것이다. 그 사람이 헤어진 연인이 맞는지 아닌지 확인해보려고 슬슬 곁눈질하다가 아니라는 것이 확인되면 안도의 한숨을 내쉬던 그런 경험 말이다. 또는 학창시절 자신을 끔찍하게 괴롭히던 친구와 닮은 사람만 봐도 가슴이 두근거리는 경험을 해본 사람도 있으리라. 이런 경우를 두고 우리 속담에서는 '자라보고 놀란 가슴 솥뚜껑 보고 놀란다.'고 했다. 자라를 보고 놀란 사람이 자라와 비슷하게 생긴 솥뚜껑만 보아도 겁을 집어먹는다는 뜻인데, 사람이 무언가에 놀라면 얼마나 겁먹는지를 알 수 있게 하는 속담이다. 그런데 이와 비근한 예가 우리 옛이야기에도 전하는데, 여기에서는 이 속담을 야한 쪽으로 비틀어 재미를 더한다.

　　옛날에 과부 혼자서 사는 집에 머슴이 하나 살고 있었다. 어릴 때부터 머슴살이를 시작해 이제는 제법 어엿한 청년이 된 머슴. 그런데 이 머슴은 여자와 관계를 가져본 적이 한번도 없었다.

　　"컴컴한 굴속을 들어가면, 요 아래 달린 물건을 확 잡아채는 것 같기도 하고 무언가에 물리는 것 같은 느낌도 들지. 하면 할수록 오묘하고 즐겁고, 깊은 맛이 나지. 그 맛을 백날 설명해도 넌 모를 거다."

　　바람둥이로 소문이 자자한 옆집 머슴이 만면에 야릇한 미소를 띠며 얘기할 때마다 궁금증만 더할 뿐이었다.

　　그러던 어느 화창한 봄날이었다. 세상만물이 온통 춘기로 가득한 그때 머슴의 마음도 역시 춘심으로 가득했다. 그러나 별 뾰족한 수도 없었던 머슴은 동하는 양기를 가까스로 자제하며 논에 일하러 나갔다. 점심때가 되자 과부가 논에 일하러 간 머슴을 위해 새참을 준비해가지고 나왔다. 머슴은 일하다 잠시 고개를 들었더니 멀리 새참을 가지고 나오는 안주인이 보였다. 얼굴도 곱고 자태도 아름다운데다 정갈한 소복단장을 하고 새참을 이고 오는 모습이 그날따라 너무도 아름다워 보였다. 사실 머슴은 과부가 된 안주인에게 전부터 마음이 있던 터였다. 머슴은 주인 여자의 모습을 보느라 정신이 없었고, 그때문에 소는 소대로 가고 쟁기는 흙에 처박혀 논이 엉망이 되었다.

그런데도 머슴은 온통 안주인에게 넋이 빠져 있었다.

'허허, 참 그림의 떡이구나, 이렇게 한 집에서 저 손에 밥을 얻어먹으면서도 어찌할 수가 없으니 어떻게 하면 좋을까.'

이런 생각으로 주인 여자를 보며 침을 꿀꺽 삼키고 또 삼켰다.

한편 그때에 주인 여자는 오던 길에 용변이 급해 새참을 잠시 내려 놓고, 소변을 보았다. 그런데 풀숲에 숨어 실례를 한다는 것이 그만 족제비 굴에다 실례를 해버린 것이었다. 마침 굴에 있던 족제비 새끼가 놀라서 튀어나와 바로 굴 밖에 있던 주인 여자의 거기로 쑥 들어가 버리고 말았다. 놀란 주인 여자는 정신이 깜빡깜빡할 정도로 아파 소리를 지르며 거의 까무러칠 지경이었다. 눈앞이 아득해서는 가까이 있는 머슴에게 소리쳤다.

"아이고, 여기야 여기, 나 좀 살려줘! 아악, 얼른 나 좀 살려줘! 악!"

머슴은 주인 여자가 이상하게 부르는 소리를 듣고 달려오며 생각했다.

'내 맘과 같은 맘이었던 게로군. 하하. 그렇지 뭐, 이런 걸 이심전심이라고 하는 게지.'

잔뜩 기대를 가지고 기뻐서 달려온 머슴은 주인 여자가 소리를 지르며 날뛰는 모습을 보았다.

"예, 예, 저도 압니다. 알아요. 저도 같은 마음입니다."

하고는 아랫도리를 벗고 일을 벌이려했다. 그때 컴컴한 여자의 몸 속에 들어간 족제비는 이리 뛰고 저리 뛰며 당황하여 나갈 구멍을 찾고 있었다. 그런데 주인 여자의 몸속으로 무언가 들어오려고 하자 더욱 놀란 족제비는 머슴의 물건을 꽉 물어버렸다. 그리고는 그곳을 빠져나와 도망가버렸다. 머슴은 아프고 놀라 '날 살려라' 하고는 줄행랑을 쳤다. 여자 경험이 없던 머슴은 여자들이 족제비를 품고 다닌다고 생각했다. 옆집 머슴이 말한 '물린다' 는 것이 바로 이걸 말한 것이구나 싶었다. 머슴은 그 후로 주인 여자 근처는 얼씬도 하지 않고 일만 열심히 했다. 혹 아름다운 주인 여자를 보고 양기가 발동할라치면 "아이고 족제비, 무서운 족제비" 하면서 자신도 모르게 고개를 설레설레 저었다.

한편 머슴과의 일이 있은 후 불편해진 주인 여자는 재산의 반을 떼어주며 장가를 보내주기로 마음먹었다.

"그때 난처한 일이 생겼을 때 달려와 준 게 고마워서 그 보답을 하고 싶네. 내 한 밑천 줄 테니 좋은 처자와 결혼하는 것이 어떻겠나. 대신 우리 사이에 있었던 일은 영원히 입 다물어주게. 죽을 때까지 그 이야기만은 발설하지 말아주게나."

주인 여자는 신신당부를 했다.

"얘기할 게 뭐 있겠습니까. 아이고, 생각만 해도 무서워서 말할 엄두도 안 납니다. 족제비, 어이구 무서운 족제비."

머슴은 여전히 족제비 생각만 해도 오금이 저렸다. 주인 여자는 자세히 설명하기도 난처하여 어쩌다보니 족제비가 나왔지 족제비를 품고 있는 사람이 아니라고 설명했지만 머슴은 믿으려 하지 않았다. 주인 여자를 그저 족제비를 품고 있는 무서운 여자로 생각할 뿐이었다.

몇 달 뒤, 주인 여자는 머슴에게 땅문서를 주며 장가를 보내주었다. 그런데 결혼 첫날밤부터 계속 색시를 앞에 두고, 이상한 행동을 하는 것이었다. 색시 아랫도리에 손가락만 갖다 대면서 "물려면 물어라." 하질 않나, 빗자루를 들고 "족제비야, 물어봐, 물어봐." 하기도 했다. 새색시가 보기에는 아무리 봐도 미친 사람의 행동이었다. 어디다 말도 못하고 여러 날이 지났는데 하루는 혼인을 주선한 주인 여자와 이야기를 하게 되었다.

"마님, 제가 이렇게 떠들 소리는 아닙니다만 답답해서 그럽니다. 우리 집 양반이 제정신이 아닌 것 같아요. 시부모님도 안 계시고, 시집 와 얼마 되지도 않아 얘기할 데도 없습니다. 제 얘기 좀 들어보세요."

자초지종을 듣고 난 주인 여자는 머슴이 예전에 족제비굴에다 소변을 보다 족제비에게 물린 이후로 놀라서 그러는 것이라고 둘러댔다. 그리고는 머슴을 불러 그날의 사건을 처음부터 자세히 설명하기 시작했다.

"족제비 굴인지 모르고 실례를 하다 놀란 족제비가 굴에서 튀어나와 내 '거기'로 들어온 것이네. 사실 족제비 굴이나 여자 굴이나 비슷하지 않은가……."

여자들이 모두 족제비를 품고 산다고 생각했던 머슴은 주인 여자의 해명을 듣고는 용기를 내보기로 했다.

그날 밤 "옛다, 그래, 물으려면 물어라!" 하고는 물건을 갖다 대니 있지도 않은 족제비가 물 턱이 없었다. 그제야 족제비가 없다는 것을

확인한 머슴은 기뻐하며 부인과 매일 밤 지극한 즐거움을 만끽했다
고 한다.

옆집 바람둥이 머슴이 자랑하는 소리를 들을 때마다 이 순진한 머슴
은 얼마나 애가 탔을까? 확 잡아채는 것 같기도 하고 무언가에 물리는
것 같은 느낌을 혼자서 여러 번 상상도 해봤을 것이다. 바람둥이 머슴
의 말 때문에 머슴의 성적 환상과 호기심은 아마도 극에 달해 있지 않
았을까 싶다. 그래서 안주인이 논바닥에 누워 소리를 질러대자 다짜고
짜 아랫도리를 벗고 달려든 것이다.

이 장면에서 하마터면 순진한 머슴이 '변태남'으로 변할 뻔했으나
이야기는 머슴에게 그러한 누명을 씌우지 않았다. 대신 족제비를 등장
시켜 이야기를 전혀 다른 방향으로 비틀었다. 머슴이 안주인에게 달려
드는 순간 안주인의 거기에서 족제비가 튀어나와 머슴의 거시기를 콱
물어버린 것이다.

한번도 성행위를 해본 적이 없는 머슴은 그 뒤로 여성과의 동침을
두려워하게 되었다. 호기심으로 시작된 욕망이 두려움으로 변한 것이
다. 그런데 성에 대한 호기심과 욕망이 두려움으로 변한 것이 단지 족
제비 때문이었을까? 아마도 머슴은 처음부터 동침에 대한 궁금증 못
지않게 두려움도 동시에 지니고 있었을 것이다. 미지의 어떤 것, 경험
해본 적이 없는 것이기에 더욱 그러했으리라. 이 이야기는 남성이 지
닌 동침에 대한 무지, 여성의 몸에 대한 무지로 인해 생긴 두려움을 이
렇듯 발칙하게 '여성의 몸에는 족제비가 산다.'는 것으로 풀어냈다.

족제비 족제비는 주로 굴속에서 생활하는 작은 동물이기에 여자의 음부를 굴이라고 착각할 만도 하다.

그런데 하고 많은 동물들 중에 주인 여자의 거기로 들어간 것이 족제비라는 점이 흥미롭다. 족제비는 주로 굴을 파서 그 안에 들어가 생활하는데, 작은 것은 몸길이가 25센티미터 밖에 되지 않는다고 한다. 이 작은 족제비는 먹이인 쥐를 잡기 위해 쥐가 파놓은 좁고 깊은 굴까지 따라 들어간다고도 하니 컴컴한 굴속으로 두려움 없이 들어가는 족제비의 재주는 타의 추종을 불허한다고 하겠다.

이런 족제비가 자기 굴에서 편히 쉬고 있을 때 갑자기 주인 여자가 실례를 하였으니 놀란 족제비가 튀어나와 몸을 숨길 곳을 찾다가 여성 몸속에 있는 굴인 음문으로 쏙 들어간 것이다. 결국 주인 여자가 머슴에게 족제비의 굴이나 사람의 굴이나 비슷하지 않느냐고 한 변명은 꽤 설득력이 있는 셈이다. 여성의 그곳을 컴컴하고 깊은 굴과 유사

하다고 생각한 선인들이 족제비의 습성을 활용하여 이야기를 엮어나
간 것이다.

성행위에 대한 두려움이 남자에게만 있으란 법은 없다. 여자 역시
첫 경험에 대한 두려움은 호기심과 함께 얼버무려져 묘한 감정으로 자
리 잡고 있었다. 물론 이것에 대한 이야기도 전해지며, 여기에도 어김
없이 동물이 등장한다.

옛날에 처녀 둘이 있었다. 그중 한 명이 먼저 시집을 가게 되었는
데, 남은 한 처녀는 결혼을 하면 어떤 기분인지 너무도 궁금했다. 그
러던 어느 날 친구를 찾아가 물었다. 친구는 첫날밤의 느낌을 처녀에
게 말로 설명하기 어려워서 바늘 한 쌈을 가져와 손바닥에 찔러주고
는 그와 똑같은 느낌이라고 했다. 처녀는 사지가 녹는 듯 괴로워서
그 뒤로 결혼이란 무서운 것이라 여기고 두려워했다. 그렇게 혼기를
놓쳐 부모님은 걱정을 했지만 처녀는 결혼할 생각조차 하지 않았다.

그런 사실을 알고 있는 이웃집 총각이 하루는 꾀를 써서 처녀에게
접근했다. 때마침 무더운 여름날이었는데 온몸에서 땀이 나자 강가
로 내려가 거시기를 꺼내놓고 엎드린 것이다. 처녀가 뭐하냐고 묻자
너무 더워서 숭어에게 물 먹이는 중이라고 했다. 그러자 아무것도 모
르는 처녀는 순진한 표정으로 총각을 부러워했다.

"너는 숭어가 밖으로 나와 있어 물 먹이기 좋겠지만 나는 숭어가
안쪽에 있는데 어떻게 하니?"

그러자 총각은 씩 웃으며 대답했다.

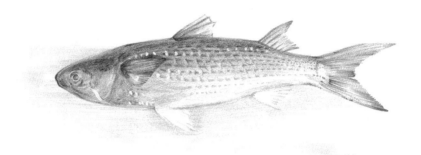

숭어 숭어는 예로부터 남자의 성기를 닮은 물고기로 유명하다.

"그럼 내 숭어에다가 먼저 물을 먹인 다음에, 너의 숭어에게 내가
물을 먹여줄게."

처녀는 좋은 생각이라고 맞장구를 쳤다. 그래서 총각은 자기의 거
시기에 물을 묻혀 처녀의 거기에 물을 먹였다. 그렇게 몇 번을 하니
더위가 전혀 느껴지지 않았다.

그래서 그 뒤로 둘은 틈만 나면 숭어에 물을 먹였다. 이 사실을 알
게 된 처녀의 부모는 결국 총각에게 딸을 시집보내게 되었다.

족제비가 성행위에 대한 남자의 두려움을 은유적으로 표현한 동물
이라면, 숭어는 여자의 두려움이 해소되는 상황을 은유적으로 표현한
동물이다. 숭어는 많은 수의 알을 낳는 습성 때문에 예로부터 '자손 번
창'의 상징물로 여겨졌다고 한다. 또 그 생김새가 남자 성기를 그대로
닮아있다. 이러한 점들 때문에 숭어가 성에 대한 인간의 야릇한 감정
을 표현하는 데 적합했을 것이다.

이렇듯 야한 동물 이야기들은 그저 그렇고 그런 음탕한 이야기로만 이해할 것이 아니라 보편적인 사람들의 마음속에 자리 잡고 있는 성에 대한 환상, 호기심과 두려움, 즐거움과 욕망 등이 다층적으로 표현되어 있는 이야기로 이해하는 것이 바람직할 것이다. 입 밖으로 당당히 말하는 게 금기시되는 것들을 동물이라는 은유를 통해 부담스럽지 않으면서도 유쾌하고 재치 있게 풀어내지 않았는가?

자투리 우수리

옛날에도 음담이라고 불리는 이야기들을 모은 책들이 많이 있었는데, 그중에 대표적인 것으로 《고금소총》을 들 수 있다. 《고금소총》이란 제목은 '옛날부터 지금까지 우스운 이야기를 모아놓은 책'이란 뜻인데, 야한 이야기가 많아 예로부터 많은 사람들의 입에 오르내렸다. 그러면 이 책에 실린 재미나고 야시시한 이야기들 중에서 한 편을 감상해보자.

어느 새침한 아가씨가 첫날밤을 보냈다. 그런데 오래도록 아가씨를 모신 유모가 첫날밤이 어떠한지를 묻는 것이었다.

"글쎄, 별로였어."

"에이, 그러지 말고 솔직하게 말해주세요. 아가씨."

부끄럽고 난감한 아가씨는 대답했다.

"뭐 괜찮긴 한데 그 깊은 맛은 잘 모르겠어, 유모. 정말이야."

유모는 아가씨가 거짓말을 한다는 걸 눈치 채고는 골려줄 생각을 했다.

"아가씨, 바야흐로 흥이 무르익으면 눈앞에 태산이 있어도 보이지 않고, 벼락이 쳐도 소리가 들리지 않는답니다. 아가씨가 그 지극한 맛을 알지 못한다니 정말 모르는 것인지 의심이 가네요."

아가씨는 유모의 말을 듣고는 강하게 부인했다.

"지극한 맛이 무엇인지 첫날밤만 치르고 내가 어찌 알겠어."

"아가씨, 그렇다면 아가씨가 서방님과 즐거움을 꾀할 때 제가 멀찍이 떨어져 물건을 들어 보일 테니 한번 맞춰보시겠어요? 그 물건이 무엇인지 알아맞힌다면 아가씨의 말이 거짓이 아닌 걸 제가 믿겠습니다."

아가씨는 새침한 얼굴로 그러라고 했다.

그리고 며칠 뒤, 새벽이 어슴푸레 밝아오는 때였다. 아가씨와 새신랑은 일어날 기색은 하지 않고 질펀하게 흥을 돋우고 있었다. 그때 유모가 창문 너머로 무언가를 들고 아가씨에게 보였다. 아가씨는 숨이 넘어갈 듯 혼미한 상황에서 그것을 보니 칼이었다.

"칼, 칼, 카알……."

일을 마치고 방에서 나온 아가씨에게 유모는 말했다.

"아가씨, 분명 아까 칼이라고 하셨죠?"

아가씨는 고개를 끄덕였다. 유모가 뒤춤에 감추었던 싱싱한 은빛 갈치를 얼굴 앞에 들이대며 말했다.

"이게 칼, 칼, 카알……이라구요?"

순간 아가씨는 얼굴이 새빨갛게 달아올라 아무 말도 하지 못했다.

게에게 거기를 물린 여자

오월 단옷날, 광한루에서 춘향이가 그네를 타는 장면으로 《춘향
전》은 시작된다. 아름다운 여인에게서는 후광이 빛나는 법, 우
연히 그 모습을 본 이몽룡에게는 마치 보름달이 오락가락하는 것 같았
다. 넌지시 방자에게 물었더니 기생 월매네 딸이란다. '어찌 해봐도 되
겠구나.' 생각하고서는 방자를 시켜 춘향이를 불러오도록 한다. 그런
데 춘향이는 그렇게 쉬운 상대가 아니었다. 심부름 온 방자에게 "안수
해(雁隨海) · 접수화(蝶隨花) · 해수혈(蟹隨穴)"이라는 애매한 말만 남기
고 향단이와 함께 그 자리를 떠나버린다.

사실 이 말에는 고도의 은유가 담겨 있다. 기러기는 바다를 찾고, 나비는 꽃을 찾고, 게는 구멍을 찾는다는 뜻으로 아쉬운 사람이 직접 찾아오라는 말이다. 기러기나 나비, 게가 모두 이몽룡을 상징한다면, 바다, 꽃, 구멍은 춘향이를 상징하는 셈이다. 겉으로는 거절하는 체하면서도 은근히 자기를 찾아오라는 뜻을 내비쳐 이몽룡을 안달하게 하려는 전략인 셈이었다. 전략은 정확히 적중하여 그날 밤 이몽룡이 춘향이 집을 직접 찾아가게 된다.

　그런데 우리가 여기서 주목하고자 하는 것은 '해수혈(蟹隨穴)', 그러니까 '게는 구멍을 찾는다.'는 말이다. 기러기가 바다를 찾는다거나 나비가 꽃을 찾는다는 말은 흔히 쓰이는 말로 평범한 뜻이라 할 수 있지만 게가 구멍을 찾는다는 말은 좀 야한 의미로 받아들여질 수 있기 때문이다. '구멍'이 여성의 성기를 의미하는 속어로 자주 쓰이기 때문일 것이다. 그러니까 기러기가 바다를 찾고 나비가 꽃을 찾는다는 표현에 비해 게가 구멍을 찾는다는 말은 훨씬 농도 짙은 유혹의 말이었던 셈. 이 말을 접하고 불끈했을 젊은 청년 이몽룡의 심정, 그리고 당장 그날 밤으로 춘향이 집을 찾아갔던 이몽룡의 심정을 충분히 이해할 수 있을 것 같다.

　구멍을 찾는다는 속성 때문인지 게는 성적인 상징으로 자주 사용된다. 특히 여성의 성기가 직접 노출되는 이야기에 게가 자주 등장하는 것은 다분히 이러한 상징 때문으로 생각해볼 수 있다. 그래서인지 이야기에 게가 등장하면 무척 야한 이야기가 되는 경우가 많다.

옛날에 홀시아버지를 모시고 남편과 함께 살아가는 여자가 있었다. 하루는 갯벌을 개간한 논에서 시아버지와 남편이 일을 하고 있었다. 점심때가 되어 여자는 밥을 해서 가고 있었는데 가는 길에 갑자기 오줌이 마려워 참을 수가 없었다. 여자는 너무도 급한 나머지 점심 바구니를 머리에 인 채로 논두렁에 쪼그리고 앉아서 오줌을 누었다. 그런데 하필이면 볼일을 본 곳이 게 구멍이었다.

게란 놈이 그때 구멍 속에 있었는데 갑자기 따뜻한 기운이 돌아 뭔 일인가 하고 밖으로 살짝 나와 위를 쳐다보니, 불그스름한 것에서 물이 쏟아지고 있었다. '붉은 것이 먹음직스럽게 생겼구나! 한번 먹어볼까?' 하고 집게발로 여자의 거기를 꽉 물었다.

소변을 보다가 갑자기 거기가 물린 여자는 아파서 죽을 것만 같았다. 그러나 머리에 점심을 이고 있어 자유롭게 움직일 수도 없는데다가 들판이라 도와줄 사람 또한 아무도 없었다.

한편 점심을 기다리던 시아버지는 시간이 지나도 며느리가 오지 않자 무슨 일이 있나 싶어 걱정이 되었다. 그래서 집 쪽으로 걸어가는데 들판 한쪽에서 "크응, 크응" 하면서 앓고 있는 소리가 들렸다. 시아버지가 다가가보니 소리를 내는 사람은 바로 며느리였다.

"아가 왜 그러냐?"

"아이고, 아버님 게가……."

며느리는 차마 말을 잇지 못했다. 시아버지가 가까이 가서 보니 며느리는 오줌을 싸는 모양으로 쪼그려 앉아 있고 게가 거기를 꽉 물고 있는 것이 아닌가.

아무리 잡아 뜯으려 해도 게는 쉽게 놓아주지 않았다. 힘을 주어 잡아 뜯으려 할수록 며느리의 고함소리는 커져만 갔다. 게의 다리를 이로 물어서 으스러뜨리는 수밖에 달리 방법이 없을 것 같았다. 마음이 다급해진 시아버지가 얼른 달려들어서 이로 게를 물어뜯으려고 하자, 이번에는 게가 다른 집게발로 시아버지의 입술을 꽉 물어버렸다. 시아버지는 아파서 어찌 할 바를 몰랐다.

논에서 기다리고 있던 남편은 때가 지나도 부인이 오지 않고 아버지도 보이지 않자 화가 나서 씩씩거리며 집으로 달려가고 있는데 어디선가 남녀의 비명소리가 크게 들렸다. 웬일인가 싶어 비명소리가 나는 곳을 따라 가니 멀리서 아버지와 자기 부인이 이상한 자세로 막 소리를 지르고 있었다. 둘이서 음흉한 짓을 하는 것이라 생각한 남편은 화가 머리끝까지 나서 부리나케 달려갔다. 그런데 가까이 가서 보니, 게 한 마리가 아버지의 입술과 자기 부인의 그곳을 양쪽 발로 물고 있는 것이 아닌가. 남편이 깜짝 놀라 말했다.

"이게 대체 뭔 일입니까?"

이내 사태를 파악한 남편은 게를 손으로 잡은 뒤 당겨보았으나 쉽게 떨어지지 않았다. 이 정도로는 안 되겠다 싶어 있는 힘을 다해 다시 잡아당기자 그제야 게가 떨어져 나왔다. 그런데 게가 떨어져 나온 뒤에도 부인과 아버지는 여전히 죽는다고 소리를 치고 있었다. 떨어져 나온 게를 가만히 살펴보니 아버지의 입술과 부인의 그곳 살점이 떨어져 게의 양 발에 붙어 있는 것이 아닌가. 깜짝 놀란 남자는 빨리 살을 붙여야겠다는 생각에 당황한 나머지, 그만 부인의 살을 아버지의 입술에 붙이고 아버지의 살은 부인의 거기에 붙이고 말았다.

그 후 여자는 깊은 살이라 별로 표시가 나지 않았는데, 시아버지의 수염은 꼬불꼬불 해지기 시작했다. 그래서 시아버지는 수염이 자라기가 무섭게 잘라버렸다고 한다.

너른 들판을 지나다가 소변이 마려울 때 남자들은 '돌아서기'만 하면 널린 곳을 모두 화장실로 이용할 수 있지만 여자들은 사정이 다르다. 최소한의 가릴 곳을 찾아야 하기 때문이다. 그래서 찾는 곳이 논둑이 가림의 역할을 해주는 논과 논 사이의 작은 수로이다. 그런데 바로 그런 곳에 게가 서식하고 있다. 게는 바다와 만나는 강이나 강어귀, 깨끗한 수로 혹은 저수지와 같은 곳에서 주로 산다고 한다. 그러니 논둑 사이 수로에서 소변을 볼 때에는 필히 아래를 살펴 게가 있는지 없는지 확인해야 한다.

부인이 게를 보지 못한 것은 다분히 머리에 이고 있었던 점심 바구니 때문이었다. 또한 게에게 물리고도 어찌 해보지 못하고 비명소리만 질렀던 것도 역시 점심 바구니 때문이었을 것이다. 살림이 넉넉지 못했던 예전에는 점심 한 끼도 무척 중요했을 것이고, 차라리 맨살이 꼬집히는 아픔을 참을지언정 점심 바구니를 엎어서는 안 되었으리라. 하필이면 이러한 상황에서 시아버지가 나타났으니 정말 난처하기 그지없다. 예의를 갖추어야 할 사이임에도 불구하고 며느리는 가장 은밀한 곳까지 시아버지에게 보이고 말았고, 더욱이 남편이 보기에 충분히 오해를 살 만한 아주 야릇한 포즈까지 취하게 되었다.

그러나 이야기는 여기에서 갑자기 코믹한 상황으로 전환된다. 시아버지의 입술과 며느리의 깊은 살이 뒤바뀌게 되었고, 시아버지는 꼬불꼬불한 수염이 나기가 무섭게 잘라버렸다는 것. 나이에 어울리지 않게 파르라니 깎은 시아버지의 수염을 생각해보면 저절로 웃음이 나오는 대목이다. 이 이야기는 이렇듯 며느리와 시아버지의 문제적인 상황을 유머러스하게 마무리하여 재미를 배가시키고 있다. 아래 이야기도 이러한 점에서 비슷한 느낌을 주는 재담이다.

옛날에 수전증이 있는 시아버지가 있었다. 수전증 때문에 상투를 혼자서 매는 것이 무척 힘들었다. 하루는 옆 마을 친구 생일잔치에 가면서 며느리한테 상투를 매달라고 부탁하였다.

"얘, 어멈아, 상투 좀 매다오."

마침 며느리는 아이를 낳은 지 얼마 안 되어 젖이 퉁퉁 불어서 옷섶 밖으로 튀어나와 있었는데, 상투 고무줄을 매주다 보니 젖꼭지가 시아버지 입 언저리에 닿을락말락했다. 하필이면 이때 일 나갔던 아들이 장지문을 열고 들어오다가 이 광경을 보게 되었다.

"이 늙어 죽을 영감탱이가 며느리 젖을 빠네!"

아들이 난리를 치자 난처한 상황에 처한 아버지는 기지를 발휘해 이렇게 답했다.

"그래, 이 자식아. 내가 니 마누라 젖 한번 빨았다 치자. 너는 우리 마누라 젖을 삼 년이나 빨아 처먹었어, 이놈아!"

사실은 젖을 빠는 것이 아니라 상투를 매주고 있는 것이라고 변명을 해야 할 상황에서 오히려 어렸을 때 젖먹이로서 어머니의 젖을 빤 것을 들어서 아버지는 아들에게 큰소리를 친다. 야릇한 상황을 뛰어난 기지로 넘겨버리는 아버지의 입담이 참 대단하다.

시아버지와 며느리 못지않게, 야한 이야기에 자주 등장하는 사람들이 바로 중과 과부다. 둘 다 금욕적인 생활을 한다고 생각되므로, 이들이 등장하여 농 짙은 이야기를 만들어내면 재미를 더할 수 있어서 그럴 것이다. 아래 이야기는 중과 과부의 이야기로, 역시 게에 의해서 야릇한 상황이 만들어지고 있는 점은 앞서의 이야기와 비슷한데, 마지막 부분이 좀 다르다.

옛날에 바닷가 마을에 한 과부가 살았다. 하루는 갯벌을 지나고 있는데 오줌이 마려워 참을 수가 없었다. 하는 수 없이 갯벌 한 귀퉁이에서 실례를 했는데 하필이면 게 구멍에다 오줌을 눈 것이었다. 구멍 속에 있던 게는 잠을 자다가 따뜻한 물이 흘러 내려오자 무슨 물인가 하고 올라와 가만히 보니, 조갯살 같은 것이 있기에 냉큼 물어버렸다. 과부는 깜짝 놀라서 펄쩍펄쩍 뛰며 악을 썼지만 게는 떨어지지 않았다.

마침 중 하나가 지나가다가 "아주머니, 대체 어찌 그러십니까?" 하고 물었다. 과부는 말을 못하고 손가락으로 밑에만 가리켰다. 중은 무슨 일인가 싶어 가까이 다가가 거기를 쳐다보는데 갑자기 게가 중의 입을 물고 늘어졌다. 이번에는 과부와 중이 함께 서로 비비고 문대도 요놈의 것이 안 떨어져서 둘이 악을 쓰며 펄쩍펄쩍 뛰었다.

그때 지나가던 나팔장수가 소리를 듣고 "어째 그러십니까." 하고 물으니 과부와 중이 말은 하지 않고 자꾸 아래만 가리켰다. 나팔장수가 가까이 가 살펴보니 게가 과부의 거기와 중의 입술을 동시에 물고 있는 것이었다. 나팔장수는 만져볼 수도 없고 참 곤란했다. 한참 고민을 하다가 '에라 모르겠다.' 하고는 나팔을 가져다 거기에 대고는 세게 불었다. 그랬더니 게가 나팔소리에 깜짝 놀라 떨어져 버렸다.

그런데 과부가 나팔장수에게 고맙다는 말은 하지 않고, 대뜸 중을 향하여 말했다.

"뭔 놈의 중대가리가 그리 까실까실한고."

그러자 이 말을 듣고 있던 중이 맞받아쳤다.

"허허, 아무리 시궁창 냄새를 많이 맡아봤어도 이렇게 고린내가 심한 고랑창은 처음 맡아보네."

이를 지켜보던 나팔장수가 한마디 거들었다.

"나팔장수 십 년 만에 씹나팔 불기는 처음이네."

야릇한 상황을 비속어까지 동원해서 유머러스하게 마무리 짓고 있는 이야기지만, 사실 비속어의 농도가 너무 짙어 얼굴을 붉히게 만든다. '씹'이라는 말은 원래는 '씨집'이라는 말로 '씨를 먹어 생명을 배태하는 신성한 곳'이라는 뜻이었다. 그런데 위와 같이 험한 상황에서 사람들의 입에 자주 오르내리게 되면서 여성의 성기나 남성과의 성행위를 비속하게 부르는 말로 쓰임새가 바뀌게 되었다. 생명이 탄생되는

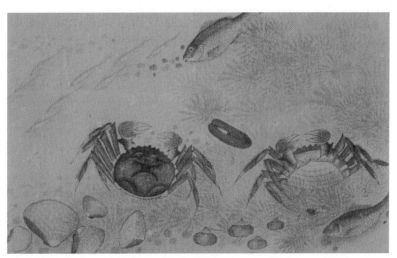

〈어해도魚蟹圖〉 속 게 게가 그려진 〈어해도〉는 종종 춘화(春畵)로 이해되기도 했는데, 여기서 게는 남성의 성적 상징이다.

소중한 공간을 저속하게 만들어버린 우리의 책임이 크다.

게는 남성 혹은 남성의 성기를 상징한다고 한다. 본능적으로 구멍을 찾아가는 게의 속성에서 유추된 것으로 이해할 수 있다. 여성의 성기와 관련된 이야기에 게가 자주 등장하게 된 이유를 여기에서 찾을 수 있을 것 같다. 〈어해도魚蟹圖〉라 불리는 민화가 있다. 고기와 게를 그린 그림이라는 뜻인데, 특히 게가 등장하는 그림은 춘화(春畵), 다시 말해 야한 그림으로 분류되곤 한다. 그림 속 게 옆에 구멍이 나 있거나 조개류가 널려져 있는 것도 성적인 상징을 효과적으로 표현하기 위한 수단인지도 모르겠다. 이래저래 게는 우리 선조들에게 참 야한 동물임에 틀림없었던 것 같다.

게와 관련된 이야기들이 모두 야한 것은 아니다. 원숭이 엉덩이가 빨간 이유와 게의 집게발에 털이 나 있는 이유를 재미있는 이야기로 엮어 놓은 것이 있다. 게를 좋아하는 사람이라면 한번쯤 알아두면 좋을 것 같다.

옛날에 원숭이와 게가 친구 사이로 사이좋게 지내고 있었다. 둘은 먹보여서 음식에 대한 욕심이 많았는데 그중에서도 떡을 무척 좋아했다. 하루는 원숭이가 게를 찾아왔다.

"오늘 건넛마을에 백일잔치가 있어서 떡을 많이 한다고 하더라. 우리 거기서 떡이나 한 시루 훔쳐다 먹자."

"어떻게 하려고 그러는데?"

원숭이는 좋은 수가 있으니 자신만 믿고 따라오라고 했다. 게는 속으로 걱정이 됐지만 원숭이의 말만 믿고 일단 마을로 향했다. 마을에 도착하자 원숭이는 게에게 계획을 설명했다.

"방에 들어가면 아기가 자고 있을 거야. 네가 그 아기의 손가락을 깨무는 거야."

게는 원숭이의 말에 고개를 끄덕이고는 작전에 돌입했다. 방 안에서 자는 아기의 손가락을 집게로 힘껏 깨물자, 아기가 울기 시작했다. 마당에 있던 아기 엄마는 놀라서 방으로 뛰어 들어왔고, 그 사이 원숭이는 떡시루를 들고 멀리 나무 위로 올라가 버렸다. 원숭이는 나무 위에서 떡시루를 쥐고 게를 기다렸다. 그런데 김이 모락모락 나는 떡시루를 보자 그만 욕심이 생겼다. 자기 혼자 떡을 독차지하고 싶은

원숭이 엉덩이와 게의 집게발 원숭이의 엉덩이에 있어야 할 털이 게의 집게발로 옮겨진 것은 순전히 원숭이의 욕심 때문이었다.

마음이 생긴 것이다.

나무 아래에 도착한 게는 원숭이의 마음을 알아채고는 화가 나 나무에 오르려고 이리저리 시도해보았지만 올라갈 수가 없었다. 그때였다. 갑자기 나무 위로 돌풍이 '휘잉' 하고 불었다. 그러자 나무 위에 있던 원숭이가 휘청하는 바람에 떡시루가 나무 아래로 떨어졌다. 그런데 하필이면 그 떡시루가 게의 등에 떨어지고 말았다. 그때부터 게의 등이 납작해졌다고 한다. 게는 아파서 끙끙대면서도 떡을 먹을 욕심에 기어이 떡시루를 안고 땅속으로 들어가버렸다.

구멍 속에서 게는 떡을 맛있게 먹으며 원숭이를 놀렸다.

"그러게 진작 나누어 먹을 것이지! 꼴좋다. 하하하."

다급해진 원숭이는 나무에서 내려와 구멍을 들여다보며 잘못을 빌면서 같이 먹자고 애원했다. 그러나 게는 꿈쩍도 하지 않았다. 화가 난 원숭이는 엉덩이를 뒤로 돌려 구멍으로 가져갔다. 그리고는 있는 힘껏 구멍에 대고 방귀를 뀌었다. 어찌나 그 냄새가 고약했던지 게는 정신이 아찔할 정도였다. 게는 화가 나서 구멍 입구에 있는 원숭이 엉덩이를 집게발로 힘껏 물었다. 게가 얼마나 힘껏 물었던지 원숭이의 털이 다 빠져서 게의 집게발에 붙어버렸다.

그래서 지금도 원숭이의 엉덩이는 털이 없이 빨갛고, 게의 집게발은 원숭이의 엉덩이에서 옮아온 털이 붙어 있는 것이라고 한다.

거기에 그린 그림, 토끼

중세 유럽. 십자군 원정에 참여하기로 결심한 용감한 기사가 있었다. 출정 준비를 마친 그는 하인에게 집안일을 부탁하며 열쇠 하나를 건네주었다.

"이건 마님의 정조대 열쇠다. 내가 만약 10년이 넘도록 돌아오지 못하면, 그때 네가 이 열쇠를 마님에게 드려라."

비장한 각오로 길을 떠나던 기사에게 잠시 뒤 하인이 말을 타고 뒤쫓아오면서 소리쳤다.

"주인님, 이 열쇠가 아니라 다른 열쇠인가 봅니다!"

이는 정조대(貞操帶)와 관련된 우스개 이야기다. 정조대란 순결을 지키기 위해 여성의 음부(陰部)에 채우는, 자물쇠가 달린 띠를 말한다. 사실 현재 우리가 박물관에서 보게 되는 정조대들은 대부분 19세기 초에 영국의 하녀들이 치근거리는 주인으로부터 스스로를 보호하기 위해 착용한 것이라고 한다. 그러나 한편으로는 위 이야기에서와 같이 전쟁터로 떠나는 남편이 아내가 다른 남자를 끌어들일까 걱정하여 아내의 몸에 정조대를 채웠다는 설도 있다.

하지만 남편이 아내를 구속한다고 해서 아내가 가만히 앉아 순결을 지키고만 있었을까? 본래 어떠한 구속이든 빠져나갈 틈새는 있는 법이다. 정조대를 만드는 대장장이가 정조대를 만들면서 자기가 사용할 여분의 열쇠를 만들어두었다고도 하고, 또 남편이 전쟁터로 떠난 뒤 그 부인을 찾아와 여분의 열쇠를 비싼 값으로 팔았다고도 한다. 아내들 또한 만만치 않은데, 남편이 집을 떠나면서 마지막 포옹을 할 때 남편의 주머니에서 열쇠를 빼내어 애인에게 주기도 했다고 하니, 뛰는 놈 위에는 나는 놈이 반드시 있는 법이다.

그렇지만 부인이 아무리 못 미더워도 그렇지 금속의 정조대는 너무 야박하지 않은가. 우리나라에도 이렇게 아내의 순결을 지키기 위해 선인들이 꾸며낸 묘책이 있었다고 하니, 그것은 바로 서양의 흉측한 정조대와는 사뭇 다른 '토끼 그림'이었다고 한다.

옛날에 서방질이 심한 부인이 있었다. 그래서 남편은 볼일이 있어도 마음 놓고 어디를 다닐 수가 없었다. 잠시만 자리를 비우면 부인의 그 못된 행실이 여지없이 드러나기 때문이다. 하루는 친척이 상을 당해서 꼭 가야 하겠는데 부인 때문에 걸음이 떨어지지 않았다. 고민을 거듭하다 부인을 단속할 묘책을 생각해냈다.

"자네 이리 들어와서 좀 드러눕게. 그리고 거기 좀 벌려봐."

부인은 남편을 이상하게 생각했지만 일단 시키는 대로 했다.

"내가 오늘 볼일 보러 가는데, 자네를 그냥 두자니 그 나쁜 행실 때문에 도무지 걸음이 떨어지질 않아. 그래서 거기다 내가 무언가 표시를 해 놓고 갈 테니까 그런 줄 알게."

남편은 거기다 토끼를 하나 떡 그려 놓고선 그림이 지워지기라도 하는 날에는 소박당할 줄 알라며 부인에게 단단히 주의를 주고 집을 나섰다.

그런데 남편이 떠난 바로 뒤에 영남의 건달 놈 하나가 하필 그 집 앞을 지나게 되었다. 부인이 남자를 보니 여간 잘생긴 게 아니었다. 부인은 남편이 그려 놓은 토끼만 아니면 당장이라도 남자를 만나서 재미를 보고 싶은데 토끼 때문에 그럴 수가 없어 발만 동동 굴렀다. 남자도 부인의 그런 마음을 알았는지 부인에게 다가와 수작을 걸었다. 그런데 부인의 표정이 영 마땅치 않았다. 남자가 연유를 묻자, 여자는 부끄러운 듯이 대답했다.

"그게 실은, 우리 남편이 집만 비우면 내가 한눈을 팔기 때문에 여기다 토끼를 그려 놓았지 뭡니까. 이 토끼 꼬리가 조금만 닳아도 맞아 죽으니 어떡하겠소."

"어디 봅시다. 거 참, 그 토끼 점잖이 잘도 그려 놓았네."

토끼 그림을 구경하던 남자는 음탕한 욕심이 더욱 생겨 일을 치르자고 부인을 재촉했다.

"에이, 난 그것보다 훨씬 잘 그리니 그까짓 것 문제없소. 나만 믿으시오."

남자는 호언장담을 하였다. 남자의 자신에 찬 말에 부인은 이내 불안한 마음을 떨치고 일을 치르고 말았다. 그 사이 토끼는 오간 데 없이 사라졌다. 재미를 본 부인과 남자는 이제 토끼를 제자리에 그려야 하는데, 웬일인지 남자는 토끼를 선뜻 그리지 못했다. 알고 보니 남자는 토끼를 그릴 줄도 모르면서 음탕한 마음 때문에 거짓말을 하고서는 일부터 치르고 만 것이었다.

달리 방법이 없자, 남자는 그림 대신에 자신 있는 시나 지어보겠다고 했다.

"에이, 기왕 엎질러진 물인데 풍월이나 한 수 적어 놓고 가겠소."

영남여객과택(嶺南旅客過宅)	영남의 나그네가 이 집을 지나가니,
화중토경주산(畫中兎驚走山)	그려 놓은 토끼가 놀라서 산속으로 달아났구나.

시를 한 수 지어 놓고서는 뒤도 돌아보지 않고 사내는 가버렸다.

다음날 저녁 남편이 볼일을 마치고 집으로 돌아오자마자 제일 먼저 부인을 불렀다. 남편이 토끼를 확인하려는데 어찌된 영문인지 토끼는 꼬리조차 안 남아 있고 양쪽에 두 줄 글씨가 선명하게 씌어 있었다. 그 글을 보고, 남편은 화가 나면서도 한편으로는 그 당돌한 글귀에 기가 막혀 '픽' 실소를 내뱉고 말았다.

'허, 그놈 참…….'

여자와 남자 사이에 그것도 결혼을 한 부부사이에 상대방이 한눈을 팔지 않을까 노심초사하는 광경이 예사롭지 않다. 음행이 심한 부인은 남편이 없으면 으레 다른 남자를 탐하니 남편은 어떤 식으로든지 이를 제어할 수밖에 없었을 것이다. 그런데 부인의 음행을 제어할 장치가 부인의 음부에 그려 놓은 토끼 그림이라니.

'토끼'를 그려 놓았다고 하니 몇몇은 지금쯤 미소를 지으며 고개를 끄덕이고 있을지도 모르겠다. 사춘기 시절 한번쯤 관심을 가졌을 법한 《플레이보이》란 잡지가 갑자기 떠오르지 않는가? 나비넥타이를 맨 토끼가 그 잡지의 트레이드마크였다. 이 회사에서 토끼를 트레이드마크로 사용한 것은 수토끼가 특정한 발정기 없이 항상 왕성한 성욕을 보여주는 특성을 지녔기 때문이라고 한다.

판소리 〈별토가鼈兔歌〉에서도 굉장한 정력으로 자라 부인의 마음을 혹하게 만드는 토끼가 등장한다. 자라가 용왕에게 토끼의 간이 뱃속에 들어 있다고 아뢰자, 이에 앙심을 품은 토끼는 용왕에게 자라탕을 먼저 먹고 토끼 간을 먹으면 효과가 더욱 좋다고 권했다. 그러자 용왕은 자라를 잡아먹어야겠다면서 달려들었는데, 이에 신하들은 공을 세운 자라를 죽여서는 안 되니 차라리 자라 부인으로 자라탕을 끓이자면서 용왕을 말렸다. 졸지에 부인을 잃을 위기에 처한 자라는 토끼를 찾아

바람기 많은 여자와 토끼 여자의 바람기를 잡아주는 것으로는 토끼만한 것이 없다고 한다. 여자의 거기에 토끼 그림을 그려 놓으면 바람기를 잡을 수 있다는데, 과연 뜻대로 될 수 있을까.

가 부인 목숨을 살려달라고 애원했다. 그러자 토끼는 살려주는 조건으로 하룻밤의 동침을 허락할 수 있겠느냐며 물었고, 이러지도 저러지도 못할 지경에 처한 자라는 하는 수 없이 고개를 끄덕였다. 하지만 이게 웬일? 자라 부인은 하룻밤의 동침에 그만 토끼를 사랑하게 되고, 급기야는 토끼에 대한 상사병이 깊어져 결국 죽고 말았다는 것이다.

이렇게 보면 동서고금을 막론하고 토끼는 성적인 상징으로 이해되었던 것 같다. 실제로 암토끼는 끝까지 포기하지 않는 질긴 근성과 체력을 지닌 수컷을 선별하기 위해서 오랜 시간을 뛰는데, 이때 암컷에 끝까지 따라 붙는 수컷만이 교미를 할 수 있다고 한다. 또 수컷들은 배우자를 차지하기 위해 치열하게 싸움을 벌이고, 싸움에서 이긴 한 마리의 수컷만 여러 암컷들과 교미할 수 있다. 암컷을 향한 끈질긴 승부 근성과 여러 암컷을 차지하기 위한 수컷의 습성이 토끼를 정력의 상징으로 만든 것이다.

이와 관련해 이야기를 다시 보자. 남편이 떠나기 전 거기에 토끼 그림을 그려 놓은 것은 토끼가 곧 남편의 분신이라는 좀 더 심오한 의미로 해석할 수도 있겠다. 다시 말해 그림 속의 토끼는 집을 비운 사이 음행이 심한 부인을 지키기 위한 파수꾼이자, 자신이 토끼처럼 정력이 강한 남자임을 은근히 과시하려는 남편의 의도가 함께 녹아 있는 그림인 셈이다.

그러고 보니 이제야 영남의 과객이 지은 시가 이해될 것도 같다. 영남 과객을 보기만 하고도 토끼가 놀라서 산속으로 도망갔다는 것은 남편보다 나그네가 훨씬 더 '센 놈'이라는 것이 아닌가. 아내의 외도를 막기 위해서 거기에 토끼 그림을 그려 놓은 발상도 참 재치 있지만 그 아내를 범하고서 거기에 화답하는 시를 써 놓은 나그네의 솜씨는 그보다 한 수 위였다고 하겠다. 이야기의 마지막 부분에서 남편이 '허, 그놈 참'이라고 하면서 실소를 머금은 것은 바로 '내가 졌다.'는 시인인 것.

비슷한 이야기가 또 한 편 있다. 역시 예쁜 색시를 누가 범할까 두려워하는 남편의 애타는 심정을 잘 보여주는 이야기인데, 이번에는 토끼가 아니라 사슴을 그려 놓았다.

예쁜 색시하고 사는 어떤 사람이 자기가 나간 사이에 외간 남자가 부인을 범할까 항상 염려하던 차에 묘안이 떠올랐다. 다음날 남편은 나가면서 자신의 색시 거기에다 누워 있는 사슴을 그려 놓았다.

남편이 나간 후 색시가 집에 혼자 있는 것을 보고 이웃집 남자가 와서 재미 좀 보자며 유혹했다. 색시는 자기 남편이 거기에 사슴을 그려 놓고 나가서 그것이 지워지면 큰일 난다며 거절했다. 그러자 이웃집 남자는 내가 다시 그려 놓으면 되지 않느냐면서 자꾸 졸라댔다. 여자는 한참을 망설이다 결국 마음이 동하여 허락하고 말았다. 재미를 다 보고 나서 약속대로 이웃집 남자는 사슴을 그려 놓았다.

바깥일을 마치고 돌아온 남편은 부인의 거기부터 먼저 확인을 했다. 그런데 사슴이 그려져 있기는 한데 모습이 조금 달랐다. 분명히 나갈 때, 누워 있는 사슴을 그리고 나갔는데 서 있는 사슴이 그려져 있는 것이었다. 도무지 이해할 수가 없었던 남편은 색시에게 물었다.

"나는 누워 있는 사슴을 그렸는데 이 사슴은 서 있으니 웬일이오?"

"참, 당신은 물정도 모르오. 사람도 누웠다 일어났다 하는데 사슴이라고 계속 누워 있기만 하겠소. 누워 있다가 답답하면 일어서기도 하지 않겠소."

색시는 눈썹 하나 까딱하지 않고 짐짓 태연히 대답했다. 그러나 남편의 궁금증은 여전히 꼬리에 꼬리를 물었다.

"내가 그린 사슴은 뿔을 누워 있게 그렸는데 이 사슴뿔은 서 있으니 이건 또 웬일이오?"

"사슴은 누워 있을 때는 뿔도 눕지만 일어서면 뿔도 서는 것을 모르오."

"내가 그린 사슴은 이쪽에다 그렸는데 이 사슴은 어째서 저쪽에 그려져 있는 것이오?"

"그거야 이쪽에서 풀을 뜯어 먹다가 풀이 없어지니 저쪽으로 건너간 것이 아니겠소."

남편은 색시의 말을 듣고 고개를 끄덕이며 그대로 믿었다고 한다.

색시의 임기응변이 돋보이는 이야기이다. 달라진 사슴 그림을 보고 이리저리 둘러대는 모양이 어찌 보면 뻔뻔하기도 하고 어찌 보면 천진난만하기도 하다. 그 말을 곧이곧대로 믿은 남편은 또 어떤가? 참 바보 같은 그 순진함에 어이없는 웃음이 나오기도 하지만, 어찌 생각해보면 정조대를 채워두고서 안심하고 전장에 나갔을 서양의 기사들에 비하면 그래도 좀 낫지 싶다.

서양의 정조대가 부인의 외도를 막기 위한 지극히 현실적인 대처 방법이었다면, 우리의 옛 선인들의 대처 방법이라는 것은 어째 좀 황당하다. 그러나 정조대라는 무시무시한 기계로 여성의 음부에 자물쇠를 채워두는 것보다는 토끼 그림과 사슴 그림이라는 해학적 방법으로 해결하려는 것이 더 인간적인지도 모르겠다. 어차피 아무리 바람을 피우지 말라고 해도 결국 피울 사람은 피우게 마련이지 않은가.

**자투리
우수리**

아내의 몸에 토끼나 사슴을 그려 놓았던 남자들은 아내의 바람기를 끝내 막지 못하고 결국은 두 손을 들고 말았다. 하지만 꼭 남자들이 그렇게 아내에게 당하기만 했던 것은 아닌 모양이다. 비록 원님의 도움을 받기는 했지만, 서방질이 심한 아내의 버릇을 고친 남자도 있다. 어디 그 방법을 한번 살펴보시라.

옛날에 고을 원님에게 한 부부가 소송을 걸어왔다. 부인이 자꾸 서방질을 하는 것을 참다못해 남편이 부인을 데리고 온 것이었다. 그러나 그 부인도 만만치 않았다.

"아, 저에게 달린 것을 누가 좀 빌려달라니깐 그것 안 빌려줄 수도 없고 그래서 내가 조금 뭐 빌려줬기로 무슨 상관이 있습니까?"

라고 도리어 큰소리를 쳤다.

원님은 무척이나 난감했다. 판결을 잘못해 놓으면 자기 아내나 고을의 아낙네들이 어디 가서 나쁜 짓을 해도 말을 못할 것이고, 그렇다고 자기한테 달린 것을 좀 빌려줬는데 어떠냐고 큰소리치는 여자에게 마땅하게 할 만한 대답도 없었다.

고민을 너무 해서인지 갑자기 소변이 마려워 화장실로 갔다. 소변을 보는데 흙과 돌을 쌓아 만든 담 사이로 쥐 한 마리가 쏙 들어가는 것이 보였다. 그것을 보고 원님은 '옳거니!' 하고 머리를 탁 쳤다.

화장실에서 나온 원님은 부부를 데리고 다시 그곳으로 가서 물었다.

"이게 무슨 구멍이냐?"

남자는 쥐구멍이라고 대답했다. 원님은 다시 여자에게 물었다.

"이게 무슨 구멍이냐?"

"쥐구멍이올시다."

"틀림없느냐? 만일 너희들이 거짓말을 한다면 목이 달아날 줄 알아라."

부부는 틀림없다고 대답했다. 그러자 원님은 여자에게 호령을 내렸다.

"요년, 고얀 년! 네 말대로 하면 담에 붙었으니 엄연히 담 구멍이 돼야 할 것 아니냐? 그런데 왜 쥐구멍이라고 하느냐! 암만 너한테 붙었다 하더라도 맨 처음 들랑날랑했으니 엄연히 그건 네 남편의 것이다. 그러니 서방질은 안 된다."

원님은 부인에게 벌을 내렸다. 그 뒤로 부인은 다시는 서방질을 하지 않았다고 한다.

속담 속 동물들

속담에도 동물들이 많이 등장한다. 동물 이름이 포함되어 있는 속담이 전체의 17퍼센트 정도라고 하니 꽤 많은 편이라 하겠다. 나타내고자 하는 뜻을 비유적으로 드러내려는 경향이 강한 속담의 세계에서 동물은 유용한 소재였을 것이다. 속담 속 동물들의 활약상을 보기로 하자.

썩어도 준치

본디 좋은 것은 오래되거나 변해도 뛰어남에는 변함이 없다는 말인데, 이때 준치가 무엇인지 궁금하다. 어떤 사람들은 준치를 '俊齒(좋은 이)'로 해석하기도 한단다. 좋은 이빨은 썩어도 그 역할을 제대로 한다는 의미로 받아들이는 것이다. '썩다'는 말과 '치'자가 있으니 그렇게 생각할 만도 하다. 그러나 여기서 준치는 물고기의 이름이다. 준치는 '진어(眞魚)'라고도 하니 고기 중의 진짜 고기, 즉 가장 맛있는 물고기라는 뜻이다. 갈치, 꽁치, 넙치, 참치 등 이른바 '치'자 돌림 물고기들이 맛이 좋기로 유명한데, 그중 준치가 단연 으뜸이라고 한다. 가을 전어는 집나간 며느리도 돌아오게 한다고 하는데, 전어보다도 맛이 좋다고 하면 짐작이 갈까?

호랑이도 제 말하면 온다

자리에 없다고 하여 그 사람에 대해 왈가왈부하는 것이 옳지 않음을 뜻하는 속담이다. 호랑이를 등장시킨 것은 아마도 호랑이가 두려움의 대상이었기 때문일 것이다. 그러니까 어떤 사람을 헐뜯고 있는데 그 사람이 나타나는 것은 호랑이를 갑자기 만나는 것처럼 두렵고 무서운 일이니 삼가라는 뜻이다. 그런데 이와 비슷한 속담이 일본과 중국에서도 전한다. 일본에는 '남의 말을 하면 그림자가 든다'는 속담이 있고, 중국에는 '조조를 말하면 조조가 온다(說曹操, 曹操就到)'는 속담이 있다. 그림자나 조조 모두 두려움의 대상이므로 뜻하는 바는 동일하다.

낮말은 새가 듣고 밤말은 쥐가 듣는다

말을 조심해야 한다는 뜻인데, 왜 수많은 동물들 중에서 낮과 밤을 대표하는 동물로 새와 쥐가 선택되었는지 의아하다. 이를 과학적인 원리로 설명하는 경우가 있어서 흥미롭다. 낮에는 지표면의 온도가 높고 대기의 온도가 낮아서 말을 하면 그 말이 공기 중으로 확산되어 날아가는 경향이 있다고 한다. 그래서 낮말은 공중을 나는 새가 잘 들을 수 있다는 것이다. 반대로 저녁이면 지표면의 온도가 낮고 대기의 온도가 높아서 말을 하면 그 말이 지표면으로 깔려서 아래로 수렴되는 경향이 있다고 한다. 그래서 밤말은 쥐가 잘 들을 수 있게 된다. 밤에 말을 하면 낮보다 더 멀리 들리는 것도 이러한 이유 때문이라고 하는데, 옛 선인들이 이러한 과학적인 원리까지 알고 있었던 걸까?

소 닭 보듯 한다

아무 관심도 없이 무덤덤하게 쳐다보는 것을 이르는 말인데, 사실 소는 닭을 무심하게 쳐다보는 것이 아니라고 한다. 벌레들이 몸통에 달라붙으면 소는 꼬리를 이리저리 흔들어서 쫓아내곤 하는데, 배에 붙어 있는 것들은 꼬리가 닿지 않기 때문에 여간 난감한 것이 아니다. 이때 소 주변에 있던 닭들이 재빠르게 달려들어 이것들을 잡아먹는다. 그래서 소는 닭이 가까이 오면 놀라 달아나지 않도록 하기 위해서 못 본 척 물끄러미 쳐다만 보는데, 사람들 눈에는 이것이 고마운 존재에 대한 무관심으로 비쳐졌던 모양이다.

3관 | 지나친 사랑, 미움이 되다 **변신 동물관**

수리수리 마하수리……. 참 많이 따라 했던 주문입니다. 이 주문을 외우면 우리가 원하는 것으로 변신할 수 있을 것만 같았습니다. 슈퍼맨이 되어 하늘을 날고 싶기도 했고, 독수리오형제가 되어 지구를 지키고도 싶었습니다.

우리는 변신하기를 참 좋아합니다. 그래서인지 동물에 대한 이야기에서도 변신하는 동물 이야기를 많이 만들어 놓았습니다. 사람의 영혼이 쥐로 변신하여 드나들기도 하고, 여우는 항상 사람으로 변신하려고 노력하고, 지독한 사랑의 마음은 뱀이 되기도 하며, 게으름뱅이는 소가 됩니다.

게으름뱅이가 소가 된다고 하니 찔리는 분들이 계시는 모양인데요, 너무 걱정하지 마세요. 이야기 속에는 다시 사람이 되는 해법도 나와 있으니까요. 자, 준비가 되셨나요? 수리수리 마하수리…….

혼이 담긴 동물, 쥐

어린 적, 잠자는 동생의 얼굴에 펜으로 장난을 쳤던 기억이 한번
쯤은 있을 것이다. 이내 어른들께 들키게 되면 크게 혼이 나기
도 했을 텐데, 그때 어른들이 하시는 말씀은 잠자는 사람의 얼굴에 장
난을 쳐 놓으면 혼쥐가 나갔다가 얼굴을 알아보지 못해 돌아오지 못한
다는 것이었다. 사람의 몸속에는 쥐가 들어있어서 잠을 자는 사이 콧
구멍을 통해 나왔다 다시 들어간다고 한다. 그 쥐는 그 사람의 혼이 실
린 동물이다. 만일 잠자는 사람의 영혼이 담겨있는 혼쥐가 다시 몸속
으로 들어가지 못하게 되면 그 사람은 영원한 잠에 빠져버리게 된다는

것이었다.

우리의 몸속에 쥐가 살고 있다니! 게다가 그 쥐에 우리의 영혼이 담겨 있다고? 허무맹랑한 이야기 같았지만 영혼을 쥐로 설정해서 우리 몸을 드나들게 한다는 발상이 참 흥미로웠다. 오랜 세월이 지난 어느 날 우리의 옛이야기를 담은 책의 한 모퉁이에서 다시 혼쥐 이야기와 마주쳤다. 그런데 다시 봐도 신기한 혼쥐 이야기는 어릴 때 들었던 그 이야기와는 조금 달랐다. 두 마리인 줄로만 알았던 혼쥐가 세 마리씩이나 등장하는 이야기였던 것이다.

옛날에 한 부부가 있었는데, 남편이 매일같이 하는 일이라곤 도둑질밖에 없었다. 부인은 늘 그것이 못마땅했다. 그러던 어느 날 남편이 낮잠을 자고 있는데 갑자기 남편의 콧구멍에서 쥐 한 마리가 톡 하고 나오는 게 아닌가. 옆에서 바느질을 하고 있던 부인은 놀라서 멍하니 그 광경을 지켜보았다. 그런데 남편의 콧구멍에서 나온 쥐는 너무 작아서 문지방을 넘어가지 못했다. 부인이 옆에 있던 자를 놓아주었더니 쥐는 그 자를 밟고 기어서 문지방을 넘어갔다. 그러고 나니 또 한 마리가 콧구멍에서 나왔다. 말로만 듣던 혼쥐라고 생각하고는 그 쥐에게도 역시 자를 놓아 문지방을 넘게 도와주었다. 그런데 세 번째 쥐가 또 콧구멍에서 나오는 것이었다. 혼쥐는 두 마리라고 들었는데 남편의 코에서 세 마리째 쥐가 나오는 것이 의아했다. 하지만 그 쥐에게도 역시 자를 놓아주었다. 그러고는 필시 무슨 연유가 있을 것이라고 생각하고 쥐를 쫓아가 보기로 했다.

부인이 뒤따라가 보니, 쥐들이 개울가에 서서 찍찍거리고 있었다. 부인은 쥐들이 개울을 건너도록 나뭇가지로 다리를 만들어주었다. 얼마쯤 쥐들을 따라가다 보니 골짜기 사이로 커다란 집이 보였다. 쥐들은 그 집으로 들어가더니 세 번째 쥐의 진두지휘 아래 여기저기를 들락날락거리며 꼼꼼하게 살피듯 돌아다녔다. 그러더니 다시 그 집을 나와 되돌아오기 시작했다. 부인은 미리 집으로 돌아와 문지방에 자를 놓고 기다렸다. 첫 번째 쥐가 문지방에 놓인 자를 타고 방으로 들어와 남편의 콧구멍 속으로 쏙 하고 들어갔다. 두 번째 쥐 역시 콧구멍으로 들어갔다. 세 번째 쥐 역시 콧구멍으로 들어가려고 쪼르륵 달려오고 있었다. 세 번째로 들어오는 쥐를 보고 부인은 갑자기 옆에 있던 자를 들어 세게 내리쳐 죽여버렸다. 세 번째 쥐를 죽이자마자 남편이 자다가 벌떡 일어나더니 소리쳤다.

"아이쿠, 무서워라!"

"아니, 여보, 왜 그러세요?"

"아니, 내가 꿈에서 어딜 갔는데 다짜고짜 어떤 인간이 나를 커다란 몽둥이로 패서 내가 죽는 꿈을 꿨다오."

부인이 곰곰이 생각하니 꿈속에서 몽둥이로 남편을 때린 사람은 바로 자신이었다. 좀 더 자세히 물었다.

"높은 산을 넘고, 넓은 강을 건너, 골짜기 사이에 있는 큰 집을 다녀오는 길이었는데 집에 막 들어설 때 어떤 사람이 갑자기 나타나 나를 때려죽이지 뭐겠소."

그 이후로 남편은 이상하게도 도둑질을 하지 않았다. 도둑질을 하려고 하면 무섭고 오금이 저려서 감히 물건을 훔칠 생각조차 못하게 된 것이었다. 할 수 없이 남편은 도둑질을 그만두고 농사를 지으며 착실하게 살게 되었다.

부인은 자신이 죽인 것이 남편의 혼이 담긴 혼쥐였으며, 남편이 도둑질하는 버릇이 없어진 것은 쥐 한 마리를 죽였기 때문이라고 생각하고 혼자 빙그레 웃으며 좋아했다고 한다.

몸속에 살고 있는 쥐가 세 마리였기에 도둑질을 일삼던 이가, 한 마리를 죽이자 겁이 생겨 도둑질을 그만두게 되었다는 이야기이다. 콧구멍을 드나들 정도니 아주 조그마한 쥐였을 것이다. 그런데 하필이면 이 조그마한 쥐에 사람의 영혼이 들어있다고 믿었던 것일까. 더 멋지고, 더 용맹스러운 동물들도 많았을 텐데 작고 볼품없고 꼬리만 긴 쥐라니, 고개를 갸우뚱하게 된다. 여기 그 의아함을 풀어줄 아주 재미난 이야기가 한 편 더 있다.

선조대왕 때의 일이다. 어느 날 대왕이 경연(經筵)에 참여했는데 그때 어전(御前)에 쥐 한 마리가 쪼르륵 지나갔다. 선조대왕은 불쾌해진 얼굴로 신하들에게 물었다.

"쥐란 짐승은 외모도 볼품없을 뿐더러 사람들에게 해를 많이 끼치는 동물인데 어찌하여 12간지 중 첫 번째에 놓여있는지 혹 아는 사람이 있는가?"

그때 유희춘이란 자가 대답하였다.

쥐의 발가락 쥐가 12지 중에 첫 번째에 오게 된 것은 앞발가락이 네 개이고, 뒷발가락이 다섯 개여서 음양이 공존하는 것으로 보았기 때문이다.

"쥐를 잘 살펴보면 앞발가락이 네 개이고, 뒷발가락이 다섯 개입니다. 음양에 따르면, 짝수는 음에 속하고, 홀수는 양에 속하는 수입니다. 이렇듯 한 몸에 상반되는 기운인 음과 양을 함께 지니고 있는 짐승은 쥐 외에는 찾아보기 힘듭니다. 자정을 축으로 앞쪽은 음기의 시간이고 새로운 하루가 시작되는 뒤쪽은 양기의 시간입니다. 그리하여 쥐가 음에 속하는 앞발을 내디딘 후에 양에 속하는 뒷발을 디딘다는 의미를 취해 열두 때 중 가장 꼭대기에 놓게 된 것입니다. 즉 음양이 공존하는 시간인 첫 번째 시간에 자시(子時)가 오게 된 것입니다."

답을 들은 선조대왕은 고개를 끄덕였다.

쥐가 왜 12간지 중 가장 처음에 오게 되었는지를 알려주는 이야기이다. 우리는 흔히 약삭빠른 쥐가 소의 등을 타고 가다가 골인 지점에서

폴짝 뛰어내려 하느님이 주관한 달리기 시합에서 1등을 했기 때문이라고 알고 있는데, 이 이야기는 그에 비해서 훨씬 철학적이다. 자시는 밤 11시에서 1시 사이를 가리키는데, 이는 하루의 시간이 끝나고 또 다른 새로운 하루가 시작되는 시간이다. 살아간다는 것, 목숨이 계속된다는 것은 결국 오늘에서 내일로의 삶이 이어진다는 뜻이다. 우리의 몸속에 영혼이 있다는 것은 목숨이 붙어 있다는 뜻이며 삶이 지속된다는 뜻이다. 이런 측면에서 볼 때 오늘에서 내일로 이어지는 시간을 나타내는 동물이 쥐라는 것은 옛이야기에서 사람의 영혼이 실린 동물로 왜 쥐를 선택했는지를 어느 정도 설명해준다.

원래 사람의 영혼이 실린 쥐는 두 마리이다. 인간의 영혼은 하나일진대 왜 사람의 영혼이 실린 쥐는 한 마리가 아니고 두 마리일까? 아마도 사람의 숨구멍, 즉 콧구멍이 두 개이기 때문일 것이다. 숨구멍이 막히면 죽게 되니, 콧구멍은 생명과 관련된 가장 중요한 부분이다. 그러니 영혼이 담긴 혼쥐들이 다른 어느 곳도 아닌 숨을 쉬는 통로인 코로 들락날락하는 것은 어찌 보면 당연한 일이며, 그 구멍이 공교롭게도 두 개인 탓에 영혼의 혼쥐는 두 마리였다. 우리가 잠들어 있는 사이 사이좋게 영혼을 나눠 담은 자그마한 혼쥐들이 두 개의 통로로 나란히 들락날락하고 있는 것이다.

그런데 위 이야기 속의 사내는 세 마리의 혼쥐를 지녔다. 놀부식으로 이야기하면 오장칠부를 가진 셈이다. 일반적인 사람이 갖고 있는 오장육부에 심술부가 하나 더 있다는 것과 마찬가지로 세 번째 혼쥐는 이 사내에게 특별한 능력을 주었을 것이다. 그것은 남의 물건을 훔칠 때 생기는 '겁'을 무마시켜줄 수 있는 '담력' 정도가 아닐까. 사내는 두 마리여야 할 쥐가 세 마리여서 용기가 백배하여 남의 물건을 도둑질하는 것 따위는 일도 아니었던, 일명 간 큰 남자였던 셈이다. 그런데 그 세 번째 쥐가 죽었으니 두려움을 느끼게 하는 겁이 다시 생겨 더 이상 도둑질을 하지 못했던 것이다.

옛이야기 속에 사람의 혼이 실린 것으로 설정되는 동물은 쥐뿐이 아니다. 다음 이야기를 보자.

옛날에 한 남자가 산에서 나무를 하고 있었다. 그런데 중 하나가 산 위에서 내려오더니 그 남자의 옆에 벌렁 드러누웠다. 그러고는 혼잣말처럼 중얼거렸다.

"저 밑에 마을에 가보니까, 큰 배나무가 있는 집에 과년한 처녀가 하나 있는데, 참 내 맘에 든단 말이야. 얼굴이 참 예뻐."

이렇게 혼자 중얼대면서 서서히 잠에 빠져들었다. 중이 하는 말을 들은 남자는 왠지 이상한 기분이 들어, 중에게 가까이 다가갔다. 남자가 중을 이리저리 훑어보는데, 갑자기 그 순간 중의 콧구멍에서 실뱀 한 마리가 슬금슬금 기어 나오는 것이 아닌가. 남자는 깜짝 놀라 나무 뒤에 숨었다. 중의 코에서 나온 실뱀은 점점 커지더니 커다란 구렁이로 변했다. 그러더니 마을을 향해 빠른 속도로 기어갔다.

그 순간 불길한 예감이 남자의 머리를 스치고 지나갔다. 곰곰 생각해보니 큰 배나무가 있는 집은 바로 자신의 집 아닌가. 게다가 중이 말한 과년한 처녀는 바로 자신의 누이였다. 남자는 구렁이의 눈을 피해 지름길을 이용해 전속력으로 집까지 뛰어갔다.

"누님! 누님!"

집에 도착하자마자 남자는 누이를 찾았다. 방에서 바느질하고 있던 누이는 갑자기 산에 나무하러 간 남동생이 다급하게 부르자 왜 그러냐며 문을 열었다.

"누님, 큰일 났어요! 죽게 생겼으니 아무 말 하지 말고 빨리 달거리한 속옷을 머리에 뒤집어써요."

영문도 모른 채 누이는 죽게 생겼다는 말에 놀라서 동생이 시키는 대로 달거리한 빨간 속옷을 쓰고 방 안에 앉아 있었다. 누님에게 위험을 알린 남동생은 뱀이 오기 전에 다시 중이 누워 있던 산으로 돌아갔다.

잠시 뒤 마당으로 구렁이가 꿈틀거리며 들어왔다. 방문으로 난 틈을 유심히 살펴보던 구렁이는 고개를 갸웃거리더니 다시 골목으로 나가버렸다.

한편 남자는 나무 뒤에 숨어서 자고 있는 중을 몰래 지켜보고 있었다. 그러자 얼마 후에 구렁이가 마을 쪽에서 오더니 점점 작아져 다시 실뱀으로 변한 뒤 중의 콧구멍으로 들어갔다.

"한숨 잘 잤다!"

실뱀이 들어가자마자 중은 잠에서 깨어나 또 중얼거렸다.

"아까 동냥하러 갔을 때는 그 처녀가 참 예뻐 보였는데, 방금 가보니 얼굴이 벌겋게 된 것이 너무 못났어! 내가 잘못 본 게야."

그러고는 자리를 툭툭 털고 일어나 산속으로 사라져 버렸다.

여기서도 중의 코에서 빠져 나간 뱀은 그의 영혼을 상징한다고 하겠다. 그러나 여기에서의 영혼은 단순한 영혼이 아니다. 사랑하는 마음이 함께 실린 영혼이다. 그래서 뱀이 될 수밖에 없었다. 흔히 사랑하는 마음이 지극하면 그 영혼이 뱀이 된다고 한다. 이른바 상사뱀이다. 원래 상사뱀 이야기는 사랑하는 마음이 지극했음에도 그것을 이루지 못하고 죽은 영혼이 뱀이 되어 다시 나타난다는 내용인데, 이 이야기는 특이하게 살아 있는 사람의 사랑하는 마음을 뱀으로 표현했다.

　사실 죽은 사람의 혼이 동물에게 깃들어 있다는 설정은 우리 옛이야기에서 심심치 않게 발견할 수 있다. 상사뱀 이야기가 그 대표적인 예이고, 아홉 동생을 두고 죽은 누이가 억울하고 슬픈 사연을 담아 날아오르는 두견이에 영혼을 실어 밤마다 울었다는 것 또한 너무나 유명한 이야기이다. 이 같은 이야기 중에서도 살아 있는 사람의 혼이 쥐에게 실려, 자고 있는 사이 콧구멍으로 나와서 활동한다는 혼쥐 이야기는 그 기발한 상상력 때문에 특히나 주목을 받는 이야기라 할 수 있다.

　　사람의 혼이 깃든 동물에는 나비도 있다. 사람이 죽어서 그 영혼이 나비가 되었다는 나비의 유래에 관한 이야기이다. 청춘 남녀의 애틋한 사랑 이야기인데, 비극적인 결말이 참 인상적이다.

　　어느 여름날, 금지옥엽으로 키우던 막내딸이 하루는 바깥 구경삼아 우물가에 나갔다가 이웃집 머슴 총각을 만났다. 총각이 물을 좀 떠달라고 해서 떠주었더니 물그릇이 아닌 처녀의 손목을 잡는 것이었다. 쑥스러워 아무 말도 못하고 집으로 돌아온 처녀는 그날로 총각을 마음에 두게 되었다.

　　그럭저럭 여름, 가을이 지나 겨울이 되었다. 눈이 펑펑 내리는 어느 날, 처녀 생각이 간절했던 총각이 기어이 처녀네 집 담을 넘고 있었는데, 처녀가 그 광경을 보고 이를 만류하였다. 눈이 쌓여 발자국이 남게 되니 눈이 녹거든 다시 찾아오라는 것이었다. 처녀의 말에 다음 기회를 보기로 하고 집으로 돌아온 총각은 그만 그날로 죽고 말았다. 다음날, 처녀는 옆집 머슴 총각이 죽었다는 이야기를 듣게 되었다. 차라리 지난밤에 그냥 만나줄 것을 그랬다고 자책을 해보았지만 소용이 없었다.

　　그렇게 시간은 흘러 다시 봄이 되었다. 동네 아녀자들이 화전놀이나 가자고 졸라대서 마지못해 처녀도 함께 따라나섰다. 꽃이 흐드러지게 피어 있는 바닷가에서 놀고 있는데, 죽은 머슴이 바다에서 걸어 나오는 것이 아닌가? 그러고는 처녀의 몸을 감싸는 것이었다. 하지만 그는 처녀의 눈에만 머슴이었지 함께 놀이를 간 다른 사람들 눈에는 분명한 뱀이었다.

소식을 전해들은 처녀의 집에서 갖은 방법을 다 동원해서 뱀을 떼어 놓으려고 했지만 허사였다. 결국 뱀은 처녀의 방에서 함께 살게 되었다. 행복한 나날을 보내던 그들과 달리 처녀 가족들은 이를 더 이상 참지 못하고 둘을 한꺼번에 불태워 죽이기로 하였다. 둘을 불에 태워 죽이던 날, 활활 타오르는 불길 위로 두 마리의 나비가 서로 다투듯 하늘로 올라가는 것이었다. 이로부터 오뉴월 삼복더위에 비가 오려고 하면 항상 나비 한 쌍이 서로 다투며 하늘을 날아다니곤 한다고 한다.

혹 여름에 나비 한 쌍이 서로 다투어 하늘을 날고 있는 모습을 본다면, 사람으로 태어나 이루지 못한 사랑을 나비로 다시 태어나 이루려는 처녀와 머슴 총각의 영혼으로 생각해주길 바란다.

사람이 되고픈 여우

한 나그네가 산길을 가고 있다. 그러다 날이 저물어 우연히 발견한 오두막에서 하룻밤을 묵게 된다. 그 집에는 묘령의 여인이 혼자 살고 있는데 나그네는 그녀의 알 수 없는 매력에 곧 빠져든다. 이쯤 되면 다음 일은 물 흐르듯 자연스레 흘러가기 마련이다. 그런데 나그네가 여인과 동침하려는 순간, 치마 사이로 언뜻 보이는 의문의 꼬리 하나! 그녀의 정체가 탄로 나는 순간이다.

우리에게 너무나도 익숙한 구미호 이야기이다. 여름만 되면 구미호는 각 방송사 납량 특집극의 단골 주인공이 되어 한여름 밤의 더위를 날려주곤 한다. 반복은 익숙함을 낳고 익숙함은 하나의 고정적인 이미지를 만든다. 그래서인지 우리의 마음속에 자리한 여우의 이미지는 다른 동물들을 생각할 때 떠오르는 이미지와는 상당히 다르다. 적어도 천 년은 묵었고, 꼬리는 아홉 개는 족히 달려야 한다. 색깔은 눈처럼 하얀색에다가 재주를 한번 넘기만 하면 사람으로 변신하는 존재로 각인되어 있다. 그런데 많은 동물 중에 왜 간악한 변신동물의 대명사로 여우가 낙점되었는지가 궁금하다.

예로부터 여우는 햇무덤을 파 뒤집어 송장을 뜯어먹는다고 해서 사람들이 싫어하면서도 두려워하는 동물이었다. 어느 날 갓 산소를 쓴 상주가 여우 때문에 무덤이 훼손될까 걱정되어 꾀를 냈다. 봉분 안 여기저기에 대여섯 개의 뒤웅박을 묻었다. 여우 머리가 하나 겨우 들어갈 만한 구멍이 난 통박들이었다. 구멍은 모두 여우가 무덤을 파헤치면서 머리를 들이밀 쪽을 향하게 했다.

일은 요량대로 되어갔다. 송장을 갓 묻은 기척을 알아챈 여우가 무덤을 엿보기 시작했다. 두 발로 부지런히 흙을 파헤쳤다. 제법 힘이 들었다. 몸통이 절반을 넘어 봉분 안으로 잠길 무렵, 이게 웬 떡인가. 휑하니 제 머리 하나쯤 공짜로 들이밀 구멍이 뚫려 있는 게 아닌가!

여우는 앞뒤 가리지 않고 대가리를 쑤셔 넣었다. 주둥이는 쉽게 들어갔다. 조금 용을 쓰자 어기적대기는 해도 목덜미에 박 구멍이 꼭 끼도록 대가리가 박통 속에 들이박혔다. 그런데 더는 나아가질 않았다. 앞이 콱 막혔다. 대가리를 도로 빼자니 어림 반 푼 어치도 없었다.

박통 속 대가리를 제법 세차게 저어보았으나 막무가내였다. 오히려 목덜미가 죄어들었다. 앞으로 못 가니 뒤로 꽁무니를 뺄 수밖에. 머리가, 아니 박통이 봉분 밖까지 나왔으나, 이런 젠장! 뭐가 보여야지. 머리를 세차게 저어대니 머리보다 박통이 더 재게 돌아쳤다.

"훠! 훠이! 이놈에 여우가!"

그때 사람 소리가 들렸다. 그런데 앞이 보여야 도망을 가지. 여우는 선 자리에서 뺑뺑이만 돌 뿐이었다. 어지러워 비실비실 댈 무렵 어디선가 쾅! 허리통쯤에 몽둥이 날벼락이 떨어졌다.

마치 만화의 한 장면처럼 우스꽝스러운 해프닝이 펼쳐지고 있다. 송장을 파헤칠 생각에 앞뒤 재지 않고 머리를 쑤셔 박다니, 우리가 알고 있는 영리하다 못해 교활한 여우의 모습과는 거리가 멀어 보인다. 경남 고성 지역에서는 얼간이나 넋 빠진 녀석이라는 뜻으로 '뒤웅박 쓴 여우'라는 욕이 있다는데, 이러한 이야기에서 유래한 말일 것이다.

그런데 여기서 유심히 살펴볼 것은 여우의 어리석음이 아니라 생태적 특성이다. 실제로 굴에서 생활하는 여우는 보통 스스로 직접 굴을 파지 않고, 너구리나 오소리, 토끼 따위의 동물들이 버린 굴이나 혹은 살고 있는 굴을 빼앗아 산다. 스스로 굴을 팔 때도 상대적

뒤웅박과 여우 이야기 속 여우와 뒤웅박.

으로 굴을 파기 수월한 무덤 주위에 살게 되고, 그러다가 때로는 인간의 유골들을 파내 말썽을 부리기도 한다. 무덤은 공포물에서 단골로 등장하는 장소이다. 그런데 거기에 서식하면서 인간의 해골을 가지고 노는 여우는 당연히 요망한 동물로 인식될 수밖에 없다. 게다가 여우의 울음소리는 어린아이의 울음소리와 거의 유사하다고 하니, 묘지라는 장소와 그 소리가 결합될 경우 사람들에게는 당연히 공포의 대상이 될 수밖에 없었을 것이다.

게다가 먹이를 잡기 위해 끈기와 인내심으로 기다리는 것을 마다하지 않으며 죽은 척하거나 병든 척하는 일도 다반사이다. 또한 자신의 흔적을 지우기 위해 발자국을 꼬리로 지우기도 하니 긍정적으로 평가하면 영리하고 부정적으로 평가하면 교활하다. 이러한 여우의 생태적 특성이 이야기 속에서 확대 재생산되어 여우의 간악함으로 묘사된 것은 아닐까. 여우의 이런 특성은 만물의 영장이라 칭하는 인간이 될 수도 있는 수준이어서, 수많은 동물 중 인간이 될 법한 동물을 꼽으라면 여우를 그 0순위 후보자로 올려놓을 수도 있겠다.

그런데 문제는 이런 여우가 대부분 결국에는 인간이 되는 데는 '실패한다.'는 것이다. 여우는 끊임없이 인간이 되기 위해 갖은 노력을 다해 보지만 누군가의 방해로 결국 소원을 성취하지 못하게 된다. 아래의 이야기에서도 여우는 거의 사람이 될 뻔했지만 의외의 복병을 만나 실패하고 만다.

옛날에 백두산 천지의 양쪽에 굴이 있었다. 한쪽 굴에는 이천 년

된 너구리가 살고, 다른 한쪽 굴에는 천 년 된 여우가 살았다. 여우는 사람이 되고 싶었으나 그 방법을 알 수가 없었다. 그래서 자기보다 천 살이나 더 나이가 많은 너구리에게 도움을 청했다.

"그렇게 사람이 되고 싶다면 내가 방법을 일러주지. 일단 인간으로 변신해서 결혼을 해야 하는데 중요한 것은 그 상대가 이 세상에서 제일 못생긴 인물이어야 한다는 거야."

너구리의 말을 듣고 여우는 일단 재주를 한번 넘어서 잘생긴 청년으로 둔갑했다. 청년은 얼굴이 못난 사람을 찾기 위해서는 우선 사람이 많은 곳으로 가야겠다고 생각을 하고 서울로 향했다. 청년은 서울의 여러 거리를 돌아다니다가 지위 높은 대감집의 딸이 세상에 둘도 없는 추녀라는 소문을 듣게 되었다. 자기가 찾던 사람이다 싶어 청년은 글 배우기를 자청해서 대감 집에 들어갔다. 몇 달을 지켜 본 대감은 청년이 얼굴도 잘생긴데다가 글재주도 남다른 것 같아 얼굴이 못생겨 결혼을 못하고 있던 외동딸을 그에게 시집보내기로 했다. 청년이 바라던 바대로 일이 진행된 것이다.

혼인날이 되자 지위가 높은 대감집 경사인지라 나라에서 권세 있는 손님들이 많이 찾아왔다. 그중에는 강감찬 장군도 있었다. 대감은 평소에 강감찬 장군과 친분이 있던 터라 사위를 소개해주고 싶었다. 그래서 사위를 불러 강감찬 장군에게 인사를 시켰다. 그런데 이상하게도 강감찬 장군 앞에 선 사위는 눈도 제대로 맞추지 못한 채 벌벌 떨기만 하더니 고개를 숙여 간단히 인사를 하고는 자리를 피했다. 사위를 유심히 살펴보던 강감찬 장군은 사위가 나간 뒤에 조용히 대감에게 말을 건넸다.

"대감님, 혼례가 끝나는 대로 사위를 저희 집으로 보내주셨으면 합니다."

무슨 영문인지는 모르겠지만 장군을 신임하고 있었던 터라 대감은 가마에 태워 사위를 장군 집으로 보냈다.

강감찬 장군 집에 도착한 사위는 방에 들어가지도 못하고 마당에서 어쩔 줄을 몰라 했다. 그러자 방에서 나온 강감찬 장군이 복숭아나무 회초리를 들고 큰 소리로 꾸짖었다.

"네 이놈! 당장 너의 본 모습을 드러내지 못하겠느냐!"

고개를 숙인 채 사위가 아무 말이 없자, 강감찬 장군은 마당에 내려와 복숭아나무 회초리로 사위를 서너 번 후려쳤다. 그러자 그 사위는 구미호로 변하더니 그 자리에서 죽어버렸다.

"이 요물을 가마에 넣어 다시 대감댁으로 보내도록 해라."

사위가 타고 간 가마에서 죽은 구미호 한 마리가 나오자, 대감은 크게 놀라 강감찬 장군에게 달려갔다. 자초지종을 전해들은 대감은 강감찬 장군 덕에 딸도 구하고 집안이 망하는 것도 막았다면서 많은 재물을 보내 감사의 뜻을 전했다.

이 이야기에서도 여우는 어린 시절 〈전설의 고향〉에서 봤던 구미호처럼 어김없이 사람으로 변한다. 그런데 여우의 인간되기 작전은 강감찬의 등장으로 난관에 부딪히고 만다. 그런데 왜 강감찬 장군이 등장할까? 아무리 훌륭한 장군이라지만 강감찬은 신랑이 구미호인 것을 어떻게 알았을까. 귀신이 귀신을 알아보듯이 강감찬도 여우와 무슨 관계가 있지는 않을까. 이러한 궁금증은 강감찬의 출생 이야기를 보면 어느 정도 풀린다. 옛이야기를 보면 강감찬은 그의 아버지가 여우가 변한 여인과 관계하여 낳은 자식이라고 한다. 즉 강감찬은 여우의 피를 물려받았기 때문에 인간으로 둔갑한 구미호를 구별할 수 있는 능력을 지녔던 셈이다.

강감찬이 구미호를 퇴치하기 위해 선택한 복숭아나무 회초리의 정체도 궁금하다. 많은 나무 중에서 왜 하필 복숭아나무를 택한 것일까. 이는 민간속신과 관련지어 볼 수 있다. 민간에서는 복숭아와 복숭아나무가 귀신을 쫓는 효능을 지녔다고 전해진다. 그래서 복숭아나무는 절대 집 안에 심지 않고 복숭아는 심지어 제사상에 올리지도 않는다. 조상신까지 쫓아낼 수 있기 때문이다. 이렇듯 귀신도 쫓는 복숭아나무는 그 작은 회초리만으로도 구미호를 물리칠 위력을 가지고 있었던 것이다.

어린 시절 텔레비전 앞에서 이불 속에 머리를 넣었다 뺐다 하게 만들며 우리를 공포에 떨게 했던 구미호의 최후 치고는 참 맥 빠지는 결말이다. 사실 우리가 알고 있는 구미호는 이보다 더 무섭고 간악한 존재가 아니었던가. 여기에 구미호 시리즈의 결정판이라 할 수 있는 〈여우 누이〉 이야기가 있다. 앞의 여우들과는 달리 아주 치밀하고 계획적인 방법으로 영원히 인간세계에서 인간처럼 살 뻔 했으나 마지막 문턱에서 또다시 실패하는 이야기이다. 왜, 또 여우는 실패한 것일까?

옛날에 어떤 부부가 아들만 삼형제를 두었기 때문에 딸을 낳는 것이 소원이어서 여우 같은 딸이라도 낳게 해달라고 부처님 전에 빌었다. 그 후 부인은 신기하게도 임신을 하게 되었고, 열 달 후에 예쁜 딸 하나를 낳게 되었다. 그 아이는 무럭무럭 자라서 시집갈 나이가 되었는데 그때부터 이상한 일이 벌어졌다. 그 집에 있던 소가 계속해서 하루에 한 마리씩 죽어 나간 것이다.

이를 이상하게 여긴 부부는 큰아들을 불러 왜 소가 없어지는지 밤에 잘 지켜보라고 당부했다. 그날 밤 큰아들이 숨어서 지켜보고 있는데 여동생이 나타나 소의 간을 빼 먹자 소가 쿵 쓰러졌다. 다음날 아침이 되었지만 큰아들은 차마 아버지께 사실대로 말씀드릴 수가 없어 갑자기 소가 쓰러졌다고 둘러댔다. 그 다음날에도 소가 없어지는 일은 계속 발생했다. 그래서 이번에는 둘째 아들을 불러 외양간을 지키게 했지만 둘째도 역시 거짓말을 했다. 아버지는 마지막으로 막내아들에게 똑같은 임무를 맡겼다.

누이동생의 정체를 알게 된 막내아들은 다음날 아침에 부모님께 자기가 본 일을 그대로 전했다. 그러자 아버지는 오히려 화를 내며 하나밖에 없는 여동생을 모함한다며 막내아들을 내쫓아버렸다.

그 후 몇 년이 지났다. 부모님과 형제들의 소식이 궁금해진 막내아들은 오랜만에 고향집을 찾아보기로 마음먹었다. 그런데 길을 가다 우연히 만난 백발노인이 지금 집에 가면 죽으니 다시 돌아가라고 했다. 그러나 그는 부모님의 소식을 꼭 알아야 한다며 집에 가기를 고집했다. 그러자 노인은 그에게 약병 세 개를 주면서 위험이 닥치면 검은 병, 붉은 병, 푸른 병 순서대로 던지라고 당부했다.

그는 며칠 만에 고향에 도착했다. 그러나 예전에 그렇게 활기찼던 마을이 마치 폐허가 되어버린 것 같았다. 그때 멀리서 누이동생이 반갑게 웃으면서 다가와 식구들이 갑자기 모두 죽어서 너무 외로웠는데 오빠가 와서 다행이라며 환대를 했다.

그는 누이동생의 정체를 알고 있었지만 일단 그녀의 환대에 응하는 척 했다. 누이동생이 밥을 짓기 위해 땔나무를 구하러 잠시 집 밖으로 나간 사이에 그는 뭔가 낌새가 이상해서 집안을 뒤지기 시작했다. 그러던 중 부엌에 들어가 솥을 열었는데 그 안에는 사람의 해골들이 가득했다.

깜짝 놀란 그는 달아나기 시작했다. 이를 본 누이동생도 뒤를 바짝 따라왔다. 다시 뒤를 돌아보니 누이동생은 벌써 재주를 몇 바퀴 넘더니 하얀 여우로 둔갑해 있었다. 순식간에 그와 백여우의 사이가 좁혀져서 손을 뻗으면 닿을 거리까지 바짝 따라와 있었다. 그 순간 그의 머릿속에 백발노인이 준 약병이 생각났다.

백여우가 목덜미를 잡으려는 순간 그는 뒤로 검은 약병을 집어 던졌다. 그러자 놀랍게도 방금까지 뒤에서 따라오던 백여우는 보이지 않고 높은 산 고개 하나가 떡하니 자리를 차지하고 있었다.

이제는 됐다 싶어 안심하고 있는데 또 뒤에서 그를 부르는 소리가 들렸다. 백여우가 벌써 산 고개를 넘어 재주를 부리며 어느새 코앞까지 다가와 있었다. 그래서 이번에는 붉은 병을 백여우에게 던졌다. 약병이 터지면서 사방은 순식간에 불바다가 되어버렸다. 이제는 백여우가 죽었다고 생각한 그가 다시 길을 가고 있는데 털이 타서 까맣

게 된 여우가 여전히 소리를 지르며 쫓아왔다. 이제 목숨이 푸른 약
병 하나에 달려 있게 된 그는 여우를 향해 그 병을 던졌다. 그러자 눈
깜짝할 사이에 푸른 바다가 만들어져 여우는 빠져 죽고 말았다.

　누이동생은 비록 인간으로 태어나긴 했지만 '여우 같은 딸' 이라는
말 한마디 때문에 온전한 인간이 될 수는 없었다. 여우의 식성을 유지
해야 하는 비극을 안고 인간으로 태어난 것이다. 그런 의미에서 여우
누이는 완전한 인간도 완전한 여우도 아닌, 인간과 짐승의 경계선 위
에 서 있는 존재이다. 그러면서도 여우 누이는 끊임없이 인간세계를
꿈꾼다.

　막내아들이 여우 누이를 퇴치하기 위해 던진 검은 병, 붉은 병, 푸른
병은 인간의 세계와 여우의 세계를 확실히 경계 짓는 상징물이다. 인
간의 세계에 편입하고자 하는 여우에게 막내아들은 산 고개와 불바다,
그리고 물바다를 통해 확실한 경계선을 긋는다. 여우 누이는 첫 번째
와 두 번째 경계는 가까스로 넘었지만 결국 힘에 겨워 마지막 경계를
넘지 못하고 죽고 만다.

　앞의 이야기에서 강감찬도 반은 여우의 피를 타고 난 경계적인 인물
이다. 그렇기 때문에 인간으로 변한 여우를 알아볼 수 있는 능력을 지
닌 것이고, 그 능력을 이용해 여우를 인간 세계에서 밀어낼 수 있었다.

　여우는 계속해서 짐승과 인간 사이의 경계를 넘어 인간이 되려 하고,
인간은 확실한 경계 짓기를 통해 여우를 짐승의 세계로 밀어내려 한다.
여기에서 수많은 여우의 슬픈 변신 이야기가 탄생하게 된 것이다.

여우가 사람이 되기 위해 모으는 아이템에는 '간'만 있는 게 아닌 모양이다. 다음은 구슬을 통해 어린아이의 정기를 모아 사람이 되려고 했지만 이번에도 역시 허사가 되고 말았다는 여우 이야기이다. 사람이 되고 싶은 여우의 도전은 여기서도 실패하고 만다. 신묘한 여우구슬에 관한 이야기 한 편을 만나보자.

옛날에 서당에 다니는 한 아이가 있었다. 그런데 어느 날부터 아이가 수업을 마치고도 한참 있다 집에 가고 아침에는 지각을 하는 등 평소 안 하던 행동을 했다. 게다가 점점 아이의 몸이 마르고 얼굴이 검게 변해갔다. 스승은 보다 못해 아이에게 그 이유를 물었다. 그런데 아이는 이리저리 선생님의 시선만 피할 뿐 입을 꼭 다문 채 아무 말도 하지 않았다. 다른 아이들이 모두 집에 돌아간 후 서당 선생님이 비밀은 보장해줄 테니 고민을 털어놓으라고 하자, 그제야 아이는 조심스럽게 입을 열었다.

"저……. 실은 서당을 마치고 집에 갈 때마다 고갯마루에서 예쁜 여자가 나와서 자기와 놀다 가라고 제 손목을 잡아끌고 가요. 그리고는 나에게 입을 맞추는데 입속에 구슬같이 생긴 것을 넣었다가 다시 자기 입속으로 가져가요. 그 뒤로는 이상하게 몸이 마르고 얼굴이 검게 변하는데 저도 이유를 모르겠습니다."

서당 선생님은 마치 모든 것을 알았다는 듯이 고개를 끄덕이며 아이에게 말했다.

"네가 왜 몸이 아프게 됐는지 이유를 알겠구나. 만약 오늘 저녁에도 그 여자가 나타나 네 입속에 구슬을 넣으면 다시 돌려주지 말고 삼켜버려라. 그 여자가 어떤 행동을 하든지 신경 쓰지 말고 재빨리 하늘을 먼저 보고 다음에 땅을 봐라. 명심해라, 꼭 하늘을 먼저 봐야 하느니라."

아이는 서당 선생님이 도통 무슨 말을 하는지 알 수가 없었다. 하지만 자기가 건강해질 수 있는 일이라면 무슨 일이든지 할 수 있을 것 같았다.

아이가 서당을 떠나 고갯마루에 이르렀을 때였다. 그날도 어김없이 아름다운 여인이 아이에게 손짓하고 있었다. 그 여인은 여느 때와 다름없이 아이에게 입을 맞추며 구슬을 입에 넣었다. 그러자 아이는 서당 선생님의 말대로 구슬을 삼켜버렸다. 그리고는 막 하늘을 보려고 하는 찰나에 당황한 기색이 역력한 여인이 구슬을 내놓으라며 아이의 옆구리를 간질였다. 아이는 너무 간지러워 결국 땅으로 고꾸라져 버렸다. 그러자 방금까지 자기 옆에 있던 아름다운 여인이 '캐캥' 하는 소리와 함께 몇 바퀴 돌더니 하얀 여우로 변해서는 숲 속으로 달아나 버렸다.

아이는 정신을 차리고 다시 서당으로 뛰어가 방금 있었던 일을 선생님께 자세하게 말씀드렸다. 그러자 선생님이 크게 호통을 치며 말했다.

"내가 그렇게 하늘을 먼저 보라고 일렀거늘! 왜 땅부터 보았느냐! 어쩔 수 없다. 거기까지가 네 복이로구나. 하늘을 먼저 보고 땅을 봤으면 넌 천문박사와 지리박사가 되어 이 세상의 모든 이치를 알게 되었을 것인데, 풍수에 능한 지리박사밖에 못 되겠구나!"

이 아이는 자라서 뛰어난 풍수가 되었다고 한다.

뱀이 된 사랑

덕 수궁 돌담길을 연인이 함께 거닐면 한 달 이내에 꼭 헤어진다
는 말이 있다. 연인들에게는 피해야 할 대표적인 곳이 덕수궁
돌담길인 셈이다. 뚜렷한 이유가 있어서 그런 것도 아니니, 그런 말이
나오게 된 배경에 대한 추측들이 난무한다. 돌담길이 너무 길고 멋져
서 그 길을 걷는 도중에 한눈을 팔다가 연인들끼리 말다툼이 생겨서
헤어진다는 말도 있고, 예전에 길 끝에 가정법원이 있어서 이혼하러
가는 사람이나 이혼하고 나오는 사람들이 걷게 되는 길이라서 그렇다
는 말도 있다. 꽤 고전적인 이유를 찾아내는 경우도 있다. 궁중의 무수

리들이 죽으면 거적에 쌓인 시체가 돌담길 옆 쪽문으로 나왔다고 해서, 죽은 여인들의 한 때문에 그렇다는 말도 전한다. 임금만 섬기다 시집도 못 가고 죽은 처녀 무수리들의 한이 다정한 연인들에게 해코지를 한다는 것이다.

강화의 석모도도 연인들이 갈 곳은 아니라고 한다. 역시 이곳에도 여인의 한이 서려 있기 때문이라는데 자세한 내막을 이야기로 만들어 놓았다. 연인이 있었는데 부모의 반대로 결혼을 하지 못하자 둘이 석모도로 도망쳐서 함께 살았다고 한다. 그러다가 남자의 마음이 변해서 여자 몰래 섬을 빠져나가 부모가 원하는 다른 여자와 결혼을 해버렸다는 것. 뒤늦게 이 사실을 알게 된 여자는 시름시름 앓다가 끝내는 죽어서 그곳에 묻히게 되었고, 그 여인의 한 때문에 특히 결혼을 앞둔 연인들이 이곳에 가면 꼭 헤어지게 된다는 것이다.

이루어지지 못한 사랑의 가슴 아픈 사연은 춘천의 청평사에도 전해진다. 그런데 이곳에는 특이하게도 사랑을 이루지 못한 '여자'가 아닌 '남자'의 한이 서려 있다고 한다.

옛날에 어떤 미천한 청년이 당나라의 공주를 사모했다. 그는 공주에게 말 한마디 해보지 못한 채 가슴앓이만 하다 죽었다. 그 뒤 청년은 뱀이 되어 공주의 몸에 붙어서 한시도 떨어지지 않았고, 공주는 날로 여위어갔다. 공주는 유명한 점쟁이와 의원을 불러 갖은 방법을 동원해 뱀을 떨어뜨리려 했지만 모두 허사였다. 그러다가 우연히 한 구법승의 말을 듣고 신라의 청평사(淸平寺)까지 오게 되었다.

청평사 입구에 이르러 공주는 뱀에게 애원했다.

"절에 들어가 얼른 불공을 드리고 올 테니 잠깐만 나를 풀어다오."

한시도 공주의 몸에 달라붙어 떨어지지 않던 뱀은 공주가 하도

공주와 상사뱀 죽어서라도 여인과 함께 하고자 몸을 칭칭 감고 한시도 떨어지지 않는 뱀을 형상화한 청평사 계곡의 동상이다.

애원을 하자 몸에서 떨어졌다.

공주가 절 안으로 들어갔을 때 마침 큰 법회가 거행되고 있었다. 공주는 법당에 들어가 염불을 했다. 절 입구에 혼자 남아 있던 뱀은 아무리 기다려도 공주가 나오지 않자 공주를 찾아 절로 기어 들어갔다. 그런데 뱀이 회전문(廻轉門)에 이르자 별안간 뇌성벽력이 치면서 폭우가 쏟아졌다. 뱀은 그 자리에 쓰러져 죽었고, 갑자기 물이 불어나 삽시간에 뱀을 쓸어가 버렸다.

공주는 법회를 마치고 나오다가 죽은 뱀이 근처의 폭포에 둥둥 떠 있는 것을 보았다. 뱀이 떨어져서 홀가분하기도 했지만 한편으로는 불쌍한 생각이 들어 뱀을 잘 묻어주고 제를 올렸다. 뱀을 떨쳐버린 공주는 은혜를 갚고자 청평사에 삼층석탑을 세워 부처님의 공을 찬양하고 본국으로 돌아갔다고 한다.

몹시 사랑하는 마음에서 생기는 병을 흔히 '상사병(相思病)'이라고 한다. 마찬가지로 몹시 사랑하는 마음을 간직한 채 죽어서 뱀으로 환생했으니까 이를 '상사뱀'이라고 해야 할 것 같다. 그러니까 이 이야기는 청평사에 전해지는 상사뱀 이야기이다. 살아생전에도 사랑을 이루지 못하고, 뱀으로 환생한 다음에도 사랑을 이루지 못한 청년의 한은 얼마나 깊을까? 때문에 이곳을 찾은 다정한 연인들에게 향했을 상사뱀 청년의 해코지는 대단했을 것이고 청평사는 연인들이 가서는 안 될 장소로 이름을 날렸을 법하다.

하지만 실제 소문은 이와는 정반대이다. 청평사는 사랑이 잘 이루어지는 장소로 꽤 명성이 있다. 특히 사랑에 한이 맺힌 연인들이 가면 원 없이 사랑을 하게 된다고도 한다. 어떻게 이렇게 정반대의 소문을 갖게 된 것일까?

의문의 열쇠는 공주의 마지막 행동에서 찾을 수 있다. 공주는 불쌍한 생각이 들어 뱀 시신을 잘 묻어주고 제까지 올려주었다. 비록 이루지 못한 사랑의 한이 남아 있었다고 하더라도 공주의 이러한 진심어린 애도의 마음이 그것을 충분히 녹여줄 수 있었을 것이다. 그래서 사랑의 해코지가 아닌 사랑의 은총을 베푸는 따뜻한 기운을 청평사에 남길 수 있었으리라.

여기에서 또 우리가 주목해봐야 할 것은 청년이 환생한 동물이 '뱀'이라는 것이다. 왜 하필이면 몹시 사랑하는 마음이 다른 동물도 아닌 뱀으로 환생하게 됐던 것일까? 물론 정확한 이유는 알 수 없다. 다만 뱀의 생태와 관련시켜 여러 가지로 재미있는 상상을 해볼 수는 있다.

뱀은 주로 후각이나 청각에 의존하는데, 이는 시력이 거의 없기 때문이라고 한다. 뿐만 아니라 눈꺼풀도 없어 언제나 눈을 뜨고 있는 것처럼 보이는데, 이를 통해 사랑에 눈이 먼 사람이 상대방만을 한없이 뚫어져라 쳐다보고 있는 모습을 연상해볼 수 있지 않을까?

또는 뱀이 똬리를 트는 것과도 연관시킬 수 있을 것 같다. 대부분의 뱀들은 몸을 둘둘 말아 똬리를 틀고 있다. 이럴 경우 뱀의 똬리는 무엇인가를 가슴에 꼭 품고 있는 것처럼 보이기도 한다. 사람이나 짐승을 해칠 때도 독을 사용하기보다는 몸을 감아 죄서 죽게 하는 경우가 많다고 하니, 뱀의 똬리는 사랑의 감싸기이자 죽임의 조르기인 셈이다. 죽어서라도 꼭 안아보고 싶었을 사랑의 마음, 자신을 죽게 한 것에 대한 청년의 원망하는 마음이, 공주의 몸을 감아 달라붙은 뱀으로 표현된 것은 아닐까?

그러나 짝사랑하는 마음이 지나쳐서 스토커 수준에 이르게 되면 그 사람은 상대방에게 징그럽고 끔찍한 공포의 대상이 된다. 재미있게도 뱀은 이러한 스토커의 이미지를 그대로 갖고 있다. 소리 없이 꿈틀거리며 기어가는 뱀의 몸뚱이에서 사람들은 대개 징그러움을 느낀다. 독을 품고 있다는 점에서는 공포의 대상이기도 하다. 여기다가 허물을 벗고 새롭게 태어나는 영원성을 갖고 있는 뱀은 질기게 달라붙어 평생 떨어지지 않을 것 같은 스토커의 이미지에 참 잘 들어맞는다.

이왕 말이 나왔으니 상사뱀 이야기를 한 편 더 보기로 하자. 이번에는 여인이 죽어 상사뱀으로 환생하는 이야기인데, 그 결말이 참 비극적이다.

옛날에 한 선비가 덕망 높은 학자를 스승으로 모시고 있었다. 그 선비는 늘 말을 타고 글을 배우러 다녔는데 항상 고을의 이방집 앞을 지나갔다. 이방에게는 월이라는 아리따운 딸이 있었는데 월이는 집 앞을 지나가는 선비를 보고 한눈에 반해버렸다. 그 뒤로 월이는 그 선비에 대한 사랑을 남몰래 키워갔다. 그러나 엄연한 신분의 차이 때문에 쉽게 마음을 드러낼 수 없었다.

'무슨 수를 써서라도 저 사람을 내 방에 들어오도록 만들고 말테야.'

선비에 대한 생각으로 하루하루를 보내던 월이는 이렇게 다짐을 하며 기회를 엿보았다. 그러던 어느 날, 월이는 한 꾀를 냈다. 선비가 지나다니는 우물가의 나무에다가 사랑의 마음을 담은 편지를 걸어 놓기로 한 것이다. 항상 선비가 말을 타고 다니기 때문에 쉽게 눈에 띄리라는 생각에서였다. 편지를 걸어 놓고 담 뒤에 숨어서 살펴보니 과연 선비가 길을 가다 말고 마부를 시켜 그것을 가져오게 했다. 그런데 말 위에서 편지를 읽은 선비는 손으로 그것을 갈기갈기 찢어버리며 마부에게 말했다.

"여봐라, 이것을 저 물에다 던져버려라!"

그것을 두 눈으로 빤히 지켜 본 월이는 낙심하고 말았다.

'저 선비가 저만치 도도한 양반이란 말인가!'

너무도 낙담한 월이는 그 뒤로 병이 들어 자리에 눕고 말았다. 이방은 하나밖에 없는 딸이 갑자기 드러눕자 걱정이 이만저만이 아니었다. 월이에게 병이 난 까닭을 물었지만 월이는 묵묵부답일 뿐이었다. 월이는 날이 갈수록 점점 기력을 잃어갔고, 정신이 오락가락하는 상황에서도 선비의 이름만 계속 불러댔다. 그제야 이방은 딸이 상사병을 앓고 있다는 것을 알아챘다.

이방은 선비의 스승인 학자에게 찾아가 무릎을 꿇고 간청했다.

"대감님, 소인에게는 애지중지하는 딸이 하나 있사온데, 대감님 제자 중 한 사람을 사랑하여 병이 났습니다. 신분이 다른 것은 잘 알지만 딸아이가 지금 죽어가고 있으니 단 한번만이라도 만나볼 수 있도록 해주시면 그 은혜 평생 잊지 않겠습니다!"

학자는 그 사연이 하도 딱해서 이방의 간청을 받아들였다. 학자는 선비가 글을 배우러 오자 따로 불러서 조용히 말했다.

"내가 부탁을 하나 할 것인데 들어 줄 수 있겠느냐?"

"선생님 말씀이라면 죽음도 두렵지 않습니다. 말씀만 하십시오."

선생은 이방이 다녀간 사실을 이야기하고 그 딸이 사경을 헤매고 있으니 한번 만나보라고 했다. 그러나 선비는 스승의 말에 대답을 하지 않고 조용히 입을 다물고 있었다.

"왜 대답이 없느냐?"

"선생님, 엄연히 저는 양반인데 어떻게 그런 천한 여인과 이야기를 나눌 수가 있겠습니까? 집안의 체면도 생각해주시기 바랍니다."

"아무리 신분이 다르지만 사람 목숨보다 중요한 게 있겠느냐? 혹시라도 그 처자가 죽기라도 하면 어쩔 셈이냐?"

스승의 질책에 선비는 결국 고개를 끄덕였다.

다음날 저녁 선비가 이방집을 찾았다. 그러나 선비는 막상 월이의 방 앞에 가서는 바로 들어가지 않고 몇 시간이 지나도록 처마 밑에서 있기만 했다. 한참을 망설이던 선비는 밤이 깊어서야 문을 열고 월이의 방으로 들어갔다. 월이는 선비가 들어온 것을 알고 있었지만 이불을 덮어쓰고 조용히 누워만 있었다. 월이의 머리맡까지 다가간 선비는 한참 생각에 잠겼다가 무언가 결심을 한 듯 명주 손수건을 꺼내서 오른손에다 칭칭 감았다. 그리고는 월이의 얼굴을 한번 쓰다듬어주었다. 그리고는 재빨리 자리에서 일어나 방을 나가버렸다.

'아니, 이게 도대체 무슨 의미란 말인가. 나는 상것이고 저는 양반이니까 내 살에 닿으면 안 된다는 것인가. 내가 이 치욕은 죽어서도 잊지 않겠다!'

선비가 방을 나서자마자 월이는 눈을 부릅뜬 채로 죽고 말았다. 그러자 월이의 몸에서 희미한 상사뱀 하나가 빠져 나와 조용히 문밖으로 기어나갔다.

그 뒤 선비가 글을 배우러 갈 때면 항상 말꼬리에 상사뱀이 달라붙어 따라갔다. 이것을 본 스승이 제자에게 월이가 죽어 상사뱀이 되었으니 조심하라고 주의를 주었다. 상사뱀이 선비의 눈에는 보이지 않고 스승의 눈에만 보였던 것이다. 선비의 주위를 맴도는 상사뱀을 볼 때마다 스승은 물러가라고 호통을 쳤고 상사뱀이 조용히 물러가기를 여러 차례 반복하였다. 이렇게 두어서는 안 되겠다고 생각한 스승은 대나무로 만든 통에 상사뱀을 잡아넣으며 제자에게 말했다.

"상사뱀이 조만간에 너희 집안을 망치려고 하니 이것을 잘 간수하여라. 절대로 통의 뚜껑을 열어서는 안 된다."

선비는 대나무통을 들고 집으로 돌아왔다. 이상한 대나무통을 들고 있는 선비를 보고 선비의 형이 물었다.

"웬 이상한 대나무통을 들고 오느냐?"

"저를 사랑하던 여인이 죽어 상사뱀이 되어 이 안에 들어 있습니다. 대나무통을 열게 되면 집안에 재앙이 닥칠 것이니 절대로 열지 말라고 스승님께서 주의를 주셨습니다."

두 형님의 얘기를 듣고 있던 막내는 세상에 그런 것이 어디 있냐며 계속 열어보기를 청했다. 선비와 동생이 대나무통을 잡고 옥신각신하는 사이에 그만 뚜껑이 열려버렸다. 그러자 온 집안이 뱀으로 가득 찼다. 결국 선비 삼형제는 뱀에게 물려 죽고 온 집안이 멸족했다.

사랑하는 마음은 항상 소중하게 생각되어야 한다. 받아들일 수 없으면서도 조금씩 여지를 남겨주는 이른바 '희망 고문'이라는 것도 문제이지만, 그렇다고 '감히 네가 나를?'이라는 마음으로 모욕을 주는 것은 더욱 큰 문제이다. 흡사 뱀이 노려보는 것처럼 눈을 부릅뜬 채로 죽었다는 것은 상사뱀으로 변할 수밖에 없었던 월이의 깊은 한을 짐작하게 하는 대목이다. 사실 이 부분에서 이 이야기는 비극적인 결말을 예고하고 있다.

첫사랑에 성공한 사람이 아니라면 우리는 누구나 가슴속에 뱀 몇 마리쯤 키우고 사는지도 모르겠다. 한의 깊이에 따라 그것은 실뱀일 수도 있고 구렁이일 수도 있다. 그 뱀을 죽이지 않으면 우리가 죽어서 그 뱀으로 환생할지도 모른다. 그러니 뱀을 죽이는 게 차라리 낫지 않겠는가? 뱀을 죽이는 방법은 의외로 간단하다. 바로 새로운 사랑을 만나 손을 잡고 청평사로 가는 것!

뱀이 언제나 부정적인 존재로만 등장하는 것은 아니다. 뱀에게는 한 집안을 보호해주는 수호신적인 성격도 있는데, 다음 이야기에서의 뱀이 그러하다.

옛날 경상도 합천에 어려서부터 친구로 지내왔던 김진사와 이진사가 살고 있었다. 김진사는 부자였지만 이진사는 매우 가난하게 살고 있었다. 이진사에게는 혼기를 넘긴 아들이 한 명 있었지만 가난했기 때문에 혼처가 생기지 않았다.

하루는 이진사가 김진사의 집을 찾아 점심을 얻어먹고는 사랑에서 쉬던 중 열일곱 살 정도 먹은 여종이 물을 길어오는 것을 보았다. 여종이 부엌으로 가려고 문을 지나는데 구렁이가 내려와 여종의 목을 감는 것이었다. 여종은 놀라는 기색도 없이 물동이를 내려놓고는 구렁이를 목에 건 채 밖으로 나와 손으로 뱀을 내려놓은 후 "너 가고 싶은 곳으로 가려무나."라고 말했다. 그 말귀를 알아들었는지 구렁이는 슬그머니 사라졌다.

그 모습을 본 이진사는 저 애를 며느리로 삼아야겠다고 결심했다. 며칠 후에 김진사를 찾아가 그 여종을 며느리로 삼고자 하니 허락해 달라고 했다. 김진사는 아무리 몰락했더라도 종을 며느리로 삼을 수는 없다며 반대했다. 이진사는 여종을 며느리로 삼을 수만 있다면 아무래도 상관없다고 했다. 끈질긴 설득과 부탁에 김진사는 마지못해 허락하면서 "동네 사람들이 이 사실을 알면 우리 둘 다 손가락질 당할 것이니 먼 곳으로 이사 가서 살게나."라고 말했다. 그러면서 혼수

비용과 땅마지기를 살 돈을 주었다. 이진사는 친구의 마음 씀씀이에 감복했다.

이진사는 고향에서 멀리 떨어진 곳으로 이사를 가서 아들과 여종의 혼례를 올려주었다. 여종이 새 고장으로 이사를 올 때 그 구렁이도 따라왔다. 구렁이는 여종만 따라다니는 업이었던 것이다. 새로운 마을에 정착한 이진사는 얼마 안 되어 친구였던 김진사보다도 큰 부자가 되었다. 반대로 업이 빠져나간 김진사 집안은 몰락했다. 이진사는 친구가 가난하게 사는 것을 보고는 재산의 반을 나누어주었다.

업은 한 집안의 살림을 보호하거나 보살펴주는 동물이나 사람으로, 이것이 있으면 집안이 잘되고 사라지면 집안이 망한다고 한다. 집안에서 본 뱀은 함부로 죽이면 안 된다는 말이 있는데, 그것이 업신일 수 있기 때문이다.

소가 된 게으름뱅이

인터넷을 돌아다니다 보면 참 재미있는 글들을 많이 접하게 된다. 그중에는 게으름 지수 테스트란 것도 있는데 그 내용이 참 가관이다.

- 발가락으로 선풍기나 리모컨을 작동시킨 적이 있다.
- 집에 혼자 있을 때 식사준비가 번거로워 한두 끼 정도는 굶어본 적이 있다.
- 방바닥에 머리카락이 엉켜서 굴러다닌 적이 있다.

- 전화가 왔는데 움직이기 귀찮아서 시끄러운 벨 소리를 참아내며 받지 않은 적이 있다.
- 설거지하기가 귀찮아 사용한 수저를 재활용한 적이 있다.

여러 항목 중 재미있는 것 몇 가지만 뽑아본 것인데, 자신도 모르게 이미 두 번 이상 고개를 끄덕였다면 당신 또한 귀차니스트일 가능성이 농후하다. 말이 좀 멋있어 보여 그렇지 귀차니스트란 게으름뱅이의 요샛말일 뿐이다. 게으르지 말고 항상 부지런하라는 말을 귀에 못이 박히도록 들어왔는데도 우리의 몸은 좀처럼 꿈쩍하기를 싫어한다. '개미와 베짱이'라는 이야기까지 있어 부지런함의 미덕을 강조하기도 했지만 별 효과는 없다. 일은 하지 않고 노래만 부르던 게으름뱅이 베짱이가 가수로 데뷔해서 성공했다는 패러디까지 만들어 놓았으니 말이다.

게으름이 예전이라고 골칫거리가 아니었겠는가. 때문에 게으름에 관한 옛이야기도 많이 전해진다. 요즘은 게으름뱅이 하면 베짱이를 떠올리지만 예전에는 소를 떠올렸다고 한다. 근면과 성실의 대명사로 손꼽히는 소가 어찌하여 게으름뱅이의 대명사가 되었는지는 '겨울백이'라는 독특한 이름을 가진 게으름뱅이 이야기를 보면 알 수 있다.

어느 마을에 천하에 그 게으름을 따라갈 자가 없는 '겨울백이'라는 최고의 게으름뱅이가 살고 있었다. 그는 먹고, 자고, 싸는 일 외에는 손끝 하나 움직이기를 싫어했다. 그러던 중 농사철이 돌아오자 그의 아내는 태어나서 일이란 걸 해본 적이 없는 겨울백이에게 잔소리를 해댔다.

"남의 집 남편들은 일도 척척 잘하고, 부지런도 하던데 당신은 매일 방구석에서 뒹굴고만 있으니 대체 어떻게 우리 식구를 먹여 살리려고 그러우? 아이고, 내 팔자야. 이놈의 팔자는 시집을 와서도 피지를 않네, 않아!"

아내의 타박과 잔소리가 지겨워진 겨울백이는 한 가지 묘안을 생각해냈다.

"여보, 나 명주 두 필만 주면 그걸 팔아다 소를 빌려 밭도 갈고 논도 갈고 할 테니까 어디 가서 명주 두 필만 구해주구려."

아내는 드디어 남편이 정신을 차렸다고 생각해 기뻐하며 명주 두 필을 구해왔다. 겨울백이는 그것을 가지고 집을 나섰다. 사실 겨울백이는 일을 하러 가려는 게 아니라 명주를 팔아 그 돈이 떨어질 때까지 편히 놀고먹으며 쉬다 오려는 생각이었다. 아내의 잔소리 걱정 없이 실컷 게으름을 피울 생각에 신이 나서 발걸음을 재촉하며 가고 있는데 산모퉁이 언저리에 전에 없던 새집이 들어서 있었다. 나지막한 담 너머로 집안을 살펴보니 주인인 듯한 사람이 무언가를 열심히 만들고 있었다. 궁금증이 생긴 겨울백이는 그 집 안으로 들어갔다.

"주인 양반, 거 뭘 만들고 계시오?"

"보면 몰라요? 소머리탈이지. 왜 한번 써보려오?"

"거 신기하네. 어디 한번 써봅시다."

처음 본 소머리탈이 신기했던 겨울백이는 냉큼 받아 써보았다. 그런데 갑자기 얼굴이 탈과 딱 달라붙는 것같이 느껴지더니 어느새

몸도 육중해지는 게 느낌이 이상했다. 이게 왜 이러나 싶어 소리를 질러보았으나 입에서 나오는 건 "음매, 음매" 하는 소 울음소리뿐이었다.

"이랴!"

소머리탈을 건네주었던 집주인은 소가 된 겨울백이를 때리며 코뚜레를 끌었다. 코뚜레에 낀 코가 아파 어쩔 수 없이 주인을 따라가면서도 겨울백이는 당황해 어쩔 줄을 몰랐다.

마침내 도착한 곳은 우시장. 주인은 겨울백이를 한 농부에게 팔았다. 주인은 소를 팔며 농부에게 한 가지 주의사항을 일러주었다.

"이 소는 무를 먹으면 죽습니다. 그러니 무는 절대 주지 마십시오. 명심하십시오."

농부는 알겠다며 고개를 끄덕이더니 소가 된 겨울백이를 잡아끌며 집으로 발걸음을 재촉했다. 겨울백이는 농부에게 자신은 소가 아니라 사람이라고 수없이 외쳤지만 소용없었다. 농부에게는 음매하는 소리로밖에 들리지 않았기 때문이다.

"이놈의 소가 왜 이리 울어. 어서 가자, 이랴!"

농부의 손에 끌려온 겨울백이 소는 그날부터 죽도록 일을 하게 되었다. 논일 밭일 할 것 없이 그동안 한번도 해본 적이 없던 농사일을 아침부터 밤까지 쉴 새 없이 하게 된 것이다.

그러던 어느 날, 일에 지친 겨울백이는 삶에 회의를 느끼기 시작했다.

'이렇게 살 수는 없어. 이건 사는 게 아니야. 이렇게 비참하게 살

바에는 그래, 차라리 죽자. 죽는 게 나아.'

겨울백이는 마침내 죽을 결심을 했다.

'어떻게 죽어야 할까?'

곰곰이 생각하던 겨울백이는 지난번 자신에게 탈을 씌웠던 사람이 농부에게 자신을 팔면서 무를 주면 소가 죽으니까 절대 주지 말라고 한 말이 떠올랐다.

'그래, 바로 옆이 무밭이니까 달려가 무를 파먹자. 그럼 이 고생도 끝일거야.'

겨울백이는 무밭으로 달려가 죽을 생각으로 아삭아삭 달콤 쌉싸래 한 무를 뽑아먹기 시작했다. 겨울백이는 이렇게 어이없이 생을 마감 하는구나 싶어 눈물이 나올 것 같았다. 그러는 사이 문득 몸이 변하 기 시작하는 것을 느꼈다. 네 개의 다리 중 두 개는 다리가 되고 두 개는 손이 되기 시작했다. 꼬리는 사라지고, 소머리탈도 얼굴에서 벗 을 수 있을 것처럼 헐거워졌다. 손으로 탈을 벗기니 쑥 하고 벗겨졌 다. 겨울백이는 너무 기뻐서 믿을 수가 없었다. 그 길로 곧장 집으로 돌아가면서 보니, 소머리탈을 씌운 사람이 있던 집은 온데간데없이 사라지고 없었다.

집으로 돌아온 겨울백이는 이전과는 딴사람이 되었다. 아내의 잔 소리와 상관없이 누구보다도 열심히 농사일을 했으며, 성실하고 근 면한 것이 마을에서 따를 자가 없었다. 소가 되었다 돌아온 겨울백이 는 이 믿지 못할 경험을 통해 큰 깨달음을 얻은 것이다.

삼라만상의 모든 생명이 잠자는 듯 고요한 겨울, 이러한 계절의 이름을 사용하여 이름에서부터 움직이기 싫어하고 이리저리 뒹굴며 잠자는 것만 좋아하는 게으른 인상을 주는 '겨울백이'에게 근면·성실하게 일할 수밖에 없었던 소의 운명을 덧씌운 것은 참 재미있는 발상이다. 그러고 보면 소라는 동물은 참 모진 운명을 타고 난 것 같다. 몸집이 커서 힘이 좋고 집에서 기를 수 있도록 잘 길들여졌다는 이유로 코뚜레와 멍에를 둘러쓰고 평생 사람들의 노예가 되어야 하는 불쌍한 동물이다. 옛 선인들은 이런 소의 서글픈 운명을 다음과 같은 노래에 예리하게 담아내기도 했다.

인간세상 할 일 없네/ 떡쟁기를 걸어지고

이랴 자랴 나갈 적에/ 저 건너 서랍산 밑 다 갈고

초목 존데 매여논들/ 풀 한 줌을 뜯을쏘냐?

옴서 감서 모기 하나 깔다구 하나/ 내 살만 다 빠지네

쟁인 놈들 거동 봐라/ 패도치를 들쳐 메고

사대삭신 주무를 때/ 애리는 건 내 뼈골이요

암만 내 살이 많아도/ 한 점이나 남길쏘냐

아무리 내 뼈가 많은들/ 한 뼈나 남길쏘냐

우리나라 전통 민요 가운데 하나인 〈소타령〉이다. 힘든 일은 도맡아서 다하지만 먹을 것도 제대로 먹지 못하다가 풀이라도 뜯어먹을라치면 모기며 깔따구가 달려들어 오히려 먹는 것보다 빼앗기는 것이 더

〈목동오수牧童午睡〉 소 옆에서 불룩한 배를 드러낸 채 낮잠을 자고 있는 목동을 그린 김두량(金斗樑, 1696~1763)의 그림이다. 저러다 혹 소가 되지나 않을는지. 국립문화재연구소 제공, 조선미술박물관 소장.

많다. 살아서는 한평생 인간을 위해 죽도록 일을 하고 죽어서도 살에서 뼈까지 자신의 모든 것을 남김없이 주는 동물이 바로 소이다. 인간에게는 더없이 이로운 소이지만 소의 입장에서 보면 참 지독한 운명을 타고났다고 할 수 있을 것 같은데, 이 대목에서 유독 소에게 이런 모진 운명이 내려진 것일까를 궁금해 하지 않을 수 없다. 역시 그 이유에 대한 옛이야기도 전해진다.

옛날에 옥황상제에게 외동딸이 있어 '옹'이라는 사위를 맞았다. 그런데 옹은 술 마시고 신하들을 괴롭히는 등 놀고먹기만 하고 일은 아예 하지 않았다. 그러던 어느 여름 상제가 귀여워하는 소를 손수 끌고 뒷동산에서 신선한 아침을 즐기고 있는데 휙 하고 어디선가 화살이 날아와 소잔등에 박혀 소가 그 자리에서 죽고 말았다. 이에 크게 화가 난 상제가 회의를 열어 범인을 추궁하자 한 신하가 웅을 조사해 보는 것이 좋겠다고 아뢰었다. 이리하여 불려온 웅은 상제가 자기보다 소를 더 사랑하기에 시기가 나서 소를 쏘아 죽였다고 태연하게 대답했다. 이 말을 들은 상제는 더욱 더 노하여서 공주와 웅을 인간세상으로 보냈고 소가 되게 했다고 한다.

인간세상의 소는 옥황상제의 외동딸과 그 남편인 웅이 천상에서 죄를 짓고 내려와 변신한 것이라는 이야기다. 천상에서의 소는 옥황상제의 총애를 받는 최고의 애완동물이지만 인간세상에서는 지극히 힘들고 고통스런 삶을 살아갈 수밖에 없었던 이유가 여기에 있다는 것이다. 이렇게 천상에서 지은 죄 때문에 일하기 싫어도 끊임없이 인간을 위해 일해야 했던 소는, 일하기 싫어 방 안에서 뒹굴기만 했던 겨울백이와는 운명적으로 정반대의 삶을 살았기에 그가 탈을 통해 변신할 수 있었던 동물로는 적격이었다.

소는 또 불전 이야기에서 무척 중시되는 동물이다. 흔히 〈심우도尋牛圖〉라 불리는 선화(禪畵)의 핵심 주인공이 바로 소다. 심우도는 수행자가 수행을 통해 본래 갖고 있는 불성을 깨닫는 과정을 잃어버린 소를 찾는 일에 비유해서 그린 그림이다. 모두 열 개의 장면으로 구성되어 있는데, 소를 찾아 헤매다가 소의 발자국을 발견하고 따라가서 드디어 소를 발견하고는 그 소를 타고 피리를 불면서 집으로 돌아온다는 내용이 주로 중반부인 여섯 번째 그림 '기우귀가(騎牛歸家)'까지 펼

〈심우도尋牛圖〉 수행하는 과정을 동자가 소를 찾는 과정에 빗대어 그린 그림을 심우도라 한다. 열 개의 장면 중에서, 흰 소에 올라탄 동자승이 피리를 불며 집으로 돌아오는 장면, 소는 없고 동자승만 앉아 있는 장면, 소도 사람도 없이 텅 빈 원상만 그려져 있는 장면이다. 송광사 승보전.

쳐진다. 소로 상징되는 잃어버린 불성을 찾아 집으로 돌아왔으니 여기서 모든 이야기가 끝난 것 같지만 사실 본격적인 이야기는 이제부터가 시작이다.

일곱 번째 그림의 제목은 '망우재인(忘牛存人)'이다. 그렇게 열심히 찾아온 소는 온데간데없이 사라져버리고 사람만 남아 있다. 소는 방편일 뿐이니 소를 찾은 다음에는 그것을 모두 잊어야 비로소 제대로 된 불성을 찾을 수 있다는 메시지다. 이는 겨울백이가 소머리탈을 벗고 기쁜 마음에 집으로 돌아오다가 소머리탈을 씌운 사람이 있던 집을 찾아가 보니 온데간데없이 사라지고 없었다는 장면을 떠올리게 한다. 겨울백이는 소가 되었다가 다시 사람으로 돌아왔지만 그를 그렇게 만들었던 사람이나 집이 사라짐으로 해서 그런 일이 실제로 있었는지 아니면 단지 꿈이었는지 분간하기 힘들게 되어버렸다. 겨울백이가 진정 새로운 사람으로 거듭났다면 그 지점은 바로 여기가 될 것이다. 어찌됐든 소를 계기로 깨달음을 얻는다는 점에서 겨울백이 이야기와 심우도는 통하는 면이 많은 것 같다.

슬슬 여덟 번째 그림이 궁금해진다. 일곱 번째 그림으로 모든 이야기가 마무리된 듯한 느낌을 가질 수 있기 때문이다. 여덟 번째 그림의 제목은 '인우구망(人牛俱忘)'이다. 소에 이어서 이제는 깨달음을 추구하는 사람마저 그림에서 사라져버리는 것이다. 세상이 모두 공(空)임을 깨닫는 것이 더욱 중요하다는 불교다운 메시지를 전달하고 있다. 겨울백이 이야기로 말한다면, 소에서 다시 사람으로 돌아온 겨울백이가 깨달음을 얻고 세상에서 사라져버린 것이다. "그 이후 다시는 겨울백이를 본 사람이 없었다."고 이야기가 마무리된다면 이 그림과 일치하는 마무리가 되지 않을까?

〈심우도〉에서 소와 관련된 그림은 바로 이 여덟 번째 그림까지이다. 이후 두 장의 그림이 더 있는데, 혹 궁금하다면 스스로의 깨달음을 위해서 직접 찾아보기를 권한다. 귀찮아서 찾아보지 않는다면 혹 소가 될지도 모르니 꼭!

〈귀차니즘의 3대 원칙〉

자투리 우수리

1.

2.

3.

......

쓰기 귀찮다.

이 정도면 가히 진정한 귀차니즘의 진수를 보여준다고 하겠다. 그런데 이를 능가하는 고수 중에 고수가 있었으니 그에 대한 이야기를 소개해본다.

어떤 남편이 있는데 어찌나 게으른지 평생에 수족을 놀리기가 싫어서 부인이 밥까지 먹여주는 터였다. 그러던 어느 날, 부인이 친정에 갈 일이 있어서 생각하니 이만저만 걱정이 되는 것이 아니었다.

'내가 친정에 가면 남편 밥 먹일 사람이 없으니 그럼 분명히 이 사람, 굶어 죽을 텐데 어쩌나…….'

고심하던 부인은 집에 돌아오는 날까지 남편이 먹을 양의 떡을 만들어서 목걸이로 만들었다. 그리고는 그 떡목걸이를 남편의 목에 걸어주고 친정으로 갔다. 이 게으름뱅이 남편은 어떻게 되었을까.

얼마 뒤 부인이 집에 돌아와서 보니 남편이 죽어 있었다. 깜짝 놀란 부인은 떡목걸이까지 만들어주고 떠났는데 어찌된 일인가 하고 자세히 살펴보았다. 남편은 입 가까이에 있는 떡은 먹고, 턱 아래쪽에 있는 떡은 손을 대기가 귀찮아 먹지 않고 굶다가 죽은 것이었다.

수수께끼 속 동물들

꼬리는 꼬리인데 노래를 잘 부르는 꼬리는 무엇일까? 정답은 꾀꼬리. 그럼 오리는 오리인데 물속에 사는 오리는? 가오리. 이처럼 수수께끼는 곧이곧대로 생각하면 답을 낼 수 없지만 생각지 못한 곳에서 답을 찾는 즐거움이 있는데, 특히 동물이 정답인 수수께끼는 이것이 더하다. 이름이나 생김새를 풀어내는 방식이 전혀 엉뚱하지만 또 한편으로는 너무나 그럴듯하기 때문이다. 수수께끼 속에서 동물들은 과연 어떤 모습으로 표현되고 있는지 한번 살펴보자.

Q : 기둥이 넷, 주춧돌이 여덟, 한 놈은 밥 먹고, 또 한 놈은 마당을 쓸고 있는 것은?

A : 도대체 무엇인지 모르겠다면, 여기 힌트가 하나 더 있다. 요즘 이것들이 타는 차를 '소나타'라고 한다. 그래도 모르겠다면, 그럼 이제 정말 마지막 힌트. 게으름을 피우면 이것으로 변할 수도 있으니 항상 경계하고 조심해야 한다. 정답은 바로 소이다. 커다란 덩치의 소를 떠올려보자. 육중한 네 다리로 큰 몸을 지탱하고 있고 다리 아래 발을 보면, 발굽이 두 갈래로 갈라져 있다. 그러니 비유하자면 네 기둥에 여덟 개의 주춧돌이 받치고 있는 셈이다. 한 놈이 밥을 먹고 있다고 한 것은 바로 소의 입을 말한다. 마당을 쓰는 것은 다름 아닌 소의 꼬리이다. 우직하게 네 다리로 지탱하고 서서 입으로는 연신 먹은 것을 되새김질하고 꼬리로는 널찍한 등에 붙어 있는 벌레들을 쫓고 있는 소의 전형적인 모습을 수수께끼로 풀어내었다.

Q : 공단외투 입고, 귀는 작지만 소리를 잘 듣고, 눈이 매섭고, 수염을 달고 태어났지만 물 없이 세수하는 것은?

A : 비단같이 부드러운 털에, 귀는 작지만 소리에 민감하고, 눈이 매서운 수염달린

동물은 여러 가지가 있겠지만, 마지막 부분에서 우리는 의심 없이 '고양이'를 떠올릴 수 있다. '고양이 세수'란 말도 있지 않은가. 그런데 왜 고양이는 이렇듯 꼬질꼬질하게 물 없이 세수하는 것일까. 이는 고양이의 조상들이 물과 접촉하기 어려운 사막에서 살았기 때문에 생겨난 습성이라는 설도 있고, 고양이는 목욕을 하면 다른 고양이들과 의사소통을 하기 위해 필수적인 페로몬이라는 물질이 씻겨 나갈 수 있어서 물을 싫어한다는 이야기도 있다. 또 고양이의 침에는 기름 성분을 녹일 수 있는 천연세제가 함유되어 있고 혀에는 가시가 돋쳐 있어 몸에 묻은 오물을 손쉽게 닦아낼 수 있다고도 하니 쓸데없이 비누와 물로 세수할 필요가 없었던 셈이다.

Q : 처음에는 매끈하게, 두 번째는 보드랍게 태어났는데, 태어나자마자 노래하는 것을 배우고, 커서는 붉은 갓을 쓰고 얼룩 옷을 입고 시간을 알려주는 데 일가견이 있는 새의 친척은?

A : 처음에 매끈하게 태어났다는 것은 달걀의 표면이 매끈한 것을 이르는 것이고, 두 번째는 보드랍게 태어났다함은 알을 깨고 나오는 병아리의 부드러운 털의 감촉을 표현한 것이다. 게다가 노래까지 한다니 이건 영락없이 닭이다. 그런데 붉은 갓을 쓰는 것은 닭 중에서도 벼슬이 있는 수탉이다. 얼룩 옷을 입는다는 것 역시 암탉을 유혹하기 위해 화려한 외양을 자랑하는 수탉을 나타낸 것이다. 또 수탉은 힘을 과시하고 지배 영역을 알릴 목적으로 매일 새벽 일정한 시간에 높은 곳에 올라가 큰 소리로 운다. 반면 암탉은 모이를 다투거나 놀랐을 때 혹은 알을 낳은 뒤에만 운다고 하니 시간을 알려주는 새의 친척은 바로 수탉이다.

4관 | 때로는 모자람이 아름답다

신성 동물관

"어디선가 누군가에 무슨 일이 생기면, 짜짜짜짜 짜짱가 엄청난 기운이 야!" 익숙한 이 노래의 가사처럼, 사람들은 혼자 감당하기 힘든 일이 생길 때면 항상 짱가와 같이 힘세고 능력 있는 이가 나타나 도와주기를 간절히 바랍니다. 동물 중에도 이러한 신이한 능력을 지니고 있어 기도의 대상이 되는 것들이 있습니다.

예를 들어 꼬리가 아홉 달린 사악한 구미호가 나타나 가족들을 하나둘 씩 잡아먹는다면 누구에게 기도를 해야 할까요? 바로 삼족구라는 개입니다. 삼족구는 구미호를 물리칠 수 있는 신이한 힘이 있다고 합니다. 이곳 신성동물관에서는 이렇게 신이한 능력을 지니고 있어서 섬김을 받는 동물들에 관한 이야기들이 펼쳐집니다.

구미호를 잡는 개, 삼족구

"아침에는 네 발로 걷고, 낮엔 두 발로 걷고, 저녁 무렵에는 세 발로 걷는 것은 무엇이냐?"

이 수수께끼는 스핑크스가 오이디푸스에게 냈던 것으로 신화에 나오는 수수께끼 중 가장 유명하다. 이 질문에서 사람들을 가장 당황케 하는 대목은 '저녁 무렵에는 세 발로 걷는 것'이라는 부분이다. 아무리 머리를 굴려도 세 발로 걷는 동물이 떠오르지 않기 때문이었다. 그런데 답은 실제가 아니라 은유 속에 있었다.

삼족오(三足烏) 고구려 벽화에 그려져 있는 삼족
오는 고대 동아시아에서 태양신으로 널리 숭배
되어온, 태양 속에 살고 있는 세 발 달린 까마귀
이다. 고구려 각저총 3호분 천장.

"그건 사람이지! 어릴 때는 두 손과 두 발로 기어 다니고, 커서는 두 발로 걸어 다니고, 할아버지 할머니가 되면 지팡이를 짚어서 세 발로 걸어 다니게 되니까."

달에 사는 유일한 생명체는 계수나무 아래에서 방아를 찧고 있는 토끼인줄로만 알고 있다가 그 옆에 벌을 받은 항아가 변신한 두꺼비도 있다는 사실을 처음 알게 되었을 때만 해도 설마 그 뜨거운 태양 속에도 동물이 살고 있을 거라는 생각은 추호도 하지 못 했다. 그런데 그 태양 속에 '삼족오(三足烏)'라 불리는 다리가 셋 달린 까마귀가 살고 있다는 이야기를 들었을 때, 스핑크스의 수수께끼가 생각났다. 인간에 대한 은유로서가 아닌, 진짜로 세 발 달린 동물이 신화 속에서는 뚜렷이 존재하고 있었던 것이다.

날짐승은 대부분 두 발이고, 길짐승은 대부분 네 발이다. 세 발은 이러한 보통의 동물과 다르다는 점에서 기이한 이미지로 다가온다. 당연히 신성한 동물일 수밖에 없다. 두 발이어야 할 까마귀가 발을 하나 더 가져 태양이라는 신성한 공간에 존재하게 되면서 신성한 동물이 될 수 있었다. 그리고 이러한 상징은 고구려의 벽화에 안착하면서 민족의 정기가 된다.

여기에서 우리의 상상력을 다시 한번 발휘해보자. 네 발의 길짐승을 이번에는 다리를 하나 없애서 세 발의 길짐승으로 만들면 어떨까? 과연 이를 통해 또 다른 상징을 만들어낼 수 있을까? 어설퍼 보이는 이러한 상상은 꽤 깊은 뿌리를 가지고 있는데, 그렇게 해서 만들어낸 동물이 다리가 셋인 개, '삼족구(三足狗)'이다. 사실 따지고 보면 삼족구는 저 멀리 태양 속에서만 존재했던 삼족오보다도 훨씬 가까이서 우리와 함께 했던 신성한 동물이었다. 이번 무대는 중국이다.

　　중국 고대 은나라의 마지막 임금인 주왕은 폭군으로 그 명성이 자자했다. 대개 폭군 곁에는 요염한 여자가 있게 마련이다. 고고하고 표독하며, 뜨거운 동시에 얼음 같고, 조용한 가운데 격동이 있으며, 진한 아름다운 속에 잔학함이 깃들어 있는 독부(毒婦) 달기가 그 주인공이다. 오랑캐 나라에서 공물로 보내온 달기는 주왕의 혼을 완전히 빼앗아버렸다. 주왕의 포악함은 이 달기를 만나면서 한층 더 심해져 갔다.

　　대표적인 예를 들면 다음과 같다. 기름을 발라 미끄거리는 둥근 구리 기둥을, 그 아래에 숯불을 지펴 달군다. 그리고 주왕을 비방하는 사람들을 잡아들여 그 위를 걷게 한다. 온전히 건너면 살려준다고는 하지만 대부분은 미끄러져 화염 속에서 생을 마치게 된다. 이것이 이른바 포락지형(炮烙之刑)인데 달기가 이를 보고 마냥 즐거워했다고 하니 주왕으로서도 기쁜 일이 아닐 수 없었을 것이다.

　　날이 갈수록 학정이 심해지고 그것이 대부분 주왕 곁에 있는 달기에 의해서 조장된다는 사실에 사람들은 의심하기 시작했다. 왜 달기는 포락지형을 좋아한 것일까? 측은지심을 가진 인간이라면 도저히 있을 수 없는 일이기 때문에 의문은 더욱 깊어갔다. 여기서 사람들은 달기가 사람이 아닐 것이라고 상상하기 시작했다. 사람이 아니라면 첫 번째로 짚이는 것이 꼬리 아홉 달린 구미호이다. 주왕이 너무 색을 밝힌 나머지 그녀가 구미호의 변신임을 알아채지 못했다는 것이다. 그러고 보니 이제야 의문이 말끔히 사라진다. 구미호는 사람을 잡아먹고 살기 때문에 적당히 구워 놓은 시체를 먹이로 보았을 것이고, 이 때문에 포락지형을 좋아했다는 것이다.

이러한 의심의 눈길이 달기 주위를 감싸고돌아도 달기는 전혀 걱정하지 않았다. 주왕의 여자인 자신을 감히 누가 어쩌지는 못할 것이라는 믿음이 있었기 때문이다. 그런데 단 한 사람, 강태공만이 마음에 걸렸다. 당대 최고의 책사 강태공만은 두려웠던 것이다. 그래서 강태공을 없앨 계교를 꾸몄다. 주왕에게 구슬로 지은 집을 갖게 해달라고 생떼를 쓰기 시작한 것이다. 과연 구슬로 집을 지을 수 있는 사람이 있겠느냐는 주왕의 물음에 달기는 강태공을 지목했다. 강태공에게 구슬로 집을 짓게 명령한 다음, 그럴 수 없다고 하면 그것을 이유로 죽일 심산이었다. 주왕의 부름을 받고 입궐한 강태공은 주왕의 곁에 서 있는 여인이 구미호임을 단번에 알아챘다. 그리고는 구슬로 집을 충분히 지을 수 있다고 호언장담하고는 물러 나와서 그대로 달아나 버렸다.

달아난 강태공은 세월을 낚는 낚시에 몰두하다가 주나라 문왕을 만나 그를 보좌하게 되었고, 무왕 때에 이르러 은나라를 치기 위한 역성혁명을 일으켰다. 군사를 이끌고 주왕과 달기에게로 향하는 강태공의 옷자락 속에는 세 발 달린 개인 삼족구가 숨겨져 있었다. 마침내 궁궐까지 들이닥친 강태공은 삼족구를 풀어 달기를 찾게 했다. 이리저리 뛰어다니던 삼족구는 구석진 방에 숨어 있던 주왕과 달기를 발견하고는 사납게 짖으며 달려들었다. 달기의 목을 물고 늘어지더니 세차게 내팽개쳐 버렸다. 팽개쳐진 달기의 몸은 축 늘어져 차츰 꼬리 아홉 달린 여우로 변하더니 이내 죽어버렸다. 물론 주왕 역시 강태공에 의해 죽임을 당했다. 그렇게 은나라는 멸망하고 주나라가 중원을 지배하게 되었던 것이다.

강태공이 주 무왕을 보필하여 은나라를 멸망시키고 주나라의 천하가 되도록 한 실제 역사 이야기에 슬그머니 삼족구를 집어넣었다. 이렇게 하다 보니 달기를 천년 묵은 여우로 둔갑시킬 수밖에 없었던 것이다. 물론 포락지형이라는 잔혹한 형벌이 맥락을 자연스럽게 만들어주는 결정적인 역할을 했다. 〈강태공실기姜太公實記〉 등의 중국 이야

달기(妲己) 중국 은나라 주왕의 애첩이었던 달기는 성격이 포악하고 잔혹해 구미호가 변신한 것이라는 이야기가 전할 정도다.

기에서는 원래 강태공이 신병(神兵)을 몰아 달기를 죽이는 것으로 되어 있다고 하는데, 이것이 우리나라에 전해지면서 삼족구로 변한 것이

다. 이로 볼 때 삼족구는 둔갑한 여우를 알아보고 죽일 수 있는 신성한 동물로, 우리 민족의 독특한 상징임에 틀림없다.

삼족구 이야기는 패망한 나라의 어두운 역사를 초자연적인 상상의 세계로 끌어들여 철저히 깔아뭉개려는 승리한 자의 역사 인식을 그대로 보여준다. 둔갑한 여우에 의해서 나라가 망했다고 함으로써 이미 그 나라는 천명을 잃었었다는 인식을 자연스럽게 심어주려는 의도였을 것이다. 역사상 패망한 나라를 여럿 두고 있는 우리나라에서도 이러한 유의 이야기는 훌륭한 창작 소재가 되었다. 아직도 강원도에서는 궁예 이야기 속에 이 삼족구의 이야기가 그대로 보존되어 전해지고 있다.

궁예가 강원도 철원 쪽에 후고구려를 세우기 위해 궁궐터를 잡으려 하였다. 원래는 금학산을 안으로 정하고 고암산을 뒤로 삼으려 했는데, 부인의 충고를 따라 그 반대로 정하게 되었다고 한다. 사실 고암산을 뒤로 하고 금학산을 안으로 삼았다면 풍수학상 천 년을 지속할 수 있는 나라가 됐을 텐데 그만 여자의 말을 들어 금학산이 노여워하는 바람에 30년 만에 끝나는 비운을 맞게 되었다는 것이다.

궁예의 판단을 흐리게 한 때문인지 궁예가 왕이 된 지 20년 쯤 되었을 때 구미호에 의해 궁예의 왕비는 죽임을 당하고 대신 여자로 변신한 구미호가 왕비 노릇을 하게 되었다. 물론 이러한 여우의 농간을 알아채는 사람은 아무도 없었다. 아마도 달기만큼 아름다웠던 모양인지, 미처 깨닫지 못했던 왕비의 아름다움이 갑자기 찬란해지면서 왕비 앞의 궁예는 그만 어린아이가 되고 말았다. 왕비가 좋아하는 일이라면 물불을 가리지 않고 무엇이든지 하게 되었다. 원래 사람고기를 좋아한다는 여우가 둔갑한 왕비는 사람이 죽는 것을 보면 무척 즐거워하며 웃곤 했는데, 이를 지켜보던 궁예 역시 함께 즐거워했다고 한다. 잘못한 일로 잡아들인 사람들을 죄의 경중과 관계없이 무차별 처형하게 되는데, 특히 잔인하게 죽여야만 더욱 좋아하여 점점 더 처참하게 사람들을 죽이게 되었다.

대신들은 왕비의 이러한 악독함을 보고 차츰 구미호가 둔갑한 사실을 눈치 채게 되었다. 물론 아무도 궁예에게 이를 얘기하지는 못했다. 급기야 무슨 방책이 없나 하고 비밀리에 의논을 하게 되었는데, 뜻밖에도 삼족구가 변신한 여우를 잡을 수 있는 유일한 방법임을 알게 되었다. 이때부터 백방으로 삼족구를 찾아 나선 대신들은 서울 송파의 어느 집에서 뒷발이 둘, 앞발이 하나인 개가 태어났다는 소식을 접하게 되었다. 찾아가서 보니 젖 떨어질 만큼 되었는데도 전혀 자라지 않은 그야말로 조그만 강아지였다. 그런데도 발만은 유난히 커다랗고, 거기다 눈알은 빨개서 똑바로 쳐다볼 수 없을 정도로 아주 무서웠다.

삼족구를 구한 대신들은 조회가 있는 날, 도포 소매 속에 몰래 넣어 가지고 들어갔다가 꺼내 놓았다. 삼족구가 비호처럼 달려들어 왕비의 목을 물어뜯으니 왕비가 곧 여우로 변하여 죽고 말았다. 사람들은 그 소문을 듣고 여우가 정치를 해서 죄 없는 사람들을 불에 태워 죽였다고 분개했고, 민심은 서서히 궁예를 떠나가게 되었다. 그로부터 10년 후, 궁예는 결국 망하고 말았다.

삼족구는 삼족오를 접했을 때와는 또 다른 감흥을 전해준다. 다른 것들은 모두 다리가 넷인데 삼족구만이 다리가 셋이었다는 것은 무엇인가가 부족하다는 느낌으로 다가오기 때문이다. 아무리 생각해봐도 못난 것이지 신비할 것이 없었다. 하지만 이야기는 우리의 이러한 생각과 달리 삼족구 역시 삼족오 못지않게 신이하고 신성한 동물로 본다. 태양과 같은 접근불가능한 곳이 아닌 항상 우리 곁에 존재하며 사악한 존재인 구미호를 물리칠 수 있는 신비한 능력을 지닌 존재로 말이다.

뭔가가 부족한 듯이 느껴지는 것이 오히려 신비한 능력을 지닐 수 있다는 것이 참 재미있다. 과잉이 아닌 결핍이 더 큰 힘을 발휘할 수 있다는 것은 우리의 상식을 뒤집는다. 이야기에는 항상 이러한 전복의 묘미가 있어 우리를 즐겁게 한다. 꼬리가 하나도 아니고 아홉씩이나 달린, 넘쳐도 한참을 넘치는 능력을 지닌 천년 묵은 여우가, 불과 이제 막 젖을 뗀, 그것도 다리가 하나 부족한 몸으로 태어난 조그마한 강아지 삼족구에게 보기 좋게 당하는 이야기는 그래서 충분한 매력을 지녔다. 모자람이 때로는 넘치는 사악함을 물리칠 수 있는 유일한 도구가 될 수 있음을 이 이야기를 통해 배울 수 있기 때문이다.

자투리
우수리

옛 사람들은 달나라에 토끼와 함께 두꺼비가 살고 있다고 믿었다. 중국 신화에 따르면, 이 두꺼비는 바로 활을 잘 쏘던 예의 아리따운 부인 항아(姮娥)가 변신한 것이라고 한다.

요임금이 다스리던 시절, 어느 날 갑자기 열 개의 태양이 한꺼번에 하늘에 나타나서 엄청난 재앙을 가져왔던 적이 있었다고 한다. 열 개의 태양 때문에 땅 위의 생물들은 탈진해 숨도 제대로 쉬기 힘들 지경이었다. 그리하여 요임금은 매일같이 하늘에 기도를 올렸고 사태의 심각성을 인지한 천제는 활을 잘 쏘는 천신 예를 인간 세상으로 보내게 되었다. 이때 예와 함께 그 부인 항아도 함께 인간 세상에 따라왔다. 예는 활을 꺼내 태양을 쏘았다. 태양을 하나씩 없앨 때마다 지상에 시원한 기운이 감돌았다. 예는 태양이 인간 세상에 도움을 준다는 점을 기억하고는 딱 하나만 남겨 놓았다. 이뿐만 아니라 예는 태양 문제 외에도 지상의 여러 근심을 해결해주었다. 그러면서 점점 인간계에서 명성을 얻어갔고 다시 하늘나라로 돌아가지 않고 인간 세상에 머무르게 되었다.

그러던 어느 날 예는 서왕모로부터 불사약을 얻게 되었다. 예는 기뻐하면서 그것을 가지고 와 항아에게 날을 정해 함께 그것을 먹자고 했다. 그러나 항아 생각은 달랐다. 불사약의 양이 둘이 먹기에는 부족한 듯 보였다. 그래서 예가 집에 없는 틈을 타 혼자 불사약을 마셔 버렸다. 그러자 갑자기 몸이 가벼워지면서 날아오르기 시작했다. 항아는 혼자 몰래 불사약 먹은 것을 들킬까봐 겁이 났다. 그래서 잠시 달에 가 몸을 숨기기로 했다.

달에 안착하여 숨을 돌리자마자 이게 웬일인가! 갑자기 등이 오그라들고 배와 허리는 팽팽하게 부풀었으며 입은 넓게 되고 눈도 커지는 것이 아닌가? 목과 어깨는 한데 붙어버렸고 피부에도 울통불통한 흠집이 생겼다. 뛰어난 미인이었던 항아는 이기심 때문에 세상에서 가장 못생기고 보기 흉한 두꺼비로 변해버렸다.

〈하마선인도蝦蟆仙人圖〉 '유해희섬(劉海戱蟾)'이란 말이 있다. 유해라는 사람이 세 발 달린 금두꺼비와 장난을 치고 논다는 뜻이다. 이 그림은 유해가 세 발달린 금두꺼비와 노는 장면을 그린 길상화(吉祥畵)로, 이를 집안에 걸어두면 큰 행운과 재물을 얻는다고 한다. 심사정(沈師正, 1707~1769)의 그림이다.

그런데 여기에서 재미있는 사실이 있다. 바로 월궁(月宮)에 사는 두꺼비의 다리도 세 개라는 점이다. 그러고 보니 참 묘하다. 해에는 다리 셋인 새 삼족오가 있고, 달에는 다리 셋인 두꺼비 삼족섬(三足蟾)이 있고, 땅에는 다리 셋인 개 삼족구가 있으니 말이다.

영웅과 백마

지금 눈 내리고

매화 향기(梅花香氣) 홀로 아득하니

내 여기 가난한 노래의 씨를 뿌려라.

다시 천고(千古)의 뒤에

백마(白馬) 타고 오는 초인(超人)이 있어

이 광야(曠野)에서 목놓아 부르게 하리라

잘알려진 이육사의 〈광야〉라는 시이다. 장엄하고 우렁찬 목소리가 고고한 듯 절절하게 다가온다. 지금 여기는 비록 가난하고 보잘것없지만 그것을 딛고 일어서 노래의 씨를 뿌려주면, 거기에 싹이 트고 열매가 맺어 먼 훗날 백마 타고 오는 초인이 그 열매를 받아 목 놓아 노래를 부른다는 이 부분이 특히 맘에 와 닿았다.

그런데 좋아하는 것과 시험은 항상 별개다. 문제를 앞두고는 매번 당혹스럽고 어려웠던 기억만 생생하다. "밑줄 친 부분이 상징하는 바를 3어절로 쓰라." 손에 잡힐 듯 잡히지 않는 시구에 대해 상징하는 바를 쓰는 것도 쉬운 일이 아닌데, 그것을 딱 3어절에 맞추어 쓰라니. 어쨌거나 정답은 '민족사의 새로운 국면'이란다. 백마 타고 오는 초인은 민족사의 새로운 국면을 열어주리라는 믿음이 반영된 표현이라고 한다. 우리에게 민족의 희망을 가져다줄 인물이 범인(凡人)이 아닌 초인(超人)인 것은 대강 수긍이 가지만 그가 정확히 어떠한 인물인지, 그리고 하필 말을, 그것도 백마를 타고 오는지에 대한 자세한 이유는 알 수가 없다. 그저 별표 하고 외우라고만 한다.

'백마 타고 오는 초인'이라는 표현은 사실 그 뿌리가 깊다. 우리 민족이 백마에 옮겨 실었던 상징들이 이 표현 속에 고스란히 담겨 있기 때문이다. '백마 타고 오는 초인'이 상징하는 3어절을 우리의 옛이야기 속에서 풀어보기로 하자.

말이 등장하는 이야기가 처음 보이는 곳은 《삼국유사》이다. 동부여를 세운 해부루에게는 늙도록 아들이 없었다고 한다. 급기야 산천에 제사하여 아들을 점지해줄 것을 빌었는데, 며칠을 그랬을까, 갑자기 타고 가던 말이 작은 연못가에 있는 큰 돌 앞에서 멈추는 것이었다. 그러고는 하늘을 우러러 눈물을 흘리며 울어 재끼는 것이 아닌가. 이윽고 돌 밑에서 황금빛이 나는 개구리처럼 생긴 작은 아이가 발견되는데, 그가 바로 동부여의 2대 임금 금와(金蛙)이다. 여기서 우리가 주목해야 하는 것은 하늘을 향해 눈물을 흘리는 말의 낌새다. 왜 하필 말이 눈물을 흘리며 울었던 것일까?

이야기를 다시 신라의 혁거세에게로 옮겨보자. 신라의 여섯 고을 촌장들이 모여 고을의 대통합에 대해 진지하게 이야기하고 있었다. 여기서 문제가 됐던 것은 대통합 이후의 수장. 과연 누가 수장이 될 것인가? 선뜻 나서는 이도 없고 선뜻 추천하는 이도 없었다. 결국 새로운 국가의 수장은 외부에서 영입하는 것이 좋겠다는 결론에 이르게 되었고 덕망 있는 인물을 수소문하기 시작했다. 나정(蘿井)이라는 작은 우물에서 이상한 기운이 감지된 것은 그로부터 얼마 지나지 않아서이다. 더욱 놀라운 것은 바로 그곳에 빛깔도 영롱한 하얀 말 한 마리가 난데없이 나타나 우물 앞에 무릎을 꿇고 연신 절을 하고 있는 것이 아닌가. 사람들은 이를 기이하게 여겨 몰려들게 되었고, 그곳에서 보랏빛의 알 하나가 발견되었으며, 그 알에서 혁거세가 나왔다. 그냥 말이 아니라 백마라고 또렷이 밝히고 있다는 점과, 눈물을 흘리는 것이 아니라 무릎을 꿇고 절을 했다는 점이 금와 이야기와는 다르지만, 말이 새로운 임금의 존재를 미리 알아차리고 사람들에게 알려주는 역할을 한다는 점에서는 크게 다르지 않다고 하겠다.

이처럼 우리 신화에 등장하는 말은 눈물을 흘리며 울부짖고, 또 무

하늘을 나는 백마 우리는 항상 백마를 기다린다. 언젠가 백마가 초인을 태우고 하늘을 날아 우리에게 올 것이기 때문에.

룺을 꿇는다. 곰곰 생각해보면 말이 사람들에게 자신의 뜻을 알리는 수단은 큰 소리로 우는 것과 무릎을 꿇는 것밖에는 없을 것 같다. 그것이 말이 표현할 수 있는 최대한의 행위였을 터이다. 이를 통해 사람들은 뭔가 기이한 일이 일어날 것이라고 예감했고, 오래지 않아 새로운 국왕이 탄생하였다.

그러나 신화에 등장하는 말의 본래 역할은 새로운 국왕의 탄생을 미리 알려주는 쪽보다는 직접 새로운 국왕을 하늘로부터 인도받아 태우고 나타나는 쪽에 더 가까웠을 것이라고 보는 편이 합당하다. 말은 예지보다는 이동수단으로의 이미지가 더 강하기 때문이다.

실제로 해모수의 이야기에서 말이 바로 그런 역할을 했다. 《삼국유사》〈북부여조〉를 보면 하느님의 아들인 해모수가 하늘 문을 열고서 오룡거(五龍車)를 타고 지상으로 내려와 나라를 세워 스스로 임금이 되었다고 했다. 그런데 여기에서의 오룡거는 다섯 마리의 용이 끄는 수레라기보다는 다섯 마리의 용마(龍馬)가 끄는 수레이다. 용마란 다른 말로 하면 천마(天馬)다. 하늘을 날 수 있는 말인데, 구체적인 이미지는 〈천마도〉를 보면 쉽게 이해가 갈 것이다. 대강의 모습은 분명 흰색의 말인데 말갈기와 곧게 세운 꼬리털이 역동적으로 휘날리는 모습을 보면 범상한 말과는 한참 다르다. 다리는 반쯤 구름에 파묻혀 있어, 구름 위를 달리고 있는 것인지 아니면 구름을 타고 있는 것인지 알 수 없다. 거기다 입에서는 용처럼 힘찬 기운이 연신 뿜어져 나온다. 바로 이 〈천마도〉 속 용마가 아마도 해모수의 오룡거를 끌었던 말이지 싶다.

말 혹은 용마에 대한 이러한 이미지는 신화에서만 존재하는 것은 아

니다. 신화의 시대가 가고 도
래한 전설의 시대에도 다시 용
마가 등장한다. 잘 알려진 〈아
기장수〉 이야기를 보자.

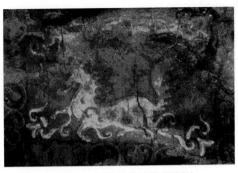

〈천마도〉의 용마 용마는 용처럼 입에서 불을 뿜어내며
하늘을 나는 말로 구름 위를 나는 것 같은 모양새를 취
하고 있다.

　　가난한 농부의 집에 하
늘의 선물이 도착했다.
바로 사랑스러운 아들이
었다. 농부 내외는 더욱
더 열심히 일했다. 부부가 함께 나가서 일을 할 때면 아이는 혼자서
방 안에 있어야 했는데, 이것이 안타까워 부부는 일을 마치기가 무섭
게 집으로 달려오곤 했다. 그런데 하루는 서둘러 일을 마치고 반가운
마음에 방문을 열어 젖혔는데, 아이가 보이지 않는 것이었다. 집 주
위를 다 둘러보아도 아이의 흔적은 도무지 찾아지지 않았다. 허탈한
마음에 방 안으로 들어와 천장을 보면서 한숨을 크게 쉬는데, 그토록
찾던 아이가 천장에 붙어 있는 것이 아닌가!

　　자세히 보니 아이의 겨드랑이에는 날개가 달려 있었다. 예로부터
겨드랑이에 날개를 가진 큰 장수가 태어나면 역적이 된다는 말이 있
었다. 아이가 커서 역적이 되면 그 일가는 절멸을 하게 될 것이었다.
아무리 생각해도 끔찍한 일이었다. 이에 부부는 큰 결심을 한다. 아
이를 없애서라도 집안을 지켜야겠다는……

　　이 모진 일은 어머니에게 맡겨졌고, 그래서 어머니는 산속 깊은 곳

으로 아이를 데리고 들어가, 큰 바위 아래에 내려놓았다. 바위로 아이를 눌러 죽이려는 생각이었다. 하지만 아기장수는 의외로 담담한 표정이었다. 마치 자신의 운명을 미리 알고 있었다는 듯. 그러고는 마지막으로 한 가지 소원만 들어달라고 애원했다. 바위로 자기를 눌러 죽일 때, 바위 밑에 콩 다섯 섬과 팥 다섯 섬도 함께 묻어달라는 것이었다. 그리고 자신의 무덤을 누구에게도 알리지 말아달라는 당부의 말도 잊지 않았다.

의외로 소문은 빨랐다. 어디어디에서 아기장수가 태어났는데, 그 어머니가 죽였다는 소문이 몽글몽글 피어오르더니 결국 궁궐에까지 도달했다. 아기장수가 죽었다는 소문이었지만 왕은 그것을 곧이곧대로 믿을 수가 없었다. 꼭 확인을 해보아야만 했다.

왕의 명을 받은 관군들은 아기장수의 집에 들이닥쳐서, 아기장수의 무덤이 어디에 있는지 바른대로 말하지 않으면 죽이겠다고 부모를 협박했다. 겁이 난 어머니는 아기장수의 당부를 무시한 채 무덤의 위치를 실토하고 말았다. 시신이라도 반드시 확인해야겠다는 관군에 의해 무덤은 파헤쳐졌는데, 그때가 마침 다섯 섬의 콩이 말이 되고, 다섯 섬의 팥이 군사가 되어 막 몸을 일으키려는 찰나였다. 결국 아기장수는 관군에 의해 무참히 찢긴 채 또 한번 죽고 말았다.

그런데 그때, 불현듯 저쪽 산봉우리에서 용마가 나타나 하늘로 솟았다가 땅으로 꺼졌다가 하면서 난리를 치기 시작했다. 한참을 그러다가 하늘을 향해 크게 한번 울부짖더니 어디론가 사라져 버렸다. 이후부터 이 봉우리를 용마봉(龍馬峯)이라 부르게 되었다.

아기장수가 죽었는데 왜 용마가 나타나 울부짖었을까? 신화적인 상징으로 보면 용마는 하늘로부터 신인(神人)을 모시고 내려와 지상의 혼란을 잠재우고 새로운 세상을 열어갈 임금이 되도록 하는 역할을 맡는다. 모르긴 몰라도 아기장수 역시 용마가 하늘로부터 모시고 내려온 신인이었을 것이다. 겨드랑이에 난 날개가 이를 상징한다. 그런데 왕이 통치하는 세상은 이미 그러한 신인을 쉽게 용납할 수 없는 상황이었다. 철저히 유린당한 민중의 삶은 어머니가 아들을 살해해야만 할 정도로 비정해져 있었다. 모시고 온 신인이 지도자로 추대되기는커녕 오히려 그 어머니에 의해서 죽임을 당하는 모습을 보고 용마는 울부짖을 수밖에 없었을 것이다.

신화의 시대가 끝나서일까? 더 이상 아기장수와 같은 신인을 실어 나를 수 없게 된 용마가 태웠던 사람은 의외로 나무꾼이었다. 〈선녀와 나무꾼〉에서 그랬다. 아이 셋을 낳을 때까지 날개옷을 주지 말라는 사슴의 당부를 어긴 나무꾼은 아이와 선녀 모두를 잃고 혼자가 되었다. 아내와 아이를 찾기 위해서는 어떻게 해서든지 하늘나라로 직접 올라가야만 했다. 목욕 나온 선녀가 납치되는 사건 이후 하늘나라에서는 더 이상 지상으로 내려와 목욕하는 일이 없었다. 대신 두레박을 이용해 물을 길어 올리는 방법을 택했다. 이 두레박이 나무꾼을 하늘로 올려줄 수 있는 유일한 수단이었다.

나무꾼은 두레박을 타고 하늘로 올라가서 아이들과 아내를 만나게 되었지만 한편으로는 지상에 두고 온 어머니 생각이 간절했다. 다시 하늘에서 지상으로 내려오는 수단을 찾아야 했다. 여기에서 용마가 등장한다. 용마의 등에 오른 나무꾼은 어머니가 잘 계시는지만 확인하고 곧바로 하늘로 올라가야 했다. 그러기 위해서는 용마의 등에서 내리면 안 되었다. 여기에서도 어머니가 문제였다. 뭐라도 먹이고 싶었던 어머니의 사랑이 화근이 되어 결국 나무꾼은 하늘로 올라가지 못하고 만다. 뜨겁게 끓여준 죽을 먹다가 실수로 말의 잔등에 흘렸고, 그 뜨거움을 참지 못한 말이 훌쩍 뛰어오르는 바람에 나무꾼은 말에서 떨어지고 만 것이다.

한때 신인을 실어 나르던 말이 이제는 나무꾼을 실어 나르는 임무마저 제대로 수행하지 못하게 된 것이다. 용마는 더 이상 본연의 모습으로 남아 있을 수가 없게 되었다. 이제 남은 것은 죽음 뿐! 음귀(陰鬼)의 일종인 도깨비 이야기에서 다시 등장한 용마는 이제 시체의 이미지로 전락해 있다. 서서히 신성한 말의 시대가 그 끝을 알리는 순간이다. 말의 최후를 보여주는 도깨비 이야기로 잠시 들어가 보자.

순진한 도깨비를 꼬드겨 마음을 빼앗아버린 여인이 도깨비로부터 온갖 재물을 얻은 후에 이제는 도깨비를 물리쳐버릴 계교를 꾸몄다. 하루는 도깨비에게 이 세상에서 제일 무서워하는 것이 무엇이냐고 물었다. 순진한 도깨비는 붉은 피가 뚝뚝 떨어지는 잘려진 백마의 머리를 보면 무서워 기겁을 한다고 말했다. 갑자기 이런 질문을 왜 하는지 의아해하던 도깨비에게 여인은 자신이 무서워하는 것도 함께 이야기하겠다고 나섰다. 그리고 답한 것이 돈이다. 자기는 돈만 보면 무서워죽겠다는 것이다.

다음날 도깨비는 여느 때처럼 깊은 산속에서 낮을 보내고 밤이 되자 집 안으로 들어서는데, 대문에 걸려 있는, 아직도 선혈이 낭자한 백마의 머리를 보고 기겁을 했다. 그제야 속은 것을 눈치 챘다. 배신감에 휩싸인 도깨비는 여인이 제일 싫어한다는 돈을 한 아름 가져다가 담 너머 여인의 집으로 계속 던져댔다. 그것까지도 속은 것일 줄 알지 못한 채.

음귀를 물리치기 위해서는 강력한 양기(陽氣)가 필요하다. 흰색은 태양의 빛깔을 상징하며, 따라서 양기를 대표하는 색이다. 거기에 말은 12지로는 오(午)에 해당하며 시간으로는 낮 11시부터 1시까지이다. 낮 12시를 정오(正午)라고 하니, 오시는 하루 중 가장 밝은 때, 즉 양의 시간을 대표한다고 하겠다. 그러니까 백마는 색에서나 시간에서나 양기로 똘똘 뭉친 최고의 동물이다. 백마가 하늘로부터 신인들을 싣고 내려왔다는 설정도 이러한 백마의 특성과 무관하지 않을 것이다. 또한 붉은 피는 우리 민속에서 축귀(逐鬼)의 의미를 지닌다. 동짓날 팥죽을 집 주변에 뿌리는 풍습은 피와 비슷한 팥죽으로 잡귀를 쫓으려는 것이다. 결국 백마와 붉은 피가 합쳐지면 강력한 음귀인 도깨비를 물리칠 수 있다는 것이 이 이야기에 반영된 믿음이라고 하겠다.

장렬히 전사하여 도깨비를 물리치는 역할로 생을 마감한 우리의 백마는 문화적 상징을 보여주는 이야기 속에서는 그 자취를 감추어버렸다. 그리고 홀연히 육사의 시에 나타난다. 이렇게 보면 '백마 타고 오는 초인'은 이야기 속의 신인 혹은 아기장수에 대한 향수라 할 수 있다. 혼란스러운 세상을 마감하고 새로운 세상을 열어줄 수 있는 초인은 예로부터 백마가 실어 날랐다. 비록 아기장수는 어린 나이에 죽임을 당했지만, 세상이 혼란스럽고 삶이 힘들 때면 언젠가 또 다시 태어나서 민중을 구원해줄 것이라는 믿음은 항상 사람들의 마음속에 남아 있었을 터이다. 일제강점기를 극복해야 했던 육사에게도 그것은 절실한 믿음이었으리라. 백마 타고 오는 초인에 의해서만 일제의 손아귀에서 벗어나 민족사의 새로운 국면이 열릴 수 있을 것이라고 믿었던 그였기에, 아스라이 잊혀졌던 '백마 타고 오는 초인'을 다시금 불러낸 것이 아닐까.

백마투어 여행상품

1. 신인코스 : 해모수의 북부여 → 금와의 동부여 → 천마총

2. 초인코스 : 용마봉 → 광야

3. 나무꾼 코스 : 산속연못 → 하늘 → 지상 (점심 : 팥죽)

✱ 도깨비 사절

시골길을 걷다 보면 한 곳에 돌무더기가 쌓여 있는 것을 볼 때가 있다. 그러면 우리도 무심코 돌 하나를 주워서 거기에 덧보태고 지나치곤 하는데, 이처럼 쌓아 올린 돌무더기를 서낭당이라 부른다. 물론 마을 안쪽에 들어와 있는 서낭당은 오롯이 집의 형태를 갖

자투리 우수리

돌무더기 서낭당 사람들의 통행이 잦은 고갯마루나 산기슭, 마을 입구 등의 길가에 자리 잡고 있는 돌무더기는 강태공 부인을 신으로 섬기는 서낭당이다.

춘 경우도 많지만 길가나 고갯마루에 있는 서낭당은 대개는 돌무더기다. 여기서 '당' 은 신을 모시는 집을 말한다. 그러니까 서낭당은 서낭신을 모시는 집이라는 뜻이다. 그렇다면 서낭신은 누구일까?

강태공은 늘그막에 정계에 입문해서 주나라 문왕을 보좌했던 뛰어난 참모다. 하지만 문왕의 눈에 띄어 간택되기 전까지는 하루하루 연명해 나가는 것이 힘들 정도로 궁핍한 생활을 했던 촌 노인에 지나지 않았다. 이러한 고달픈 삶 속에서도 줄곧 공부에만 매진하였는데, 그렇게 할 수 있었던 것은 순전히 그의 부인 덕이었다. 집안 살림에는 전혀 관심이 없이 그저 틀어박혀 아무짝에도 쓸모없어 보이는 책만을 파고드는 강태공을 그 부인은 용케도 잘 참아주었다.

하지만 참는 데는 한계가 있었다. 남의 집 방아품을 팔아서 겨우 얻은 돌피(지금은 가축의 사료로나 쓰는 곡류인데, 없이 살 적에는 이것을 먹기도 하였다)를 마당에 널어놓고는, 혹 소나기가 오면 거둬

신성 동물관

213

달라는 부탁을 남기고 또 다시 남의 집 품팔이를 나갔다. 그런데 그 날따라 큼지막한 소나기가 지나갔고 돌아와서 보니 널어놓았던 돌피가 모두 떠내려 가버렸던 것이다. 강태공 부인은 조용히 짐을 싸기 시작했다. 강태공이 더불어 사는 사람으로서 최소한의 예의를 저버렸다고 생각했기 때문이었다.

강태공 부인이 강태공 곁을 떠나고 얼마 되지 않아 강태공은 주 문왕의 눈에 들어 중앙 정계로 진출하게 되었다. 그런가 싶더니 은 왕조를 무너뜨리고 주나라 천하를 만드는 데 일등 공신의 자리에까지 올랐다. 공신에게는 두둑한 선물이 주어지는 법. 강태공은 자신의 고향인 제나라 제후가 되어 금의환향했다. 엄청난 길이의 행차가 줄을 잇는데, 멀리서 쭈그렁 할멈 하나가 행차 중의 강태공을 뚫어져라 쳐다보는 것이었다. 그러고는 강태공이 탄 말 앞에 엎드려 눈물을 흘렸다. 바로 강태공의 부인이었다. 자신의 섣부른 행동을 용서하라며 옛 정을 생각해서라도 자신을 구원해줄 것을 간절히 바랐다. 이때 강태공은 물을 한 바가지 떠오라고 해서 그것을 땅에 뿌려버리고는 부인에게 그것을 주워 담을 수 있으면 소원을 들어주겠다고 했다. 어찌 이리 매정할 수 있냐고 소리쳐봐야 소용이 없었다. 이미 엎질러진 물이었다.

이후 강태공 부인은 이리저리 떠돌아다니며 걸식을 하다가 어느 시골길 고갯마루 턱에서 한 많은 인생을 마감하게 되었다. 사람들은 그녀가 죽은 고갯마루에 돌을 하나씩 주워 모으기 시작했다. 처음에는 서글픈 그녀의 죽음을 기리기 위한 단순한 몸짓이었는데, 이것이

차츰 승화되어 그녀를 액운과 잡귀를 막아주는 서낭신으로 섬기게
되었다는 것이다.

  사실 서낭당 어디에도 강태공 부인의 흔적은 없다. 이야기 좋아하는
사람들이 가져다 붙인 이야기일 것이다. 서낭당에 그려진 산신도에 백
마의 형상이 나타난 것으로 봐서 대개 서낭신은 말이라고 추측한다.
이때의 말은 노신(路神)으로서 안전한 여행을 관장하는 신이다. 신인
을 인간의 세계로 인도하는 역할만 하는 것이 아니라 우리의 영혼을
천상이나 영계로 인도하는 역할도 함께 하는 데서 연유하여, 사람들의
통행이 잦고, 그러면서도 위험한 곳인 고갯마루에 돌무더기로 자리하
고 있는 것이다.

  그렇다면 왜 여기에 강태공 부인의 이야기를 가져다 붙인 것일까?
아마도 강태공 부인이 마씨(馬氏)였기 때문일 것으로 생각된다. 마씨
부인의 무덤이니 말무덤이고, 이것이 곧 서낭당이라는 논리다. 이처럼
이야기의 상상력은 조그마한 단서만 있어도 스스로 날개를 달아 자유
롭게 펼쳐진다. 이 역시 이야기의 매력이다.

호랑이 눈썹

"인간의 탈을 쓰고 어떻게 그런 일을!"

극악무도한 일을 저지른 사람들을 보면서 우리는 흔히 이렇게 말한다. 여기서 '인간의 탈'이라는 표현에 주목해보자. 여기에는 인간이 아닌 것이 인간의 탈을 쓰고 인간 행세를 한다는 뜻이 담겨 있다. 그러니까 모든 인간들은 본래 인간이 아니라 인간의 탈을 쓰고 있을 뿐이다. 그렇다면 원래 무엇이었을까? 쉽게 생각할 수 있는 것이 동물이다. 동물 중에 가장 고상한 무리들이 스스로 인간의 탈을 쓰고 인간 행세를 한다고 생각하면 자연스럽기 때문이다. 그런데 인간의 탈을 쓰고도 동물적인 행동을 하는 인간들이 아직도 남아서 지탄의 대상이 되면 '인간의 탈을 쓰고 어떻게 그런 일을!' 이라는 말로 표현한다.

겉으로는 모두가 인간의 탈을 쓰고 있기 때문에 그 안에 동물의 속성을 그대로 지닌 사람과 온전한 인간의 심성을 지닌 사람을 구분한다는 것은 쉬운 일이 아니다. 겉으로는 고매한 선비인양 행동하지만 저녁마다 과부의 방문턱을 넘나드는 북곽선생이나, 남다른 절개로 이름이 난 청상과부지만 서로 다른 성을 가진 아이가 다섯이라는 동리자를 평범한 우리의 눈으로는 인간다운 인간과 구분해내기 어려운 것이 사실이다. 그래서 곳곳에서 기만과 사기가 횡행할 수밖에 없다.

하지만 신령스러운 동물인 호랑이는 다르다. 박지원의 〈호질虎叱〉에서 그랬던 것처럼 호랑이는 인간이 보지 못하는 인간의 모습을 훤히 꿰뚫을 수 있는 혜안을 지녔다고 한다. 누가 인간다운 인간이고 누가 인간의 탈만을 쓴 짐승인지를 한눈에 구분할 수 있는 신이한 힘을 가졌다는 것이다. 그렇다면 호랑이의 이러한 신이한 능력은 어디에서 나오는 것일까? 비밀의 열쇠는 호랑이의 눈썹에 있다.

옛날 어떤 사람이 이것저것 닥치는 대로 열심히 일하고, 남들보다 더 부지런히 사는데도 형편이 나아지지 않아 괴로워했다. 부인이 다섯 번째 자식을 낳자 상황은 더욱 절망적이라 하루 한 끼 먹기도 힘들어졌다. 결국 이 남자는 가족을 남겨둔 채 죽기로 결심했다. 죽을 방법을 고심하던 중 호환(虎患)으로 사람들이 많은 피해를 입는 것을 보고는 '저 방법이다' 싶어 호랑이밥이 되기로 마음먹었다.

그래서 그는 호랑이가 많이 나온다는 산중으로 찾아갔다. 호랑이 굴 앞에 도착한 그는 그 앞에 큰 대(大)자로 드러누운 채 호랑이가 나오기만을 기다렸다. 그런데 이게 웬일인가. 호랑이들이 자기를 거들떠보지도 않은 채 어슬렁어슬렁 지나가 버리는 것이었다.

'아니, 이게 어찌된 일이지? 이제는 호랑이들까지 나를 무시하는 건가? 가난한 놈은 죽기조차 힘들단 말인가!'

이래서는 안 되겠다 싶어서, 벌떡 일어선 그는 마지막으로 지나가는 호랑이 앞을 가로막았다.

"잠깐, 너는 사람을 보고도 어찌 그냥 지나치느냐? 너에게는 사람이 맛있는 먹이가 아니란 말이냐?"

호랑이는 귀찮다는 듯 말했다.

"거참, 용감한 건지 무식한 건지 죽고 싶어 환장한 놈이 아니고서야 어찌 감히 인간 주제에 우리 앞을 가로막아?"

이왕 죽기로 결심한 이 남자, 이판사판이었다.

"그래. 네 말대로 난 죽고 싶어 환장했으니 어서 잡아먹어라!"

호랑이가 어이없다는 듯 피식 웃으며 얘기했다.

"우리는 아무나 잡아먹지 않는다. 사람의 탈을 쓴 짐승을 잡아먹지, 원래 사람인 건 안 잡아먹는단 말이다. 네 놈은 본래부터 사람이니 잡아먹을 일이 없다. 알겠느냐?"

호랑이의 말을 듣고 있던 그 남자는 호기롭게 호랑이 앞을 가로막던 기색은 어디로 갔는지 주저앉아 울기 시작했다.

"살기도 죽기도 쉽지 않으니 이젠 어쩐단 말이냐. 흐흐흑."

남자의 행동에 호기심이 생긴 호랑이는 그의 사정을 물었다. 이야기를 모두 듣고 난 호랑이는 눈썹 하나를 뽑아주며 말했다.

"이 눈썹은 보통 눈썹이 아니니 요긴하게 사용하여라. 그리고 서울 어느 시장에서

호랑이 눈썹 한국의 많은 사찰에서 볼 수 있는 산신도의 하나인데, 산신 옆을 지키고 있는 호랑이의 눈썹이 유난히 하얗게 도드라져 보인다. 홍관사 산신전의 〈산신도〉.

팥죽 장사를 하고 있는 여자를 찾아가면 살아갈 방도가 생길 게다."

뜬금없는 소리만 일러준 뒤 호랑이는 유유히 사라졌다.

죽기를 각오하고 호랑이 앞에까지 갔다가 오히려 호랑이 눈썹을 얻게 된 이 남자. 자신에게 일어난 신기한 일에 어리둥절해하며 산을 내려 걸어왔다. 그리고는 시장에 이르러 호랑이 눈썹을 자신의 눈에 한번 대어보았다. 그러자 희한한 일들이 벌어졌다. 시장에 있는 사람들이 모두 개, 돼지, 말, 소로 보이는 것이었다. 호랑이가 준 눈썹은 사람과 사람인 체하는 짐승을 구별해주는 신기한 물건이었던 것이다. 그는 당장 자기 집으로 달려갔다. 호랑이 눈썹을 눈 위에 딱 붙이고는 사립문을 들어서니 암탉 한 마리가 부엌에서 '꼬꼬댁'거리고 있었다. 자신의 부인이었다. '그동안 닭하고 함께 살았으니 될 일도

안 되었지!' 하는 생각에 분해서는 그대로 집을 나와버렸다.

그 길로 그는 호랑이가 일러준 대로 팥죽 파는 여자를 찾아갔다. 서울 어느 시장에 찾아가서는 호랑이 눈썹을 대어보니 모두가 짐승인데, 유독 한 여자만이 사람의 모습이었다. 바로 팥죽 파는 여자였다.

"실례합니다만, 여기서 제가 심부름이나 하면서 팥죽을 좀 얻어먹을 수 있을까요?"

그 여자는 낯선 사람이 갑자기 찾아와 일자리를 청하니 좀 의아스럽기는 했지만 마침 일손이 필요한 참이라 그러라고 했다. 그 뒤로 그 남자와 여자는 함께 살게 되었다. 남자는 손님이 오면 눈썹을 대보고는 무슨 짐승인지 구별한 후 팥죽을 그 짐승의 입맛에 맞게 내놓았다. 그러다보니 팥죽은 불티나게 팔렸고, 가게는 날로 번창해서 두 사람은 3년도 안 되어 큰 부자가 되었다.

이렇듯 살 만해지니 남자는 두고 온 가족 생각이 머리에서 떠나지 않았다. 얼굴에 수심이 가득하자 여자가 이유를 물었다. 남자는 가난 때문에 힘들어서 죽으려고 했던 것부터 호랑이 눈썹에 이르기까지 자신이 이 가게에 오게 된 사연을 이야기한 후 두고 온 가족이 걱정된다며 한숨을 쉬었다.

"걱정할 게 뭐 있습니까. 지금 당장 가족들을 데리고 오면 되지요."

마침내 남자는 3년 만에 집으로 돌아가 식구들을 찾으니 근근이 끼니를 때우며 살고 있었다. 남자는 식구들을 가게로 데리고 와 모두 함께 행복하게 잘 살았다.

우리 민족에게 호랑이는 신이한 동물의 대명사와도 같다. 물론 단군 신화에서는 곰과 벌인 인간되기 경쟁에서 밀려서 비운의 주인공이 되기도 했지만, 동굴에서 뛰쳐나온 호랑이는 곧바로 산속으로 들어가 산신령과 하나가 되었다. 예로부터 자식이 없어 기자치성을 드릴 때 산신령을 찾곤 하는데 여기서의 산신령은 곧 호랑이의 다른 이름이다. 이 이야기의 다른 버전에서는 호랑이가 직접 산신령으로 등장하기도 하니 산신령쯤 되지 않고서야 이런 신이한 능력을 지녔다고 할 수 있겠는가.

이 이야기에서 호랑이가 가진 핵심적인 능력은 진짜 사람과 사람의 탈을 쓴 짐승을 구분해내는 것이다. 겉으로 봐서는 모두 똑같은 인간이지만 내면에 짐승의 심성이나 먹성을 갖고 있는 자를 사람의 무리로부터 구분해낼 수 있는 이러한 능력은 인간이면 누구나 갖고 싶은 것이다. 외면이 아닌 내면의 진짜 모습을 보고 싶어 하는 것은 모든 인간의 기본적인 욕망이기 때문이다. 실현될 수 없는 욕망을 호랑이에게 투영하여 그를 신성한 동물로 숭앙하는 것은 동물 신앙의 기본적인 패턴이다.

그런데 이러한 능력이 호랑이의 눈썹에서 나왔다는 것이 재미있다. '산 호랑이 눈썹'이라는 말이 '도저히 얻을 수 없는 것을 얻으려 하는 것'으로 풀이되듯이 호랑이 눈썹은 우리에게 가장 범접하기 어려운 대상이다. 그도 그럴 것이, 호랑이의 눈썹을 뽑는다는 것이 그만큼 위험 부담이 크기 때문이다. 이렇게 위험 부담이 큰데도 호랑이의 눈썹을 가지려 하는 것은 왜일까? 그것은 그것이 보통 눈썹과는 아주 다르기 때문이다. 눈썹하면 우리는 흔히 검은색을 연상하게 되는데, 호랑이 눈썹은 검은색이 아니라 흰색이다. 거기다가 길이도 길게 늘어져 있고 두께도 두꺼워 한눈에 위엄이 있고 신이한 느낌을 주기에 충분하다. 관상학에서 호랑이 눈썹을 닮았다면 매사에 사리가 분명하고 냉정하며 간교함을 모르고 정직한 성품에 지위와 부(富)를 겸비했다고 하는 것도 호랑이 눈썹이 주는 이러한 느낌을 잘 표현한 것이다.

사업차 새로운 사람을 만날 때나 새롭게 사랑하고픈 사람을 만났을 때, 또는 몇 십 년을 함께 살고도 도무지 속을 알 수 없는 배우자를 쳐다보면서 우리는 누구나 호랑이 눈썹을 하나쯤 갖고 싶어 한다. 속을 훤히 들여다보면서 나쁜 마음을 지닌 사람들은 멀리하고 착한 마음을 지닌 사람들은 함께 하면서 살아간다면 세상은 얼마나 행복할까? 이 이야기에서 호랑이로부터 눈썹을 건네받은 주인공이 꼭 그러했을 것이다. 하지만 호랑이 눈썹은 아무에게나 주어지는 것이 아니다. 비록 가난하지만 착한 성품을 지닌, 그래서 부자가 된 다음에도 가족을 먼저 생각할 줄 아는 사람, 즉 인간다운 인간에게만 주어지는 것이다.

신이한 눈썹을 갖고 있는 호랑이는 사람을 볼 줄 안다. 누가 짐승 같은 인간이고 누가 인간다운 인간인지를 분간할 줄 안다. 짐승 같은 인간이라면 잡아먹어 없애버리고, 인간다운 인간이라면 그가 행복하게 잘 살 수 있도록 도움을 준다. 이 이야기처럼 자신의 눈썹 하나를 빼줄 수도 있고 아니면 그를 등에 태워 가고자 하는 곳까지 바래다줄 수도 있다. 효심이 지극한 효자를 만난 호랑이가 후자의 경우라 하겠다.

옛날에 효자로 소문난 사람이 있었다. 그는 비록 가난했지만 숯을 구워서 장에다 팔아 병환으로 고생하는 홀어머니를 지극히 공양했다. 이러한 아들의 효성에도 불구하고 어머니의 병은 좀처럼 나을 기미를 보이지 않았다.

그러던 어느 여름날 어머니는 병세가 악화되어 목숨이 위태롭게 되었다. 그러자 아들을 불러 죽기 전에 마지막으로 홍시가 무척 먹고 싶다고 했다. 아들은 어머니 앞이라 그러겠다고 대답은 했지만 방을 나서자마자 한숨이 나왔다. 평소에도 효심이 강해 어머니 말씀이라면 목숨보다도 소중히 여기는 아들이지만 어머니의 소원은 이루어드리기가 불가능한 것이었다.

'가을이나 되어야 얻을 수 있는 홍시를 한여름에 어떻게 구한단 말인가!'

걱정스런 마음에 잠을 못 이루고 마당을 배회하고 있는데 난데없이 호랑이 한 마리가 어슬렁거리며 다가왔다. 호랑이를 본 효자는 깜짝 놀라 지게 작대기를 손에 들었다. 그런데 호랑이는 그에게 덤비지 않고 오히려 등을 보이고 앉아서는 뒤돌아보며 꼬리를 흔들었다. 효자는 호랑이의 이상한 행동에 혹시나 해서 물어보았다.

"나보고 네 등에 올라타란 말이냐?"

그러자 신기하게도 호랑이는 고개를 끄덕였다. 효자는 좀 무섭기는 했지만 말귀까지 알아듣는 호랑이인지라 별일이야 있겠냐 싶어 등에 올라탔다. 그가 등에 타자마자 호랑이는 쏜살같이 달려 수십 리 떨어진 마을에 도착했다. 그리고는 어느 집 마당에 이르러 그를 내려놓고는 사라져 버렸다.

효자는 주인을 찾았다. 그리고는 방으로 들어갔는데 마침 그 주인은 부모의 제사를 모시고 있는 중이었다. 그런데 놀랍게도 그 제사상에 효자가 그렇게 찾던 홍시가 있었다.

"제철도 아닌데 어떻게 제사상에 홍시를 올렸습니까?"

주인은 자기 부모님이 살아 계셨을 때 홍시를 좋아해서 매년 몇 개씩 땅속에다 저장해뒀다고 했다. 그런데 보통 다 썩어버리고 서너 개씩 남는데 올해는 이상하게 십여 개나 남았다며 먹어보라고 권했다.

"사실은 제 홀어머니가 지금 위독하신데 홍시를 꼭 드시고 싶어 하셔서 구하는 중이었습니다. 한여름에 홍시를 구하려니 막막했는데 이렇게 여기서 보게 되니 놀라울 따름입니다."

효자의 사정을 들은 주인은 그의 효성에 감복해 남은 홍시를 모두 주었다. 주인에게 홍시를 건네받은 효자는 어머니께 드릴 수 있다는 생각에 너무나 기뻤다.

막상 그 집을 떠나려고 하니 막막하기만 했다. 어찌할 줄을 몰라 마당에 서성이고 있는데 또 다시 호랑이가 나타나 전처럼 업히라는 시늉을 했다. 다시 호랑이를 타고 집으로 온 효자가 홀어머니께 홍시를 드리자, 어머니는 병이 깨끗이 다 나았다.

지극한 효자는 하늘이 낸다고 해서 예로부터 '출천지효(出天至孝)'라는 말이 있다. 효자·효녀 소리를 듣기 위해서는 웬만큼 쉬운 과제로서는 어림도 없었다. 병든 아버지를 위해 생명수를 구하러 저승까지 다녀온 바리공주가 그랬고 아버지의 눈을 뜨게 하려고 인당수에 몸을 던진 심청이가 그랬다. 아니나 다를까, 이 이야기의 주인공도 한여름에 홍시를 구해 와야 하는 난제를 만났다. 그런데 평소에 숯을 팔아 홀어머니를 정성스레 봉양했던 것이 널리 알려졌던 것인지 어디선가 말귀까지 알아듣는 호랑이가 나타나 효자를 도와준다. 흥미로운 것은 호랑이가 효자를 업고 간 곳 또한 효자의 집이라는 점이다.

호랑이는 주인공인 효자뿐만 아니라 효자를 도와줄 또 다른 효자까지 이미 잘 알고 있었다. 이러한 두 효자의 행적을 정말 하늘이 알았던 것인지, 유난히 그 해에는 여분의 홍시가 남아 그것을 얻은 주인공은 어머니의 병을 고치게 된다. 이쯤 되면 하늘이 효자를 낸다는 말이 어느 정도 들어맞는다 하겠다. 그리고 과연 호랑이는 산신령과 동급이라 할 만하다. 많은 사람들 중에서 효자를 알아보는 것에서 알 수 있듯이 사람의 진면목을 파악한다는 측면에서 호랑이의 신이한 능력은 타의 추종을 불허한다.

사회가 복잡해짐에 따라 대인 관계 때문에 어려움을 토로하는 경우를 주위에서 쉽게 접하게 된다. 만남이 형식화 되어가는 사회에서 사람들의 참된 모습을 파악하기란 그만큼 쉽지가 않기 때문일 것이다. 갈수록 호랑이의 눈썹이 간절해지는 이유가 여기에 있다.

자투리
우수리

호랑이는 후식으로 무엇을 먹을까? 주로 육식을 하는 호랑이는 종종 도토리를 후식으로 먹는다고 한다. 도토리가 소화를 돕는 데 탁월한 효능을 지녔기 때문이다. 하지만 도토리는 영양가가 충분하지 않고 떫은맛이 강하다. 그렇다면 도토리보다 밤이 적절한 후식감일 텐데, 호랑이는 밤 대신 도토리를 선택했다. 그럴 만한 사연이 있었던 것은 아닐까?

옛날에 늙은 호랑이 한 마리가 있었다. 며칠째 음식이라고는 구경도 하지 못해서 산골짜기로 내려와 먹을 것을 구하는 중이었다. 이리저리 먹을 것을 찾아 헤매던 호랑이는 나무 밑에 있는 먹이를 하나 발견했다. 가시가 나 있었지만 그래도 먹음직스러웠다. 배가 너무 고팠던 호랑이는 이게 웬 떡이냐 싶어 날름 집어먹었다.

그런데 사실 호랑이 입에 들어간 것은 밤송이가 아니라 고슴도치였다. 고슴도치도 먹을 게 없나 싶어 나왔다가 갑자기 컴컴한 곳에 들어가게 되니 깜짝 놀랐다. 정신을 차리고는 이내 가시를 꼿꼿하게 세웠다. 호랑이는 목구멍이 너무 따갑고 아파서 빨리 넘기려고 용을 썼지만 도무지 넘어가질 않았다. 고슴도치 또한 어떻게든 안 넘어가려고 가시를 더욱 빳빳하게 세우고 버텼다. 눈물이 쏙 날 정도로 목이 아파 호랑이는 이리 뛰었다, 저리 뛰었다 난리법석을 떨었다. 그래도 도무지 넘어갈 기미를 보이지 않자 고슴도치를 있는 힘껏 뱉었다. 그 바람에 고슴도치는 호랑이의 입에서 툭하고 튀어나왔다.

혼이 난 호랑이는 부리나케 산속으로 줄행랑을 쳤다. 며칠 뒤, 호랑이는 배가 너무 고파 다시 산 아래로 내려왔다. 그때 마침 길목에 진짜 밤송이가 하나 떨어져 있었다. 지난번에 하도 호되게 당했기 때문에 호랑이는 밤송이를 보자마자 멈칫하더니 그 앞에 넙죽 엎드리고 큰절을 하기 시작했다.

"아이고, 형님! 그동안 안녕하셨습니까? 지난번에는 제가 몰라 뵙고 큰 실수를 했습니다. 앞으로 잘 부탁드립니다."

그 후 우리나라 모든 호랑이에게 이 소문이 파다하게 퍼지게 되었다. 그래서 지금도 호랑이는 밤송이를 보면 슬슬 피해간다고 한다.

영산(靈山)의 사슴

해, 구름, 산, 바위, 물, 학, 사슴, 거북, 소나무, 불로초 등 10여 가지의 자연물을 한데 모아 우리는 흔히 십장생(十長生)이라 부른다(더러는 천도복숭아, 대나무, 국화, 연꽃, 달, 포도 등이 포함되기도 한다). 말뜻 그대로 오래도록 살고 죽지 않는 것들이다. 그런데 여기서 드는 의문 하나! 다른 것들은 모두 십장생이라고 해도 크게 지장이 없을 것 같은데, 학과 사슴은 왠지 고개가 끄덕여지지 않는다. 언뜻 생각하기에 그리 오래 살 것 같지 않기 때문이다. 실제로 학은 평균 수명이 30년 혹은 40년 정도고, 사슴은 그보다 더 짧아 10년에서 20년밖에 안

〈십장생도 10곡병十長生圖十曲屛〉 〈십장생도〉는 장생불사(長生不死)한다는 10여 가지의 자연물을 소재로 하여 상상의 선계(仙界)를 형상화한 그림이다. 옛 선인들은 병풍, 베갯머리, 문방구 등에 이를 수놓거나 그려 놓고 불로장생을 기원하였다. 삼성미술관 리움 소장.

된다고 하니, 사람보다도 더 짧은 수명으로 어떻게 십장생의 대열에 들 수 있었을까?

해답의 실마리를 찾기 위해서는 장소를 잠시 선계(仙界)로 옮겨봐야 할 것 같다. 십장생은 원래 신선사상에서 유래했다고 한다. 신선사상은 불로장수한다는 신선을 믿으며 그와 같이 죽음을 초월하여 불로불사(不老不死)하고자 하는 소망을 체계화한 사상이다. 이러한 신선사상과 결부된 십장생은 신선사상에서 내세우는 이상세계인 선계의 상징물로 생각되었다. 이를테면 학은 현실세계에서는 겨울철 우리나라에 잠시 왔다가 떠나는 철새일 뿐이지만 선계에서는 신선이 타고 다니는 이슬만 먹고 사는 새라는 것이다. 그래서인지 선계에서 학의 수명은 천 년을 훌쩍 넘는다. 천 년에 한번씩 아름다운 소리를 내며 비상하는 천년학의 존재가 이를 잘 말해준다.

그렇다면 사슴은 어떠한가? 보호본능을 일으키는 깊은 눈매와 여린 몸짓, 영험함을 더해주는 뿔, 길고 가느다란 목과 다리 등으로 인해 다른 동물에 비해 순결하고 고귀한 이미지를 갖고 있는 사슴은 그 자체로 선계의 동물이라 해도 손색이 없어 보인다. 하지만 이보다 더 중요한 것이 바로 이야기 속에서 드러나는 이미지이다. 옛이야기에 등장하는 사슴을 보면 왜 사슴이 십장생의 하나로 추앙을 받고 있는지를 쉽게 이해할 수 있다. 사슴 이야기를 찾아 먼저 민족의 영산(靈山) 백두산으로 가보자.

옛날 백두산에는 목에 금패(金牌)와 은패(銀牌)를 달고 사는 신선꽃사슴이 있었다. 이곳 마을의 우두머리는 신선꽃사슴을 잡아 돈을 벌고자 해마다 사냥꾼들을 산으로 보냈지만 번번이 헛물만 켜고 돌아왔다. 그의 집에는 어릴 때 부모를 잃고 더부살이를 하는 서른이 넘은 노총각 대걸이가 있었다. 하루는 대걸이가 깊은 산속에서 함정에 빠진 어린 신선꽃사슴을 발견하고는 정성껏 보살펴주었다. 정신을 차린 신선꽃사슴은 대걸이에게 자신을 돌봐준 은혜를 부모님께 이야기하고 꼭 갚아드리겠다고 말한 후 사라졌다.

이듬해 봄 대걸이는 여느 때처럼 백두산 기슭에서 일하고 있었다. 그런데 꽃사슴 한 마리가 뛰어오더니 자신은 작년에 함정에 빠졌던 새끼 사슴이라며 숲속에 있는 여인이 천생배필이니 만나서 행복하게 잘살라고 말하고는 사라져 버렸다.

대걸이는 사슴의 말을 믿을 수 없었지만 속는 셈 치고 사슴이 가르쳐준 곳으로 들어가 보니 정말 처녀가 있었다. 대걸이는 처녀에게 깊은 산중에 있는 까닭을 물었다. 처녀는 일찍 부모를 여의고 부잣집

종으로 있었는데 주인이 다리를 쓰지 못하는 아들에게 억지로 시집을 보내려 해서 한밤중에 죽기 살기로 도망쳐 나왔다는 것이다. 우연히 사슴 한 마리가 자신을 이곳까지 데려다주면서 여기에서 대걸이라는 총각을 만나 그에게 의지하면 복을 받을 것이라고 했다며 울먹였다.

대걸이는 여인을 데리고 집으로 돌아왔다. 그 후 대걸이가 예쁜 색시를 얻었다는 소문은 온 마을에 퍼졌다. 못된 주인도 이 소식을 듣고는 대걸이의 예쁜 색시를 탐내 그녀를 빼앗을 생각으로 그를 불렀다.

"네 이놈, 정신이 있는 것이냐, 없는 것이냐? 우리 집에 와서 20년이 넘도록 공짜로 밥을 처먹으면서도 조상이 물려준 빚은 한 푼도 갚지 않아? 그 주제에 색시까지 얻어 주둥이 하나가 더 늘었으니 이런 쯧쯧쯧……. 당장 빚을 갚아라. 빚을 못 갚겠으면 신선꽃사슴을 잡아 바치든가 색시를 바치든가 둘 중에 하나를 결정해라. 사흘 내에 해결하지 않으면 뜨거운 맛을 보여주겠다."

마른하늘에 날벼락이었다.

'매년 주인이 그렇게 노력을 해도 잡지 못하는 신선꽃사슴을 어떻게 잡으며 색시는 또 어떻게 바친단 말인가.'

집으로 돌아온 대걸이는 시름시름 앓기 시작했다. 이야기를 들은 색시는 꽃사슴에게 찾아가 도움을 받자고 했다. 대걸이와 색시는 꽃사슴을 만났던 장소로 가서 무작정 꽃사슴을 기다리기 시작했다. 이틀 뒤 다행스럽게도 꽃사슴은 이들 부부 앞에 나타났다. 꽃사슴은 대걸이의 딱한 사정을 듣고는 아무 걱정하지 말고 자신이 시키는 대로

만 하라고 하였다.

대걸이는 다음날 주인을 찾아갔다.

"내일 신선꽃사슴을 산 채로 잡아서 바칠 테니 우리 집으로 짐꾼을 보내주십시오. 또 그동안의 빚도 모두 정리할 테니 증서를 써주십시오."

주인은 대걸이의 요구대로 순순히 문서를 만들어주었으나 오히려 이 약속이 색시를 빼앗을 더 큰 빌미가 될 것이라고 여기며 음흉한 미소를 지었다.

다음날, 짐꾼들과 백두산으로 올라간 대걸이는 화살을 신선꽃사슴을 향해 겨냥하였다. 화살은 꽃사슴의 다리를 꿰뚫고 지나갔다. 짐꾼들은 신선꽃사슴을 꽁꽁 묶어 마을로 돌아왔다. 신선꽃사슴의 목에서 금패와 은패의 황홀한 빛이 끊임없이 나왔고 마을 사람들은 그 빛에 매료되어 모두들 구경하느라 정신이 없었다.

주인은 대걸이가 정말로 신선꽃사슴을 잡아오자 다른 계책을 꾸몄다. 신선꽃사슴을 밤에 잡아서 백두신령을 해친 누명을 대걸이에게 씌워 죽이고 색시를 가로채려는 계획이었다. 주인은 그러한 속내를 감추고 큰 잔치를 베풀었다.

드디어 밤이 되었다. 그런데 주인의 명을 받아 신선꽃사슴을 죽이러 들어갔던 백정들이 갑자기 "불이야!" 소리치며 뛰어나왔다. 사슴의 눈에서 불꽃이 튀더니 사슴의 온몸이 불길로 활활 번져갔다. 불길을 안은 신선꽃사슴이 주인의 집 지붕 위로 올라가 구르니 지붕이 삽시간에 불바다로 변했다. 미처 잠을 깨지 못한 주인집 식구들은 모두

재가 되었다.

　대걸이네 부부는 자신을 위해 목숨을 바친 꽃사슴을 안고 눈물을 흘렸다.

　여기에서 '신선꽃사슴'이라는 명칭은 이미 사슴을 선계의 동물로 인식하고 있다는 것을 말해준다. 백두산은 예로부터 신령스러운 산, 즉 신선들이 살고 있는 영험한 산으로 여겨졌다. 백두산 신령의 자손으로 등장하는 신선꽃사슴은 그러므로 당연히 신성한 동물로 추앙받을 만하다. 그러나 여기에서 주목해야 할 것은 신선꽃사슴의 혈통이 아니다. 자신을 도와준 사람에게, 스스로의 목숨을 바치면서까지 은혜를 갚으려 하는 그 희생정신이 소중한 것이다.

　단순히 오래 산다고 해서 사람들에게 추앙받는 것은 아니다. 오래 사는 만큼 그 정신도 고매해서 인간의 세속적인 고통을 덜어줄 수 있는 힘을 갖추었다고 생각돼야 기도와 섬김의 대상이 될 수 있다. 신선꽃사슴은 불쌍한 처지에 놓인 대걸이와 처녀의 운명적인 만남을 주선해주는 매개자로서, 또 그들을 살리기 위해서 스스로 몸을 태우는 희생양으로서의 역할도 하였다. 이런 측면에서 볼 때 백두산의 신선꽃사슴은 목에 건 금패와 은패의 황홀한 빛만큼이나 아름다운 희생정신을 갖고 있기에 추앙의 대상이 될 수 있었던 것이다.

　한라산 역시 우리 민족의 영산이다. 백두산처럼 한라산에도 사슴 이야기가 전해지고 있을 법하다. 한라산 정상의 백록담(白鹿潭) 자체가 '흰 사슴 연못'이라는 뜻을 지녔으니 말이다.

신선꽃사슴 한없이 착해 보이는 눈망울, 꽃을 수놓은 듯한 영롱한 무늬보다는, 다른 이를 위해 자신을 버릴 줄 아는 고귀한 희생정신 때문에 꽃사슴은 신성한 동물이다.

옛날 한라산 기슭에 한 젊은 사냥꾼이 살았다. 효성이 지극한 그는 어머니의 병을 고치는 것이 소원이었는데 우연히 길을 가던 나그네로부터 어머니 병에 사슴피가 특효라는 말을 듣게 되었다.

그는 잠을 한숨도 이루지 못한 채 다음날 일찍 일어나 사슴 사냥에 나섰다. 그러나 한라산 정상은 짙은 안개로 덮여 앞을 분간하기 어려울 정도라 사슴을 잡는 일이 그리 쉽지 않았다. 안개 속을 헤매던 그는 마침내 사슴 한 마리를 발견했다. 바로 백록(白鹿)이었다. 어머니의 병을 낫게 해줄 희망으로 화살을 쏘려던 순간, 어디선가 백발의 노인이 나타나 백록을 막아서더니 사슴을 데리고 짙은 안개 속으로 사라져 버렸다. 사냥꾼은 눈앞에서 사슴을 놓치고는 발길이 떨어지지 않아 허탈하게 그 자리에 서 있었다.

잠시 뒤 백발의 노인이 다시 나타나 호통을 쳤다.

"이노옴! 아까 그 백록은 한라산을 지키는 산신이다. 그것도 몰라보고 함부로 잡으려 했으니 만약 백록을 죽였다면 너는 큰 화를 입었을 것이다. 어찌하여 그랬느냐?"

깜짝 놀란 사냥꾼은 무릎을 꿇고 백록을 잡으러 온 이유를 사실대로 말하였다. 그러자 백발노인은 바로 옆에 있는 연못의 물을 떠다 어머니께 드리면 나을 것이라고 말했다.

사냥꾼은 사슴사냥을 포기하고 대신 연못물을 떠서 돌아와 어머니께 드렸다. 그런데, 놀랍게도 오랫동안 어머니를 고통스럽게 하던 병이 하루아침에 말끔히 없어졌다. 이 이야기를 들은 사람들은 뒷날 이 연못을 백록담(白鹿潭)이라고 불렀다고 한다. 지금도 한라산에는 백록이 사는데 백록을 본 사람은 큰 행운을 얻고 장수한다고 전해진다.

백록은 한라산을 지키는 산신이다. 그러니 그 이름을 따 못의 이름을 정한 것이다. 백록담은 본래 하늘에서 선녀들이 내려와 목욕을 하던 곳이라는 이야기도 있다. 이 때문에 한라산 산신령은 선녀들이 내려와 목욕을 하는 복날이 되면 자리를 피해주곤 하였는데, 하루는 산신령이 미처 자리를 피하지 못하고 선녀의 목욕하는 모습을 보게 되었다. 산신령은 그 아름다운 모습을 바라보다 그만 선녀들에게 들켜버렸고, 이 사실이 옥황상제에게 알려져 옥황상제는 산신령을 흰 사슴, 즉 백록으로 변하게 하였다는 것이다. 그 후 매년 복날이 되면 흰 사슴이 한라산 못에 나타나 슬피 울었기에 사람들은 이 못을 백록담이라고 불렀다고 한다.

어쨌든 한라산을 지키는 산신이 있었고, 그 산신이 백록이었다는 점은 두 이야기의 공통점이다. 이렇게 보면 민족의 영산이라 불리는 백두산과 한라산 모두를 접수한 사슴이야말로 진정 신성한 동물 중 최고가 아니겠는가. 그러니 사슴이 실제로는 그리 오래 살지 않는다고 하더라도 영산 혹은 선계라는 신성공간에서는 불로장수하는 동물로 생각되었을 법하다. 사슴이 천 년을 살면 청록이 되고 다시 오백 년을 더 살면 백록이 되며, 또 오백 년을 더 살면 흑록이 된다는 믿음은 그렇게 해서 생겨난 것이리라.

사실 백록은 열성 유전자를 가진 존재에 불과하다. 사슴의 교배에서 10만분의 1의 확률로 태어나는 자연에 쉽게 적응하지 못하는 못난이다. 그러나 옛이야기 속에서 백록의 모습은 이와 전혀 다르다. 옛 선인들은 백록의 희귀성을 자연에서 도태된 열성으로 보지 않고 선계의 영험한 존재로 생각하며 오히려 보호하였다. 그리고 그들의 존재를 보호해줌으로써 자신들의 생명을 연장할 수 있다고 믿었다. 인간이 가지고 있는 질병이나 고통을 백록이 마시던 물을 마심으로써 회복할 수 있다는 것이 바로 그러한 믿음의 반영이다.

사슴은 나무를 머리에 돋게 하여 키울 수 있는 능력을 지닌 유일한 동물이라고 한다. 또한 나무를 얹은 것 같은 그 뿔은 매년 잘라도 새로 다시 돋는다고 하는데, 그 모습이 마치 소멸과 생장을 반복하는 모습, 즉 죽음과 삶을 순환하는 모습으로 여겨진다. 이러한 믿음들이 바탕이 되어 있었으니 사슴이 불로장수하는 십장생의 멤버로 꼽히는 것은 전혀 의아한 일이 아니다.

안되면 될 때까지 이 한몸 불태우겠습니다

최고의 커플매니저

신선꽃사슴

주소 . 대한민국 백두시 백두산 기슭
전화 . 010-0123-4567
메일 . saseum@dongmulwon.mt.kr

신성한 동물로 숭배의 대상이었고 십장생의 멤버였던 사슴이 현대에 와서는 인간에게 뿔과 피를 다 빼앗기는 수모를 당하고 있으니 세상이 변해도 너무 변했다. 이렇게 되고 보니 사슴 입장에서도 인간에게 꽤나 할 말이 많을 듯싶다. 그러나 신성한 사슴이 어찌 대놓고 인간을 나무랄 수 있으랴. 몸소 인간에게 한 수 가르쳐주기 위해 사슴왕이 전하는 감동의 스토리가 있다.

한 나라의 임금이 사냥을 무척이나 좋아하여 사슴사냥을 나갔다. 사슴을 어찌나 신명나게 잡아들였는지 산더미 같이 사슴이 쌓이게 되었다. 보다 못한 사슴 나라의 왕은 직접 임금을 찾아 나섰다.

"임금님, 아무리 짐승이라고는 하나 먹지도 않으실 것을 저렇게 많이 죽이십니까? 임금님께서 직접 사슴을 잡지 않으셔도 저희가 매일 사슴을 한 마리씩 보내드리겠으니 앞으로 사슴사냥을 말아주십시오."

임금은 그 말을 듣고 더 이상 사슴사냥을 나가지 않았다. 그 뒤로 매일 사슴이 한 마리씩 와서 죽었다. 그런데 열흘 째 되는 날 사슴이 오지 않았다. 그리고 다음날 사슴 나라의 왕이 직접 왕을 찾아갔다. 왕은 사슴 왕을 보자마자 다그치며 물었다.

"약속을 어기다니! 어제는 왜 사슴을 보내지 않았느냐?"

"제가 그 연유를 말씀드리러 왔습니다. 그리고 오늘은 제가 죽겠습니다."

이유인즉 이러했다. 사슴나라에서는 그동안 제비를 뽑아서 한 마리씩 임금에게 보냈다. 그런데 아흐레 날, 암사슴 하나가 뽑혔다. 그런데 그 암사슴은 새끼를 배고 있었다. 암사슴은 울면서 통사정을 했다.

"제가 죽는 것은 괜찮으나 뱃속에 새끼가 있으니 그 새끼를 낳은 뒤 죽게 해주십시오."

사정은 딱했으나 어느 사슴도 대신 죽겠다고 앞으로 나서지 않았다. 그러다보니 그 날을 넘기게 되었고, 오늘 사슴 나라의 왕이 새끼 밴 암사슴 대신 죽기로 결심하고 찾아온 것이었다. 임금이 그 말을 듣고 사슴 나라 왕의 됨됨이와 의리에 감복했다. 그날 이후부터 임금은 사슴사냥을 하지 않았고, 나라 안에 사슴사냥 금지령을 내렸으며 백성들에게 선정을 베풀기 위해 노력했다고 한다.

상상 속 동물들

실재하지는 않지만 실재하는 동물보다 더 큰 대접을 받는 것이 상상 동물들이다. 실재하지 않는 것을 어떻게 상상할 수 있었을까. 옛 선인들은 대개 실재하는 동물들의 특정한 부분들을 조합하여 새로운 동물을 상상해냈다. 그러니까 상상 동물은 동물이미지 종합선물세트라 할 만하다.

용과 기린

임금을 상징하는 용(龍)은 낙타 머리에, 사슴의 뿔에, 뱀의 몸통, 잉어의 비늘, 독수리의 날카로운 발톱이 있는 네 개의 새 다리를 가진 동물이다. 입에는 신묘한 구슬인 여의주를 물고 있다. 기린(麒麟)은 암수의 구분이 있어 기(麒)가 수컷이고 인(麟)이 암컷을 뜻한다. 몸은 사슴 같고, 꼬리는 소와 같고, 발굽과 갈기는 말을 닮았다. 인은 이마에 뿔 하나를 가지고 있는데, 그 끝에 살이 붙어 있어 다른 동물을 해치지 않는다고 한다.

용(왼쪽)과 기린

봉황과 불가사리

봉황(鳳凰)도 암수의 구분이 있어 봉(鳳)이 수컷이고 황(凰)이 암컷이다. 머리의 앞쪽은
수컷 기린에서, 뒤쪽은 사슴에서 가지고 왔으며, 목은 뱀, 꽁지는 물고기와 닮았다.
용과 같은 비늘이 있고, 등은 귀갑(龜甲)처럼 생겼으며, 턱은 제비, 부리는 닭과 같다
고 한다. 불가사리는 불가살이(不可殺伊, 죽일 수 없는 것)라는 한자 이름을 갖고 있는
이야기 속 상상 동물로 곰의 몸, 무소의 눈, 코끼리의 코, 소의 꼬리, 범의 다리 등
다섯 가지 동물을 조합한 것이라 한다.

봉황(왼쪽)과
불가사리

5관 | 진심이 승리한다

동물
대결관

"이소룡과 성룡이 싸우면 누가 이길까?" 어린 시절 홍콩 무술 영화를 보면서 누구나 한 번쯤 이런 궁금증을 가졌었지요. 궁금증은 태권V와 마징가Z, 그리고 슈퍼맨과 배트맨으로 이어졌고 과연 누가 이길 것인지를 두고 친구들과 참 많이도 다퉜습니다. 비등비등한 힘을 지닌 이들의 가상 대결은 언제나 이렇게 우리의 흥미를 끌곤 했습니다.

옛이야기 속 대결은 차원이 좀 다릅니다. 전혀 예상치 못한 상대들이 어이없는 대결을 펼치는 경우가 많습니다. 저, 비루도 호랑이와 맞장을 뜬답니다. 뼈도 못 추릴 거라고요? 천만에 말씀! 닭과 지네, 개와 고양이, 수달과 호랑이의 흥미진진한 대결 이야기도 펼쳐지니까 재미있게 관전해보세요.

비루 vs 구백이,
지피지기면 백전백승

앗다 요년! 요런 배라먹을 년 같으니라구! 요년 벅구(법고) 치는 것이 벅구채를 잡아도 못 본 년이지.

양주 별산대놀이 팔목중 과장에서 목중이 애사당에게 하는 말이다. 애사당이 법고를 제대로 치지 못한다고 나무라면서 욕지거리를 가져다 붙이고 있는 장면인데, '배라먹을 년'이라는 말이 별스럽다. 여기서 '배라먹을'은 우리가 흔히 '빌어먹을'이라 표현하는 욕이다. 그러니까 먹을 것이 없어서 남에게 빌어서 먹고 다니는 사람 같다는 비아냥거림인 셈이다. 그런데 '빌어먹을'이라는 욕은 우리가 알고 있는 것처럼 빌어먹는다는 뜻과는 다른 재미있는 유래담을 가졌다. 욕의 세계 또한 참 오묘해서 욕마다 다채로운 기원이 있는데, '빌어먹을'이라는 말 또한 예외는 아닌 모양이다.

'빌어먹을'이라는 말은 원래 '비루먹을'이라는 말에서 왔다고 한다. 여기서 '비루'는 동물들에 생기는 고약한 피부병을 말하는 것이니 '비루먹다'는 말은 고약한 피부병에 걸렸다는 뜻이 된다. 비루먹은 동물들은 지저분하고 볼썽사나운 꼴로 인해 사람들의 비위를 상하게 한다고 해서 욕이 될 수 있었다. 만약 '빌어먹을'이라는 욕이 '비루먹을'에서 왔다면 욕으로서의 강도가 참 만만치 않은 셈이다. 털이 송송 빠져서 빨간 속살을 그대로 드러내고 거기에 피딱지까지 군데군데 드러나 있는 무척 지저분한 동물을 상상해보라.

생각해보면 피부병을 앓는 것이 무슨 대단한 잘못은 아니다. 특히 위생을 철저히 따지는 것도 아닌 동물의 세계에서는 더욱 그러하다. 피부병을 앓는 것도 서러운 일인데, 그러한 동물을 갖고 이렇게 심한 욕까지 만들었으니 동물을 대하는 사람의 태도가 무척 얄궂다. 하지만 옛이야기 속으로 들어가 보면 사정은 달라진다. 힘없고 서러운 존재들이 의외의 활약을 보이는 곳이 바로 우리의 옛이야기가 아니던가. 여기 비루먹은 강아지, '비루'의 맹활약을 지켜보자.

산속에 구백이라는 이름의 호랑이가 살고 있었다. 사냥 실력이 그리 좋지 못했던지 항상 배고픈 신세를 면치 못했다. 하루는 아무리 찾아도 마땅한 먹잇감을 찾을 수 없자, 급기야 산 아래 마을로 내려가 살찐 소나 개를 잡아먹기로 했다. 사실 호랑이로서는 자존심을 구기는 결정이었지만 먹고 사는 문제라 어찌할 도리가 없었다.

헌데 정작 산에서 내려와 마을 어귀를 어슬렁거리는데 도무지 짐승이라곤 눈을 씻고 찾아보려야 볼 수가 없었다. 구백이 인생에 오늘처럼 제대로 된 망신은 처음이었다. 이쯤에서라도 발길을 돌리는 것이 차라리 낫겠다 싶어 뒤돌아 산 쪽으로 향하는데, 저쪽에서 "캉! 캉!"하며 개 짖는 소리가 났다. 순간 다행이다 싶었다. 숲 밖으로 나온 이상 강아지 새끼라도 잡아먹어야 체면이 서는 터였다.

구백이가 소리 나는 쪽으로 급히 달려가 보니, 비루먹은 쪼그만 강아지 '비루'가 개구멍에서 고개만 살짝 내밀고는 앙칼지게 짖고 있었다. 생각했던 것보다 상황이 매우 열악했다. 작은 강아지이기만 했더라면 한입거리로 삼았을지도 모를 일이었지만 비루먹은 강아지는 정말 비위가 상했다. 저걸 먹기 위해 산에서 내려왔나 싶을 정도로 어이가 없었다.

참고 그냥 가는 게 좋겠다 싶어 허탈한 마음으로 발길을 돌리는데, 이놈의 비루가 겁 대가리를 상실하고서는 구백이를 향해서 더 큰소리로 요란하게 짖어대는 것이었다. 그래도 좀 더 참아봤다. 멀어지면 멀어질수록 캉캉 짖는 목소리가 점점 요란해졌다. 그 모양새가 꼭, 숲속의 제왕이 앙칼지게 짖어대는 비루먹고 작은 강아지에게 쫓겨가는 꼴이었다. 구백이는 더 이상 참을 수가 없었다. 배가 고파서가 아니라 무너진 자존심을 다시 세우기 위해서라도 그냥 내버려둘 수는 없었다.

뒤돌아 질풍처럼 달려들기 시작했다. 꽤 거리가 있었는데도 몇 걸음 만에 도달할 수 있었던 것은 순전히 무너진 자존심 때문이었다. 그런데 비루라는 놈은 보란 듯이 개구멍 속으로 쑥 들어가 버리는 것이 아닌가? 그러더니 개구멍의 반대편으로 다시 고개를 쏙 내밀고는 또 하염없이 구백이를 향해서 요란하게 짖어대는 것이었다. 이판사판, 구백이가 다시 반대편으로 급히 달려들었더니 이제는 또 그 반대편으로 쪼르르 달려가서 고개를 내밀고는 짖어대는 것이었다.

이러기를 수 차례, 반복되는 상황에 지친 구백이가 드디어 머리를 쓰기 시작했다. 반대편으로 달려가는 것처럼 하다가 그 자리에서 입을 크게 벌리고 있으면 비루라는 놈이 같은 상황으로 착각하고 구백이의 입을 향해 머리를 내밀 것이고, 그러면 그 순간 입만 다물어버리면 된다는 것이다.

작전은 성공을 하는 듯했다. 비루는 구백이가 입을 벌리고 있는 줄도 모르고 호랑이 입을 향해 달려들었다. 거기에서 멈추었다면 구백이의 작전은 성공했을 것이다. 그런데 비루는 멈추지 않았다. 개구멍에 이어지는 구백이 입 안도 어두컴컴하기는 마찬가지여서 거기가 개구멍이 아니고 구백이의 입 안이라는 사실을 깨닫지 못했다. 비루는 개구멍 밖이 나올 때까지 호랑이 몸속으로 계속 질주해 나갔던 것이다.

한참을 달려서 고개를 내밀고 밖을 쳐다본 건 개구멍 끝이 아니라 구백이 똥구멍 밖이었다. 구백이도 비루도 이 상황을 제대로 파악하는 데는 한참의 시간이 필요했다. 아차 싶은 구백이와는 다르게, 비루는 이 상황이 너무나 재미있었다. 비루가 또 요란하게 짖어대기 시작하였다. 이제는 개구멍의 이쪽저쪽을 바삐 뛰어다니지 않아도 되었다. 구백이가 뒷발로 차봐도 닿지 않고 혀를 늘어뜨려도 닿지 않을 딱 그 만큼의 거리에 비루가 있었던 것이다.

구백이가 아무리 발버둥 쳐보고 뒹굴어보아도 소용이 없었다. 그만 포기하고 말 수도 있었겠지만 비루먹은 쪼그만 강아지에게 당하는 자신을 용납할 수 없어선지, 소용없는 줄 알면서도 밤새 발버둥을 쳐보았다. 구백이는 쓰러져 죽을 때까지 그렇게 하지 않을 수 없었던 것이다. 아침이 되었을 때는 이미 구백이는 이 세상 동물이 아니었다.

우리나라를 대표하는 욕은 '개새끼'이다. '강아지'와 뜻은 같지만 어감이 많이 다르다. 누군가 나를 부를 때 '야, 개새끼야' 하는 것은 기분 나쁜 소리지만, 할머니들이 손자에게 '우리 강아지야' 하는 것은 그렇지 않다. 어찌 보면 귀엽고 발랄하지만 어찌 보면 버릇없고 못된 것이 개새끼이자 강아지인 모양이다.

비루가 딱 그런 느낌이다. 한편으로는 천진난만하고 장난기 많은 강아지인 것 같지만, 한편으로는 호랑이도 몰라보고 까불어대는 아주 버릇없고 못된 개새끼다. 거기다가 깡은 왜 그렇게 센지? 분위기 파악도 제대로 못하고 깡만 센 개새끼, 그것도 비루먹어서 정말 볼품도 없는 강아지, 요즘 말로 하면 그야말로 '빌어먹을 개새끼'인 비루와 백수의 제왕인 호랑이 구백이의 대결 이야기는 이렇게 애초부터 얼토당토않은 것이었다.

하지만 우리가 생각했던 것보다 대결은 심각하게 펼쳐졌고, 전혀 예상치 못한 결말로 재미를 더한다. 비루먹은 강아지가 동물의 제왕인 호랑이를 물리쳤다는 사실만으로도 이 이야기는 충분히 충격적이다. 그러나 이 이야기의 진짜 재미는 비루가 구백이를 물리치는 방법이 너무 생뚱맞다는 데서 찾아야 할 것 같다.

의도하지는 않았지만 비루는 내장을 관통하는 방법으로 구백이를 괴롭힌다. 〈톰과 제리〉에서나 있

민화 속 개와 호랑이 호랑이에게 있어 개는 상대도 안 되는 보잘것없는 존재이지만, 이야기 속에서는 개가 기지를 발휘하여 호랑이를 꼼짝 못하게 만들기도 한다.

을 법한 상황을 우리 옛이야기에서도 그려낸다. 그런데 실제로 구백이가 죽게 된 것은 내장 관통도 아니고 항문 폐색도 아닌 바로 자신의 똥구멍으로 머리를 내밀고 있는 비루를 어찌하지 못하는 답답함 때문이었을 것이다. 동물계의 서열로 보면 자신보다 한참 아래여서 자리를 함께 할 수조차 없는 비루먹은 강아지가, 자신의 치부에 붙어서 조롱하고 비웃는데도 손 하나 까딱할 수 없는 구백이의 심정이 어떠했겠는가?

강자와 약자의 싸움에서 약자가 이길 수 있는 방법은 대개가 이렇다. 힘으로 대결하면 약자가 질 것이 뻔하기 때문에 다른 방법을 써야

한다. 그러니까 강자의 힘을 역으로 이용해야만 약자가 강자를 이길 수 있다. 흔히 옛이야기에서 여우나 토끼가 호랑이와 대결해서 이길 수 있던 것도 호랑이의 먹이에 대한 욕심을 역으로 이용했기 때문이다. 비루가 구백이를 이길 수 있었던 것은 자존심 강한 구백이의 성격을 정확히 파악하고 그것을 집중 공략했기 때문이리라. 겉모습과는 다르게 비루는 구백이보다 한 수 위였던 셈이다.

여기에서 연유했는지는 알 수 없지만, 예로부터 호랑이를 잡는 데는 강아지가 최고의 '낚싯밥'이라는 말이 전해져 내려온다. 이래저래 호랑이에게는 강아지가 천적이었던 모양이다. 다음은 조막만한 강아지로 여러 마리의 호랑이를 한꺼번에 낚는 비법을 자세히 설명한 이야기이다.

호랑이 사냥에 이골이 난 한 포수가 있었다. 평생 호랑이 사냥에만 매진해온 터라 호랑이에 대해서는 모르는 것이 없었다. 물론 평생 잡은 호랑이만도 수십 마리는 족히 넘었다. 그런데 어느 해부턴가는 도무지 호랑이가 잡히지 않는 것이다. 호랑이가 잡히지 않는 것만이 아니었다. 온 산을 뒤지고 돌아다녀도 호랑이의 흔적조차 볼 수 없었다. 호랑이 씨가 말라버린 것 같았다.

이때 어딘가에서 소문이 들려왔다. 어느 산골의 노인 하나가 호랑이를 싹쓸이 하고 있다는. 처음에는 터무니없는 소문이라고 생각했다. 하지만 호랑이가 잡히지 않는 날이 길어지면서 자꾸 소문에 솔깃해지는 자신을 어쩔 수 없었다. 급기야 그 노인이 산다는 산골을 찾아 나섰다.

생각보다 허름한 집이었다. 총포로 가득 차 있을 것이라는 예상이 보기 좋게 빗나갔다. 하지만 포수의 입을 떡 벌어지게 만든 것이 있었으니, 그것은 즐비하게 널어놓은 호랑이 가죽이었다. 자신이 평생 잡은 호랑이와 맞먹는 수의 호랑이 가죽이 널려 있는 모습을 확인하고서야 포수는 소문이 사실임을 알 수 있었다.

노인은 의외로 체구가 작았다. 저 체구로 어찌 호랑이를 잡을 수 있을까 싶었지만 널려 있는 호랑이 가죽이 증명하고 있는 한, 소문을 의심할 수는 없었다. 포수는 노인의 비법을 알고 싶었다. 이때부터 노인의 일거수일투족을 살피기 시작했다. 그런데 노인의 행동은 의문투성이였다. 그리고 그 의문들이 풀려갈 무렵 포수는 노인의 그 무지막지한 비법을 알게 되었다.

노인은 장에 나가 털이 보송보송 나 있는 작은 강아지 한 마리를 구해왔다. 그러고는 매일같이 강아지에 참기름을 바르는데, 꼬박 2주를 그렇게 하는 것이었다. 그러더니 노인은 참기름에 절어서 번들거리는 강아지의 목에 긴 새끼줄을 매고는 호랑이가 자주 지나다니는 길목으로 갔다. 그 길가의 나무에 강아지를 매놓고는 무작정 기다리는 것이었다. 참기름 냄새에 끌려 달려든 호랑이는 강아지를 덥석 삼키게 되고, 참기름에 절은 강아지는 너무 미끄러운 나머지 호랑이 내장을 관통하여 똥구멍 밖으로 미끄러져 나오게 되었다. 그 다음 호랑이도, 그 다음 호랑이도. 호랑이는 그렇게 씨가 말라가고 있었던 것이었다.

참 어이없으면서도 기막힌 방법이다. 참기름을 듬뿍 발라놓았으니 산속 호랑이들이 그 고소한 냄새 때문에라도 단번에 뛰어왔음직하다. 털이 여기저기 빠진 비루먹은 강아지보다야 훨씬 훌륭한 먹잇감이 아닌가. 그런데 그것이 그냥 쑥 내려가 버릴 줄이야. 처음에는 호랑이가 강아지를 잡아먹는 형세였지만, 강아지가 내장을 관통함으로써 되레 호랑이가 잡히는 형국이 된 것이다.

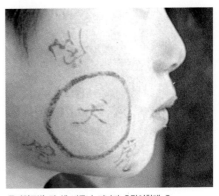

종기치료법 깡 센 비루나 되니까 호랑이한테 으르렁대는 것이지 일반적으로 개는 호랑이를 무척 무서워한다. 예로부터 몸에 종기가 나면, 종기가 난 곳에 개 견(犬)자나 개 구(狗)자를 쓰고 그 위에 호랑이 호(虎)자를 써 놓아 개(종기)가 놀라서 달아나게 했다고 한다.

여기에서 앞의 비루 이야기와 이 이야기가 통한다. 열심히 뛰어서 구백이의 항문까지 다다랐던 비루의 경우나, 참기름을 바른 덕분에 부드럽게 항문을 뚫고 나갔던 이 이야기의 강아지나 결국 그렇게 해서 호랑이를 잡았다는 점에서는 같다.

갑자기 잘 알려진 속담이 하나 떠오른다. 하룻강아지 범 무서운 줄 모른다는. 강아지 앞에 붙은 '하룻' 은 '하루' 라는 뜻이 아니라 태어난 지 얼마 되지 않음을 뜻한다고 한다. 즉 비루나 '낚싯밥 강아지' 가 바로 하룻강아지인 셈이다. 속담에 의하면 이 하룻강아지가 원래부터 호랑이를 무서워하지 않았다고 하니 깡 센 강아지의 전통이 꽤나 깊었던 모양이다.

작은 강아지와 호랑이의 대결은 기존에 우리가 알고 있는 승리와 패배에 대한 인식을 뒤집는다. 크고 힘이 세다고 무조건 이기기만 하는 것은 아니라는 뜻이다. 힘없고 나약한 존재가 힘세고 강한 존재를 이기기도 하는데 그러기 위해서는 우선 스스로가 아주 작아져야 한다. 작은 강아지와 같이 상대의 속에 들어갔다 나올 수 있을 정도로 자기 자신을 바짝 낮추어야만 비로소 상대를 이길 수 있다. 그리고 그에게 잡아먹혀야 한다. 잡아먹히는 것이 곧 잡는 길이라는 역설이다. 자기 자신을 작은 존재로 만들어서 상대를 향해 과감히 돌진하는 것, 이것이 바로 작음이 큼을 이길 수 있는 유일한 길임을 이야기는 말하고 있다.

나물 가세 나물 가세 불 탄 공산에 나물 가세

　올라가며 올고사리 내려가며 늦고사리

줌줌이 꺾어 놓고 키 크고 허울 좋다

빛나는 참나물에 한 보따리 꺾어 가주

참나물랑 웃짐치고 한 보따리 하였구나

이후야

오르막 내리막 어서 가자

　이는 대구의 팔공산 자락에서 불리는 〈나물 캐는 노래〉이다. 산에서 나물 캐가지고 내려오면서 이후를 불러 어서 가자고 한다. 도대체 이후가 무엇이기에 사람들이 그 이름을 부르는 것일까?

　이후는 무섭기로 이름난 상상의 동물이다. 이후는 호랑이도 잡아먹는데, 그 방법 또한 매우 특이하다. 바로 호랑이의 똥구멍에 입을 대고 쭉쭉 빨아서 창자를 빼먹는다는 것이다. 그래서 호랑이는 이후라는 소리만 들어도 무서움에 벌벌 떨며 범접하지 못한다고 하니, 다른 동물들은 말할 나위도 없겠다.

　그래서 사람들은 산나물을 캐거나 논을 매거나 밭을 매다가도 틈틈이 '이후후' 하는 소리를 낸다고 한다. 나무꾼이 나무를 하고 내려오다가 잠시 쉴 때도 '이후후' 소리를 한다. 이 소리를 들으면 이후가 그곳에 있는 줄 알고 호랑이가 얼씬도 못한다는 것이다. 참 호랑이의 체면이 이만저만이 아니다.

지네 vs 닭,
너 죽고 나 살자

범죄 영화에 자주 등장하는 의문의 죽음은 옛이야기에서도 심심치 않게 등장한다. 어느 부잣집에서는 아침이 되면 가족 한 명이 꼭 시체가 되어 나뒹굴고, 어느 관아에서는 새로 부임한 원님들이 부임 첫날 밤 모두 싸늘한 시체로 변하곤 한다. 어느 마을에서는 재앙을 없애기 위해서 뒷산의 작은 동굴에 해마다 처녀 하나를 손수 바치는 의식을 거행하기도 한다. 물론 아침이 되면 그 처녀는 시체로 변해 있고, 그러고 나면 그 한 해는 별 탈이 없이 보낼 수 있었다고 한다.

이런 이야기의 묘미는 죽음의 원인을 찾아내는 과정에서 맛볼 수 있다. 하지만 이야기는 이를 쉽게 드러내지 않는다. 다만 사태를 꿰뚫어 알고 있는 신이한 사람, 예를 들면 도사나 고승이나, 담력이 센 사람을 등장시켜 문제 해결의 실마리만을 가르쳐줄 뿐이다. 문제가 다 해결되고 난 뒤, 그러니까 더 이상 사람들이 죽어나가지 않게 된 연후에야 죽음의 원인이 밝혀진다. 다음의 황룡사 이야기가 꼭 그렇다.

현재는 폐사가 되었지만 황해도 장연군에 황룡사라는 절이 있었다. 그런데 어찌된 일인지 하룻밤만 자고 나면 중이 한 사람씩 없어지는 일이 벌어졌다. 어떤 이유에서 한 사람씩 사라지는지를 모르니 기가 막힐 노릇이었다. 절에 있는 중들은 모두가 불안해하면서 언제 자신의 차례가 올지 모른다며 걱정이 이만저만이 아니었다.

하루는 어느 고승이 지나다가 그 이야기를 듣고는 방책을 일러주었다.

"닭을 천 마리 키우십시오. 그러면 일이 해결될 것입니다."

그 말을 들은 중들이 닭 천 마리를 구해 키우기 시작했다. 닭들은 굳이 먹이를 주지 않아도 알아서 먹이를 찾아 먹으면서 자유롭게 놀다가 저녁이 되면 돌아왔다.

신기하게도 닭을 키운 지 얼마 지나지 않아 중이 없어지는 일이 사라졌다. 그리고 어느 날부턴가 닭의 부리에 피가 묻어 있었다. 이를 이상하게 여긴 중이 하루는 닭이 가는 데로 쫓아가 보았다. 뜻밖에도 거기에는 한발이나 되는 큰 지네가 나자빠져 있는 것이었다.

하루에 한 사람씩 황룡사의 중들을 잡아먹은 것은 큰 지네였고, 닭

천 마리가 달려들어 그 큰 지네를 잡은 것이었다. 그런 뒤에 중이 없어지는 일이 사라졌고, 매일같이 닭들이 지네를 파먹었기 때문에 닭의 부리에 피가 묻게 된 것이다.

원한을 품고 죽은 귀신도 아니고, 장난이 심한 도깨비도 아닌, 지네가 바로 의문의 죽음을 일으킨 원인이었다. 옛이야기 속에서 지네는 대개 땅속이나 동굴, 오래된 절이나 사당 또는 대갓집의 대들보 속에 숨어 살면서 밤이면 슬그머니 나타나 독을 뿜어 사람들을 해치곤 한다. 지네가 이런 악역을 맡게 된 것은, 옛 선인들이 지네가 안개와 구름을 일으키고 농사와 기후를 조절하며 인간의 생명과 질병을 다스리는 지하계의 신이라 생각했기 때문이라고 한다.

그런데 여기에서 흥미로운 것은 지네를 물리치는 동물로 닭이 선택되었다는 사실이다. 사람까지 잡아먹는 덩치 큰 지네를 닭이 죽일 수 있다는 생각은 어디에서 연유한 것일까? 닭이 어둠을 쫓고 새벽을 알리는 동물로 여겨졌기 때문이다. 즉 사악한 것을 쫓는 벽사의 기능을 가졌기 때문에, 어둠의 신으로 생각된 지네를 물리칠 수 있었던 것이다. 하지만 더 중요한 이유는 닭의 생태에서 찾아야 할 것 같다. 닭은 지네와 같은 벌레류가 움직이는 것을 보면 끝까지 쫓아가 잡아먹는다고 한다. 꿈틀거리며 기어가는 것을 쫓아가 일단 발로 밟아서 움직이지 못하게 한 다음, 부리로 쪼아서 죽인다는 것이다. 지네는 닭의 대표적인 먹이이니, 지네의 천적은 닭인 셈이다. 그래서 시골에서는 예전부터 지네 퇴치용으로 닭을 마당에 풀어서 키웠다.

지네밟기 남원의 괴양리에서는 닭의 형체인 계룡산을 보호하기 위해 매년 칠월 백중날(음력 7월 15일) 지네밟기 행사를 한다. 사람들이 꼬리에 꼬리를 물고 지네 형상으로 엎드려 있는 것을 꼬마 아이가 밟고 지나가고 있다.

여기서 더욱 재미있는 것은 닭의 천적 또한 지네라는 사실이다. 그러니 둘은 상호 천적 관계, 또는 앙숙이라 하겠다. 물론 닭의 대표적인 천적은 오소리나 족제비로 알려져 있지만 육식성인 지네 역시 닭을 죽게 하는 데 일가견이 있다고 한다. 닭이 지네를 쫓아가 발로 밟고 죽이려는 순간, 지네는 또 자기 나름대로 순발력을 발휘해서 닭에게 독을 뿜어 죽이기도 한다는 것이다. 예로부터 지네를 잡기 위해서 항아리에 지네가 좋아한다는 닭의 뼈를 넣어두고 유인했다고 하는데, 시간이 얼마 지나면 항아리로 지네들이 모여들어 손쉽게 지네를 잡을 수 있었다는 것을 보더라도 닭은 지네의 '밥'이었다.

남원시 보절면 괴양리라는 곳에서는 칠월 백중날 연례행사로 지네밟기를 하는데, 그 사연에서도 닭이 지네에게 꼼짝 못한다는 사실을 알 수 있다. 이 마을에서 보면 동으로 약산이 있고, 남북으로 계룡산이 길게 자리한다. 이것을 풍수지리학적으로 해석해보면 약산은 지네이고 닭 벼슬 모양의 계룡산은 닭으로, 지네가 닭을 해치는 형상이라는 것이다. 마을의 안녕을 위해서는 닭인 계룡산을 보호해야할 필요가 있었는데, 그래서 나온 것이 지네밟기라는 세시풍속이다. 지네를 밟아 죽여 닭을 보호하겠다는 취지이다.

서로가 서로를 해칠 수 있는 상호 천적 관계에 있는 이 두 동물, 닭과 지네가 만약 정면으로 대결을 펼친다면 과연 어느 쪽이 이길까? 이 흥미로운 질문에 대한 답이 옛이야기에 있다. 천 년 묵은 닭과 천 년 묵은 지네가 사람이 되기 위해 대결을 벌이는데 손에 땀을 쥐게 하는 역전 드라마가 펼쳐진다.

옛날 한 선비가 몇 번이나 과거에 응시했지만 경비만 축내고 번번이 떨어져 크게 낙담하고 있었다. 또 과거가 있다는 소식을 접하고는 이번이 마지막이라는 각오로 가산을 정리하여 과거를 보러갔다. 하지만 역시 낙방하여 더 이상 가족들을 대할 면목이 없었다. 그래서 생각해낸 것이 깊은 산속에 들어가 큰 바위에서 떨어져 죽는 것이었다. 결심을 하고 깊은 산속으로 들어가 큰 바위 위에서 몸을 날렸다.

모든 것이 끝인 줄 알았는데 눈을 떠보니 여인 하나가 상처투성이인 자신을 간호하고 있는 것이 아닌가. 의식이 돌아오자 여인은 선비를 이끌어 으리으리한 기와집으로 안내했다.

'이런 깊은 산속에 이다지 큰 기와집이 있을 리 없는데 어찌 된 일

일까?'

　의심은 되었지만 별다르게 생각할 여유도 없이 선비는 여인을 따라서 안으로 들어갔다. 안은 널찍했으나 사람이 사는 흔적은 거의 없었다. 오직 이 여인뿐이었다. 이상하긴 했지만 딱히 뭘 어찌할 수 없었던 선비는 그냥 그곳에 꾹 눌러앉았고, 한참을 그렇게 살다가 결국 여인과 부부가 되었다.

　생활은 풍족했고 더 없이 편안했다. 하지만 시간이 흘러갈수록 집에 두고 온 가족들이 걱정됐다. 가산을 모두 정리하여 왔기 때문에 먹고 사는 것도 어려울 판이었다. 하루는 선비가 여인에게 두고 온 식구가 걱정돼서 집에 다녀왔으면 한다는 뜻을 비쳤다. 여인은 어쩔 수 없이 허락하면서 다음과 같이 당부했다.

　"저의 집으로 돌아올 때는 반드시 밤이 이슥해서 길을 나서세요. 그리고 도중에 누가 말을 건네도 절대로 응하지 마세요. 그 사람과 말을 나누시면 안 됩니다."

　선비는 자기 집으로 돌아왔다. 그런데 전에 살던 초가집은 간데없고 그 자리에 으리으리한 기와집이 서 있었다. 한눈에 보기에도 큰 부자가 되어 있었다. 선비가 부인에게 어찌된 일인지 연유를 물었다.

　"이것은 모두 당신이 보내준 돈으로 장만한 것입니다."

　부인의 이 말에 일의 전후가 손에 잡힐 듯 다가왔다. 여인이 자신의 이름으로 자기의 가족들을 보살피고 있었던 것이다. 자신을 살려준 것만도 고마운 일인데, 가족들까지 보살펴주었다니 고맙고도 고마운 일이 아닐 수 없었다.

선비는 여인의 부탁대로 밤이 이슥할 무렵 여인의 집을 향해 발길을 재촉했다. 그런데 갑자기 뒤쪽에서 자신을 부르는 희미한 음성이 들려왔다. 물론 여인의 당부를 되새기며 들은 체도 않고 발길을 재촉했다. 이윽고 또 사람 소리가 들렸다. 이번에는 제법 알아들을 수 있을 정도였는데, 돌아가신 아버지 목소리 같았다. 세 번째 소리가 났을 때 선비는 뒤돌아보지 않을 수 없었다. 더욱 또렷하게 들려온 그 음성은 틀림없는 아버지였기 때문이다.

"지금 찾아가는 여인은 인간이 아니라 실은 지네다. 다시 돌아가 그 여인에게 잡히면 넌 죽을 수밖에 없어. 만일 살려거든 담뱃진을 입에 물고 있다가 여인의 얼굴을 향해 내뱉어라. 그렇지 않으면 넌 죽는다. 내 말을 꼭 명심해라."

이 말을 남기고 아버지는 사라졌다.

선비가 여인의 집에 들어서자 여인은 창백한 얼굴로 머리를 푹 숙인 채 아무 말이 없었다. 자신의 죽음을 미리 예감하고 있는 것 같았다. 선비는 가는 길에 잎담배를 많이 피워 진을 잔뜩 입에 물고 있었다. 아버지 말대로 여인의 얼굴을 향해 담뱃진을 뿜으려는 순간, 사경을 헤매던 자신을 구해주고 자기의 가족들까지 몰래 보살펴준 일들이 주마등처럼 뇌리를 스쳐갔다. 차마 그 여인을 향해 담뱃진을 뱉을 수가 없었다. 움찔움찔하기를 여러 번, 결국 선비는 담뱃진을 땅바닥에 내뱉고 말았다.

여인은 그제야 고개를 들며 미소를 띤 채 그에게 그간의 일을 고백했다.

"저는 사실 인간이 아니라 천 년 묵은 지네입니다. 당신은 오는 도중 틀림없이 돌아가신 아버님을 만났을 것입니다. 그러나 그것은 아버님이 아니라 천 년 묵은 닭입니다. 닭과 저는 천 년이 지날 때 한 인간과 만나서 그 사람의 마음을 얻는 쪽이 진실로 인간이 될 수 있습니다.

그런데 제가 먼저 당신을 만나자, 저를 죽이려고 닭이 당신의 아버님으로 둔갑해서 나타난 것입니다. 만일 당신이 담뱃진을 저에게 뿜었다면 저는 죽었을 것입니다. 그렇게 되면 저는 다시 천 년이라는 긴 세월을 기다려야 했을 것입니다. 그렇지만 당신이 마음을 고쳐 저의 진심을 저버리지 않았기 때문에 저는 인간이 될 수 있게 되었습니다. 내일 아침 남산 아래 큰 바위 밑을 보아주십시오. 그곳에 저의 허물이 있을 것입니다."

그렇게 말하고 지네는 흔적 없이 사라져버렸다.

이튿날 아침 눈을 뜨고 보니 선비가 누워 있던 곳은 예전의 그 큰 바위 위였다. 어젯밤까지 있었던 기와집도 여인도 온데간데없이 사라져버렸다. 문득 여인의 말이 생각이 나서 여인이 알려준 남산 큰 바위를 찾아가보니 과연 지네의 허물이 있었다.

지네와 닭이 사람이 되기 위해 대결을 벌인다는 설정은 다분히 둘 사이의 앙숙 관계를 염두에 둔 것이라 하겠다. 그런데 승리를 위한 조건이 참 특이하다. 동굴 속에 들어가 쑥과 마늘만으로 몇 날 며칠을 지내야 한다고 하면 차라리 쉬울 텐데, 알 수 없기로 유명한 사람의 마음을 얻어야 한다니.

여기에서 닭과 지네의 선택이 갈린다. 사람의 마음을 얻는 데는 일반적으로 두 가지 방법이 자주 사용된다. 그 첫 번째가 이른바 인맥을 이용하는 것이다. 인맥 중에서도 가장 확실한 것이 친인척이고, 그중 최고는 직계가족이다. 닭이 선택한 방식은 이쪽이었다. 이에 비하면 지네는 좀 우직한 방식을 택했다. 그 사람에게 시간과 공을 들이고 진심을 다하여 대하는 것이다. 이를 통해 인간의 본심이라 할 수 있는 불인지심(不忍之心), 즉 인간으로서 차마 어쩌지 못하는 마음이 들도록 했다.

맹자는 사람에게는 차마 하지 못하는 마음이 있다고 하였다. 어린아이가 우물에 빠지려고 할 때, 그것을 본 사람이라면 누구든지 놀라 달려가서 그 아이를 보듬어줄 것이라고 했다. 이는 무슨 대가를 바라고 하는 행동이 아니다. 인간에게는 어린아이가 우물에 빠져 죽는 것을 차마 내버려두지 못하는 마음이 있기 때문이다. 이것이 불인지심이고, 인간 본성의 핵심이라는 것이다. 바로 이러한 사람의 마음을 얻어야 진짜 사람이 될 수 있다는 것이 이 이야기에서 말하고자 하는 바이다.

하지만 우리 현실에서는 대개 닭이 선택한 방법이 승리하게 마련이다. 겉으로는 개인의 능력이나 인간성이 중요시되는 사회인 것처럼, 또는 그러한 사회로 나아가야 하는 것처럼 이야기하지만, 실제로는 인맥이나 학연이 훨씬 중요시되는 사회이다. 사람들이 모두 닭이 되어가고 있는 셈이다. 황룡사를 구해냈던 그 고승에게 오늘의 이 문제를 해결하려면 어찌 해야 하느냐고 묻는다면 아마도 이렇게 대답할 것이다. "지네를 한 천 마리 정도 키워보십시오!"라고.

지네는 효능이 좋아 한방에서 약재로 많이 쓰인다고 한다. 관절에도 좋고, 허리에도 좋다고 해서 사람들이 즐겨 찾는다고 하는데, 문제는 역한 냄새다. 그래서 닭 안에 지네를 넣고 요리를 해서 먹기도 하고, 아예 지네를 닭에게 먹여 키운 다음 그것을 잡아먹기도 한다. 이를 일명 '지네닭'이라고 하는데, 동물 세계에서는 그렇게 앙숙이던 지네와 닭이 한 몸이 되어 사람의 보양식으로 쓰인다고 하니 그 운명도 참 얄궂다는 생각이 든다.

옛이야기 속에서도 딱 한번 지네와 닭이 연합전선을 펴는 예가 있다. 사람을 상대로 한 이 연합전선은 결국 실패로 끝나고 마는데, 이 때문에라도 이 둘은 앙숙일 수밖에 없을 것 같다. '계불삼년(鷄不三年)'이라는 말의 유래를 알려주는 이야기다.

옛날 어떤 사람이 말과 개, 닭을 10년 가까이 키우고 있었다. 어느 날 아침, 주인이 먹이를 주려고 마구간으로 가보니 말이 땀을 주르르 흘리고 있었다. 그 이튿날에도 마찬가지였다. 이상히 여긴 주인이 그날 저녁에는 아예 마구간 구석에 거적을 쓰고 앉아 무슨 일이 있나 엿보았다.

밤이 깊어지자 마당에 있던 닭이 세 번을 울고 난 다음 재주를 세 번 넘더니 훤칠한 선비로 변했다. 이윽고 개가 나타나 세 번 재주를 넘더니 말잡이로 변해 말을 끌고 나와 선비를 태우곤 어디론가 떠나는 것이었다. 주인도 역시 몰래 따라나섰다. 말을 탄 선비 일행은 자꾸 산중으로만 들어갔다. 큰 바위 옆에 당도한 선비는 커다란 지네

굴을 향해 말을 거는 것이었다.

"우리는 언제나 죽어 온전한 사람으로 환생을 합니까?"

굴속의 지네가 대답했다.

"내가 가서 그 집안을 몰살시켜야만 된다. 그런데 혹 그 집에 10년 묵은 기름이 있지는 않느냐?"

그것이 지네의 몸에 닿기만 하면 몸이 오그라들어 죽기 때문에 물은 것이다. 말과 개, 닭은 절대 그런 것은 없다고 완강히 부인하며 꼭 와달라고 했다. 그러자 지네는 사흘 뒤에 밤이 깊거든 담을 넘어가겠다고 약속했다.

산에서 돌아온 주인은 밥도 안 먹고 끙끙 앓았다. 이를 이상하게 여긴 며느리가 그 이유를 물었다. 사실대로 이야기를 하자, 며느리는 10년 묵은 기름이 있다고 하였다. 며느리가 시집올 때 가져온 머릿기름을 여태 바르지 않고 묵혀 두었던 것이다. 며느리는 머릿기름을 담 주변에 골고루 뿌려두었다.

지네가 온다는 날, 온 식구가 무서워서 서로 꼭 붙잡고 밤을 꼬박 새웠다. 이튿날 아침, 담 주변으로 가보니 커다란 지네가 다리에 기름이 닿아서 오그라져 죽어 있었다. 그 길로 주인은 말과 개, 닭을 잡아 죽여버렸다고 한다. 이런 일이 있은 뒤로 닭은 삼 년이 넘으면 잡고, 개는 십 년이 넘으면 잡아야 한다는 말이 생겼다고 한다.

개 vs 고양이,
구슬을 찾아라

견 원지간(犬猿之間)이란 말이 있다. 개와 원숭이처럼 사이가 아주
나쁜 관계를 의미하는데, 원숭이가 많지 않은 우리나라에서는
사실 이들이 얼마나 나쁜 사이인지 실감하기 어렵기 때문에 뜻을 알고
있어도 좀처럼 공감하기 힘들다. 그럼 이렇게 바꿔보면 어떨까? 견묘
지간(犬猫之間), 개와 고양이의 사이처럼 둘의 관계가 아주 나쁠 경우
를 일컫는 말. 이제는 좀 느낌이 오지 않는가?

개와 고양이는 사이가 나쁜 것으로 널리 알려져 있지만, 그들이 왜
그렇게 서로를 미워하는지에 대해서는 확실한 이유를 찾을 수 없다고

한다. 정확한 근거가 있는 것도 아닌데 사람들은 개와 고양이가 서로 으르렁대는 것을 당연시한다. 비가 억수같이 쏟아진다는 의미의 영어 관용구 'It rains cats and dogs.'는 고양이와 개가 서로 으르렁대며 싸우는 모습에서 나온 말이라고도 하니, 영어권에서도 개와 고양이는 꽤 사이가 나쁜 동물로 정평이 나 있는 것 같다.

그런데 궁금했던 그 이유가 옛이야기로 전한다. 한집에 살며 평소 유난히 사이가 좋았던 개와 고양이가 어찌해서 서로 못 잡아먹어 안달 인 앙숙이 되었는지를 소상히 밝히고 있는 유래담이다.

가난한 노부부가 고양이와 개를 자식처럼 키우며 정답게 살아가고 있었다. 어느 날 할아버지가 일을 하러 가던 중 아이들에게 잡혀 꼼짝없이 죽게 생긴 자라를 보았다. 마음씨 착한 할아버지는 아이들에게 자라를 사서 물에 놓아주었다.

그 다음날이었다. 밭으로 일을 나가던 할아버지에게 한 초립동이가 다가왔다. 그러더니 정중히 인사를 하고는 감사하다는 말을 수없이 했다.

"제가 실은 용왕의 아들인데 바깥세상이 궁금하여 자라로 변신해 구경나왔다가 어제와 같은 변을 당하였습니다. 마침 어르신께서 저를 구해주시지 않았다면 목숨을 건지기 어려웠을 것입니다. 아버님께서 이 이야기를 들으시고 어르신을 모셔오라고 하셨습니다."

사연을 들은 할아버지는 별거 아니라며 두 손을 내저었지만, 계속되는 권유에 하는 수없이 초립동이를 따라나섰다. 물가에 이르자 초립동이는 자라로 변하더니 할아버지를 등에 태우고 물속으로 쑥 들어갔다. 금세 둘은 용궁에 도착하였고, 용왕의 아들은 할아버지에게 신신당부를 했다.

"아버님이 소원을 말씀하라고 하실 겁니다. 그럼 다른 것은 다 필요 없고 연적 하나만 달라고 하십시오. 꼭 그러셔야 합니다."

할아버지는 그 연적이 얼마나 대단한 것인지 알지 못했지만, 일단은 그의 말에 고개를 끄덕였다. 할아버지는 용왕을 만나 융숭한 대접을 받았다. 그리고 연회가 끝날 무렵 용왕은 은혜에 보답하고자 선물을 주고 싶다며 소원을 말하라고 했다.

"다른 것은 다 싫고, 연적을 주십시오."

용왕은 깜짝 놀라 연적은 안 되니 다른 것은 어떠냐고 물었지만 할아버지는 완강하게 버텼다. 자식을 살려준 은인이 원하는 것을 주지 않을 수 없었던 용왕은 하는 수 없이 연적을 할아버지에게 주었다.

사실 그것은 보물 연적으로, 말만 하면 뭐든 쏟아내는 신기한 도깨비 방망이 같은 것이었다. 용궁에서 돌아온 할아버지는 연적을 이용해서 쌀도 얻고 돈도 얻고 집까지 지어 남부러울 것 없이 살게 되었다.

그러던 어느 날 노부부는 그들이 부자가 되었다는 소문을 듣고 찾아온 방물장수에게 보물을 도둑맞고 말았다. 이후 가세도 차츰차츰 기울어지기 시작했고, 노부부는 실의에 빠지고 말았다. 자식같이 귀애해주던 할아버지 내외가 슬퍼하는 것을 보고 고양이와 개는 힘을 합쳐 도둑맞은 보물을 찾으러 가기로 결심했다.

여기저기 방물장수의 흔적을 찾던 끝에 해가 저물자, 개와 고양이

물고기 연적 연적은 벼루에 먹을 갈 때 쓸 물을 담아두는 그릇으로 그 모양이 다양하다. 그중 물고기 모양의 연적이다. 대구대 박물관 소장.

는 한 곳간으로 들어갔다. 그곳에서는 마침 수백 마리의 쥐들이 모여 회의를 하고 있었다. 고양이와 개는 냉큼 달려들어 그 쥐들의 우두머리를 붙잡아 협박을 했다.

"너희들이 이 녀석을 살리고 싶으면 우리에게 해줄 일이 있다."

둘은 연적의 생김새며 빛깔, 크기 따위를 쥐들에게 상세히 알려주면서 연적을 찾아올 것을 호령했다. 수백 마리의 쥐들은 자신들의 우두머리가 잡혀 있는 마당인지라 어쩔 수 없이 흩어져 연적을 찾기 시작했다. 그리고 마침내 방물장수네 집으로 들어간 쥐 몇 마리가 연적을 찾아가지고 왔다. 고양이와 개는 신이 나서 연적을 가지고 집으로 가는 발걸음을 재촉했다.

이렇듯 애써 찾은 보물을 갖고 돌아오던 길, 강물이 둘 앞을 가로막았다. 그러자 헤엄을 칠 줄 아는 개가 고양이를 등에 태웠고, 고양이는 연적을 입에 물었다. 한참을 그렇게 헤엄쳐 가던 개는 고양이가 연적을 잘 물고 있는지 걱정이 됐다.

"물고 있어?"

"…"

"잘 물고 있냐고?"

"……"

"너 혹시 빠뜨린 거 아니야? 물고 있는 거 맞아?"

"물고 있어!"

순간 '풍덩!' 하고 연적이 강물에 빠지고 말았다. 개가 자꾸 물어 대자, 답답했던 고양이가 그만 대답을 해버렸고, 그 순간 입에 꼭 물려 있던 연적이 강물 속으로 사라져 버린 것이다.

힘들게 다시 손에 넣은 보물을 잃어버리자 개와 고양이는 서로를 탓하며 싸웠다. 그러다가 화가 난 개가 고양이를 놔두고 혼자 집으로 돌아가 버렸다. 혼자 남은 고양이는 혹시나 하는 마음으로 물가를 이리저리 둘러보았다. 그런데 저쪽 물가에 숭어 한 마리가 죽어 있는 것이 눈에 들어왔다. 배고프던 참에 잘됐다 싶었다.

얼마쯤 먹고 있으려니 숭어 뱃속에서 딱딱한 것이 잡혔다. 이상해서 꺼내놓고 보니 보물 연적이 아닌가. 숭어는 연적을 보고 먹이인 줄 알고 냉큼 삼켰다가 죽은 것이었다. 고양이는 연적을 물고 집으로 돌아왔고, 연적을 가지고 온 고양이를 노부부가 예뻐한 것은 당연한 일이었다.

노부부 내외는 다시 잘살게 되었고, 그것이 고양이 덕분이라고 생각하여 고양이를 더욱 귀여워했다. 하지만 개로서는 여간 억울한 일이 아닐 수 없었다. 고생고생해서 함께 찾은 연적인데 결과적으로 공은 고양이 혼자서 차지하게 된 것이다. 이 때문에 노부부가 고양이를 예뻐할수록 개와 고양이의 사이는 더욱더 나빠지게 되었다고 한다.

노부부에게는 해피엔딩이지만 둘도 없는 친구사이였던 개와 고양이에게는 '새드엔딩'이다. 개와 고양이는 노부부의 보물을 함께 찾아 나설 만큼 의기투합이 잘 되었고 사이도 좋았다. 하지만 결과적으로 아무런 성과도 없이 돌아온 개보다 나중에 보물 연적을 들고 돌아온 고양이를 노부부가 더 예뻐하게 되면서 이들은 둘도 없는 앙숙이 되었다.

사실 개와 고양이의 사이가 나쁜 이유는 과학적으로는 별 근거가 없다고 한다. 다만 서로 다른 언어로 말하기 때문이라는 이야기가 있는데, 같은 뜻을 반대로 표현한다는 것이다. 개가 꼬리를 세워 살랑살랑 흔들면 '네가 좋아'란 호감의 표시지만 고양이가 꼬리를 세우면 '싸워볼래'란 도전의 뜻이고, 개가 앞다리를 들면 '같이 놀자'지만 고양이에겐 '저리 비키지 않으면 맞는다'는 뜻이란다. 또 고양이가 만족의 표시로 '야옹'하는 것을 개는 으르렁거리는 경계의 소리로 알아듣는다.

이들의 식성도 문제가 된다. 고양이는 다른 포유류들과 달리 단맛이 나는 탄수화물을 좋아하지 않는다. 혀에서 단맛을 느끼지 못하기 때문이다. 그러니 개가 친하게 지내자고 그 아무리 달콤한 음식을 줘도 고양이는 맛도 없는 음식을 주며 친한 척한다고 오해할 수밖에 없을 것이다. 만약 이러한 생물학적 차이들이 앙숙의 원인이라면 둘은 정말 지독히도 엇갈린 운명을 타고난 것이라고 밖에…….

개와 고양이의 악연은 다음 이야기에서도 계속된다. 사실 둘의 앙숙 관계는 사생결단의 대결을 펼치는 다음 이야기에서 좀 더 선명하게 드러난다.

옛날 자손이 귀한 어느 부잣집에 삼대독자가 있었다. 아이가 열두어 살쯤 되었을 때 지나가는 중이 잠시 집에 들렀다가 이 아이를 보고 연신 고개를 갸웃거리는 것이었다.

"이 애에게 앞으로 큰일이 닥치겠구먼."

우연히 중의 말을 들은 부자가 그 연유를 물었다. 그러자 중이 말했다.

"이전에 혹 고양이를 키운 일이 있으셨는지요?"

"예전에 고양이를 한 십 년간 먹였는데, 하루는 밥상머리에서 자꾸 음식을 탐하기에 얄미워서 담뱃대로 툭, 하고 때린다는 것이, 운이 없게도 그 자리에서 픽, 쓰러져 죽고 말았지요. 하도 당황스러워서 어쩔 줄 모르다가 죽은 고양이를 집 뒤 대밭에 던져버렸던 일이 있긴 있었는데……."

"그 고양이가 다시 살아나서 원수를 갚기 위해 당신 아들을 잡아가려고 벼르고 있습니다."

부자는 깜짝 놀랐다.

"그러면 어떻게 하면 좋겠소?"

"내일 압록강 근처에 가면 백세 할머니가 강아지 세 마리를 데리고 나와 팔 것입니다. 그러면 아무 소리 말고 강아지 한 마리에 송아지 한 마리씩 쳐주고 사십시오. 그런 뒤에 아주 잘 먹여서 사립문과 마당 가운데, 그리고 마루 밑에 각각 한 마리씩 두십시오. 그 개가 아니면 고양이를 잡을 수 없습니다."

부자는 중이 일러준 대로 압록강 근처에 가서 백세 할머니에게 송아지 세 마리를 주고 강아지 세 마리를 사왔다. 부자는 중이 시킨 대로 강아지를 아주 잘 먹였다.

한 달이 지나자, 중이 다시 부잣집으로 내려왔다.

"오늘부터는 그 개에게 소 한 마리씩을 먹이셔야 합니다. 사흘 동안을 그렇게 해서, 힘을 바짝 올리셔야 합니다. 사흘 후에 제가 다시 내려오겠습니다."

부자는 중이 시킨 대로 소를 잡아서 개에게 먹였다. 얼마나 먹였는지 며칠 사이 그 덩치가 정말 송아지만 해졌다.

사흘 후에 다시 중이 내려와서는 오늘 저녁에 그 고양이가 나타날 것이라고 일러주었다. 부자는 방 안에서 문구멍만 하나 뚫어 놓고 지켜보고 있었다. 한참을 그렇게 보고 있으니 저 건너 산에서 조그마한 불덩이가 보이기 시작했다. 그 불덩이가 사립문 가까이에 이르러서는 제법 상당한 크기로 변했다.

불덩이는 먼저 사립문에 있는 개하고 싸우기 시작했다. 이윽고 그 큰 개가 픽 쓰러졌다. 마당 한가운데 이르러 다시 두 번째 개와 싸우기 시작했다. 그러나 이 개 또한 이내 쓰러지고 말았다. 드디어 부자가 있는 방 마루 앞까지 불덩이가 당도했다. 마루 밑에 있는 개가 불덩이에 달려들어 싸우기 시작하는데 방에 있는 부자의 식구들은 애가 타서 죽을 지경이었다.

마지막 개도 힘이 다해서 막 쓰러지려는 순간, 사립문과 마당에 있던 개들이 일어나더니 함께 달려들기 시작했다. 개 세 마리와 불덩이 하나가 한데 얽혀 싸우는데 그 형세가 막상막하여서 어느 쪽으로도 기울어짐이 없었다. 결국 오랜 싸움 끝에 불덩이가 차차 수그러들면서 고양이 모양이 되더니 결국 나자빠졌다.

부자의 식구들은 혹시나 고양이가 다시 일어날까 무서워서 아침까지도 방에서 나오지 못했다. 날이 밝아 밖으로 나오니 개 세 마리도 죽어 있고 고양이도 죽어 있었다. 고양이는 불살라 버리고 개는 선산 밑에다가 묘를 써서 묻어주었다. 그 뒤 삼대독자 아들은 오랫동안 잘 살았다고 한다.

보물 연적을 찾아다준 공적이 큰 것이라 하더라도, 옛이야기에서 고양이는 대체로 복수의 화신이나 요물의 상징으로 등장하는 경우가 많아서 그리 긍정적이라고 이야기하기는 어렵다. 이에 비해 개는 그러한 요물로부터 사람을 구해주는 동물로 자주 등장해서 보물 연적 사건 이후 실추되었던 명예를 많이 회복하였고, 그만큼 사랑도 많이 받는다.

두 동물의 질긴 인연은 여기에서 마무리된 것이 아니다. 최근에 애완동물 경쟁에서 개와 고양이는 또 한번의 격돌을 벌이고 있다. 물론 개가 애완동물 선호도 1위를 달리고 있기는 하지만 고양이의 추격도

《야묘도추野猫盜雛》 집에 들어온 들고양이가 병아리를 물고 달아나자 주인이 담뱃대로 쫓고 있는 장면을 그린 김득신(金得臣, 1754~1822)의 작품이다.

만만치 않다. 애완견보다 손이 덜 가고 조용하며 혼자 사는 사람들이 키우기에 적당하다는 이유로 반려묘(伴侶猫)라는 명칭까지 붙어서 부정적 이미지가 많이 누그러지면서 차츰 고양이를 가까이하려는 사람들이 늘어가고 있다.

예나 지금이나 개와 고양이가 이렇듯 치열하게 대결을 벌이고 있는 그 기저에는 동일한 이유가 있는 것 같다. 바로 주인의 사랑과 보상이다. 견묘지간이 되도록 만든 것, 즉 그렇게 친하던 개와 고양이의 사이를 망가뜨린 것은 어찌 생각하면 둘의 대접을 달리한 우리 인간의 탓인지도 모르겠다는 말이다. 그러니 우리 인간도 개와 고양이의 악연에 일말의 책임을 느껴야 하지 않을까?

멀리 루마니아에서도 개와 고양이가 서로 으르렁거리게 된 이유가 옛이야기로 전해진다. 우리의 옛이야기에서처럼 루마니아의 개와 고양이도 처음엔 사이가 그리 나쁘지 않았다고 하는데, 이들은 또 어찌된 사연인지 궁금하다.

사이가 좋은 개와 고양이가 한 주인을 섬기며 각자 맡은 바 일을 열심히 했다. 그리고 서로 다투지 않기 위해 개는 집 밖에서, 고양이는 집 안에서 하는 일을 맡기로 하고 계약서를 작성해두었다.

그러던 어느 날 개는 불만이 생겼다. 집 밖에서 추위와 비에 고생하며 집을 지키는데, 먹는 것은 음식 남은 찌꺼기에 뼈다귀뿐이었다. 이에 반해 하루 종일 따뜻하고 안전한 집 안에서 주인 곁에 늘어져 잠만 자는 고양이는 맛있는 음식에 주인의 귀여움까지 받는 게 불공평하다는 생각이 들었던 것이다.

불만을 제기하는 개에게 고양이는 계약을 지키라며 꿈쩍도 하지 않았다. 개 역시 물러서지 않고 계약서를 고쳐 쓰자고 했다. 할 수 없이 고양이는 계약서를 보관해두었던 다락방으로 올라갔다. 그러나 계약서는 이미 쥐들의 먹이가 된 지 오래였다. 우연히 버터가 묻어버린 계약서를 쥐들이 갉아먹은데다 남은 종이 보푸라기는 쥐구멍으로 가지고 들어가 폭신폭신한 바닥깔개로 사용하고 있었던 것이다.

이를 본 고양이는 쥐들을 쫓고, 개는 고양이에게 계약서를 보여달라며 쫓고. 그때부터 고양이는 개만 보면 슬슬 피하며 모른 척하고, 개는 고양이만 보면 계약서를 보여 달라며 시비를 걸었다고 한다.

수달 vs 호랑이,
쫓기느냐 쫓아내느냐

요즘 들어 멸종 위기에 처한 동물의 대명사로 수달이 자주 거론
된다. 그래서인지 심심치 않게 텔레비전을 통해 수달의 모습
을 볼 수 있다. 무리를 지어 물가를 오르내리는 모습에서 사람들은 귀
여움과 천진난만함을 느끼곤 한다. 다른 동물과는 달리 얼굴에 살이
많아서 사람처럼 다양한 표정을 지을 수 있다는 점이 크게 작용한 듯
하다. 이와 같이 요즘 사람들은 '수달' 하면 귀여운 이미지를 떠올리
지만, 옛 선인들이 기억하는 수달은 이와는 다른 모습이었다.

《삼국유사》를 보면 혜통 스님이 출가하게 된 사연이 간략하게 나와 있다. 혜통 스님은 당나라 삼장법사가 자신을 제자로 받아주지 않자 이글이글 타오르는 화로를 머리에 이고 간청하여 결국에는 삼장법사의 불법을 전수받은 일화로 유명한 스님이다. 혜통 스님이 불가에 귀의하게 된 계기를 수달이 만들어주었다고 하는데, 어떤 이야기인지 살펴보자.

먼 옛날 삼국시대, 남산 서쪽 기슭에 한 젊은이가 살고 있었다. 하루는 근처 냇가에서 노닐다가 물고기를 잡아 장난을 치고 있는 수달 한 마리를 발견했다. 배고프던 참에 잘 됐다 싶어 수달을 잡아 구워 먹고는 발라낸 뼈는 주위에 아무렇게나 버려두었다. 이윽고 젊은이는 배가 불러 곤하게 잠이 들었다.

몇 시간이 지났을까. 잠에서 깨어난 젊은이는 깜짝 놀랐다. 수달의 뼈가 감쪽같이 사라져 버린 것이다. 대신 수달의 핏자국만이 듬성듬성 떨어져 있었다. 젊은이는 핏자국을 따라가 보았다. 그리고 젊은이가 본 것은 뼈만 앙상하게 남은 채로 전에 살던 굴로 되돌아가서 새끼들을 품에 안고 쭈그리고 앉아 있는 어미 수달이었다.

젊은이는 이 이해할 수 없는 광경을 보고 큰 충격을 받았다. 마침내 속세를 버리고 중이 되어 구도자의 길을 걷게 되었으니, 그 젊은이가 바로 혜통 스님이다.

물고기를 잡아 장난을 치고 있는 수달은 배고픈 혜통에게는 단지 배고픔을 가시게 해줄 수 있는 음식일 뿐이었다. 수달에게도 자식들이 있고, 그에게도 자식을 사랑하는 모정이 있을 것이라고는 꿈에도 생각하지 못했을 것이다. 뼈만 앙상하게 남은 상황에서도 자식을 생각하는 수달의 믿기지 않는 이 모정에 혜통은 충격을 받았던 것이다. 수달은 어떤 상황에서도 자식을 버리지 않는다고 하여 모정이 대단한 동물로 알려져 있다. 비록 혜통 스님을 통해서이지만 우리 역사에서 수달을 기억하는 첫 번째 이미지는 바로 이 모정이었다.

또 의외지만, 옛 사람들은 수달에게서 '제사'라는 단어를 떠올리곤 했다. 조상을 잘 섬기는, 그래서 제사를 아주 잘 지내는 대표적인 동물로 수달을 생각했다. 정말 수달은 조상님께 제사를 잘 지내는 걸까. 가끔씩 수달은 물고기를 잡아서 물가에 죽 늘어놓는다고 한다. 이 모습이 꼭 물고기로 제사를 지내고 있는 모습과 흡사했던 모양이다. 고기를 늘어놓고는 발을 모아 머리를 숙이는 행동까지 한다고 하니 딱 제사를 지내는 모양새다.

그러나 사실은 그렇지 않다. 앞발을 모으고 머리를 숙이는 행동은 물고기가 살았는지 죽었는지를 확인하는 습성이고, 물고기를 가지런히 늘어놓는 행동은 먹이 잡는 재미를 만끽하려고 잡은 물고기를 늘어놓고 즐거워하는 습성이라고 한다. '달제어(獺祭魚, 수달이 고기를 늘어놓고 제사를 지낸다)'라는 말까지 있을 정도로 수달이 조상에 제사를 잘 지낸다고 여겨졌는데, 사실은 그저 물고기 잡는 재미에 푹 빠져 장난스럽게 한 행동이었던 셈.

우리가 잘 알고 있는 주몽신화에도 물고기 잡이의 명수 수달이 등장한다. 유화가 해모수와 정분이 났다는 소식을 접한 하백이 발끈하여 해모수에게 정식으로 청혼의 절차를 밟으라고 이야기했더니 어느 날 해모수가 하백 앞에 나타났다. 하백은 해모수와 변신 대결을 펼치는데, 하백이 사슴으로 변했더니 해모수가 승냥이로 변하고, 하백이 꿩으로 변했더니 해모수가 매로 변하고, 하백이 잉어로 변했더니 해모수가 수달로 변했다. 잉어를 비롯한 물고기를 잡는 데 천부적인 소질을 타고난 수달의 면모를 여기에서도 확인할 수 있다. 잉어로 변한 하백이 수달로 변한 해모수에게 계속 쫓기다가 결국에는 둘의 결혼을 승낙하게 된다.

물고기를 잘 잡는 수달의 특징적인 모습은 다음과 같은 효자 이야기에도 잘 나타나 있다.

옛날 어느 마을에 병든 어머니를 모시고 사는 아들이 있었다. 남다른 효심을 지닌 아들은 어머니를 지극정성으로 모셨는데, 병세는 갈수록 악화되었다. 하루는 지나가는 스님이 이를 불쌍히 여겨 어머니의 병에는 잉어 고기를 드려야 한다는 말을 남기고 사라져 버린다.

때는 한겨울, 하천이나 계곡은 모두 얼음으로 뒤덮여 잉어는 물론이려니와 물고기조차도 찾아볼 수가 없었다. 그래도 효자는 혹시나 하는 마음에 이곳저곳 잉어가 있을 법한 곳은 모두 찾아다녔다. 그러다가 잉어도 구하지 못하고 저녁이 되어버렸다. 효자는 물가에 선 채로 한없이 눈물만 흘렸다.

그런데 그때, 저쪽에서 수달이 엉금엉금 기어오더니 잉어를 한 마리 던져주고는 사라지는 것이 아닌가. 효자는 그 잉어를 가지고 집으로 돌아와 정성껏 달여서 어머니께 드렸고, 어머니는 곧 병이 나아 자리에서 일어났다. 마을 사람들은 지극한 효성이 하늘을 감동시킨 것이라고 칭찬이 자자했다.

어머니의 병을 낫게 하기 위해서는 잉어를 구해야 하는데, 하필이면 인력으로는 잉어를 구할 수 없는 한겨울이었다. 이때 하늘의 명을 받아 효자에게 잉어를 구해줄 동물로 수달이 선택된다. 물고기 하면 수달을 떠올릴 정도로 수달이 물고기를 잡는 데 특별한 재주를 갖고 있었기 때문에 그러한 역할이 맡겨진 것이다.

비슷한 줄거리로 앞에서 살펴본 효자 이야기에 등장한 효자는 한여름에 홍시를 구해야 했다. 이때 효자를 도와주는 동물은 호랑이다.

수달과 호랑이, 그들은 이처럼 효자를 도와주는 동물로 나란히 선택되기도 하지만 하나의 이야기에서 대결을 펼치는 동물로 함께 등장하기도 해서 우리의 관심을 끈다. 수달과 호랑이가 대결을 펼친다니 쉽게 납득이 되지 않을 수도 있겠지만 이야기는 의외로 재미있다. 물론 대결은 승부가 나야 하기 때문에 두 동물이 대등하게 묘사되지는 않는다. 수달은 본래 자신이 가진 특징, 천성적으로 머리가 영리하고 장난을 잘 치는 성격으로 그려지지만 반면에 호랑이는 좀 멍청하게 그려진다. 대결의 결과는? 당연히 수달의 완승이다.

옛날에 금강산 구경을 간 수달이 금강산의 여기저기를 돌아다니고 있었다. 상상봉에 올라가 사면을 바라보면서 흥겨워하고 있는데 한 곳을 내려다보니까 저쪽 산 밑에서 새끼를 데리고 있는 호랑이가 눈에 들어왔다. 계곡에서 바위며 돌멩이를 뒤지며 가재를 잡아먹으면서 차차 산 위로 올라오고 있는 것이었다.

'저 호랑이란 놈이 여기까지 올라오면 필경 나를 잡아먹을 텐데 이거 큰일 났다. 어떻게 저놈을 쫓아버리지?'

이리저리 생각하다가 한 꾀를 내서는 근엄한 소리로 호령했다.

"어, 너 이놈 호랑아 잘 온다. 내가 하늘에 있는 옥황상제의 명을 받고 이 땅에 내려와서 호랑이를 다 잡아먹고 돌아다니는데, 금강산에 와서는 호랑이가 한 마리도 없어서 그냥 가려고 하는 참이었는데 마침 네가 올라오고 있구나. 어서 빨리 이리 오너라."

호랑이는 새끼 먹이려고 가재를 뒤지느라고 정신이 없었는데 이런 호령소리가 나니까 그만 깜짝 놀라 혼쭐나게 도망쳤다.

한참 도망치다가 우연히 토끼 한 마리를 만났다. 토끼가 어째서 그렇게 정신없이 도망치느냐고 물었다. 호랑이는 숨도 제대로 못 쉬고 헐떡거리며 말했다.

"저 산봉우리에 옥황상제의 명을 받고 이 세상에 호랑이를 잡아먹으러 내려왔다는 것이 나를 보고 어서 올라오라고 호령을 해서 이렇게 도망치고 있다."

토끼는 이 말을 듣고 웃으면서 말했다.

"지가 무슨 옥황상제의 명을 받아 호랑이 잡아먹으러 내려왔다고? 하하하! 그것은 아마도 아무것도 아닌 수달일 것이오. 수달 같은 애가 아니고서는 그런 짓을 할 놈이 없을 테니까. 나하고 같이 가서 그

놈을 잡아먹읍시다."

호랑이는 그럴 리가 있느냐며 토끼의 말을 믿지 않고 도망가려고 했다. 토끼는 그렇게 무서우면 꼬리를 서로 매어 같이 가면 괜찮지 않느냐면서 자기의 꼬리와 호랑이의 꼬리를 동여맸다. 호랑이도 할 수 없이 토끼와 같이 산봉우리로 올라갔다.

수달은 호랑이를 쫓아버리고 이젠 살았다 하고 맘 놓고 있었는데, 토끼란 놈이 호랑이를 끌고 올라오고 있어서 야단이 났다. 잠시 생각 하더니 또 한 꾀를 내서는,

"어어 너 토끼 오느냐? 네 할아비는 호피(虎皮)를 천 장이나 바치더니 너는 산 호랑이를 바치러 오는구나. 참 기특한 집안이로다. 어서 빨리 오너라."

하고 큰소리를 질렀다. 호랑이는 이 소리를 듣고는 이 토끼란 놈이 자기를 꼬여가지고 저놈한테 바치려고 하고 있구나 하는 생각이 들어서 팔짝 뛰어 달아나 버렸다.

호랑이가 뛰어 달아나는 바람에 꼬리가 묶인 토끼도 함께 끌려가다가 바위에 부딪혀 입이 찢어지고, 나뭇가지에 똥구멍이 걸려서 똥구멍이 세 군데로 찢어졌다. 그러는 와중에 다행히 꼬리가 끊어져 목숨만은 겨우 부지할 수 있었다. 그래서 토끼는 그날부터 꼬리가 짧아지고, 입은 찢어지고, 똥구멍은 세 갈래로 갈라지고, 그때 아파서 울다가 눈은 빨개졌다고 한다.

수달은 놀이와 장난을 즐길 줄 아는 몇 안 되는 동물이라고 한다. 또

한 무척 영리하고 꾀가 많아서 다른 동물에게 잘 사냥당하지 않는다고 한다. 수달의 천적인 삵이 물가에 나타나 수달을 잡아먹으려 하면 수달은 잡은 물고기로 물장구를 쳐서 삵을 놀래 도망치게 한다. 물가 바위에 앉아서 잡은 물고기를 먹다가 여러 차례 너구리에게 먹이를 빼앗기게 되면, 수달은 잡은 물고기를 아예 물속에서 먹음으로써 바위 곁에서 때를 노리고 있는 너구리를 어이없게 만들기도 한다. 모두 영리하고 꾀가 많은 수달의 모습이다. 이러한 수달의 진면목은 역시 호랑이와 대결을 벌이는 이 이야기에서 매우 잘 드러난다.

호랑이를 다루는 수달의 재치가 참 대단하다. 호랑이는 힘에 있어서는 최고지만 여러 이야기에서 보이듯이 꾀 많은 동물들의 속임수에는 다소 약한 면모를 갖고 있다. 그 점을 수달이 집중 공략한 것이다. 호랑이는 결코 수달의 적수가 되지 못했다. 특히 토끼와 함께 다시 올라오고 있는 호랑이를 보고서 산 호랑이를 바치려한다고 토끼를 칭찬함으로써 호랑이를 물리치는 장면은 수달의 영리함이 돋보이는 부분이자 이야기를 아주 맛깔스럽게 하는 부분이라 할 수 있겠다.

천적인 삵이나 호랑이에게도 잘 잡히지 않았던 꾀 많은 수달이 요즘은 많이 사라져버렸다. 새롭게 등장한 천적 때문이다. '민물에 사는 물개'라는 잘못된 소문이 돌면서 밀렵의 표적이 되었고, 수질오염과 댐 건설로 삶의 터전도 잃어버렸고, 냇가에 도로가 뚫리면서 교통사고도 잦아졌다. 낚싯줄이나 어망에 걸려 숨지는 일도 빈번하다고 한다. 오늘날 새롭게 등장한 수달의 천적은 바로 인간이다.

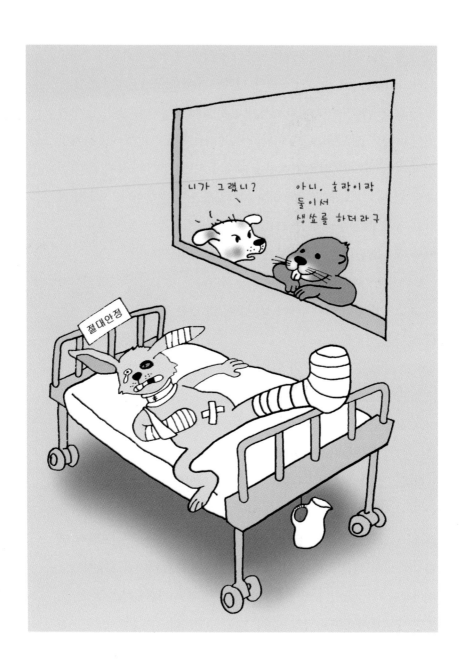

자투리 우수리

심형래 감독의 영화 〈D-War〉가 우리의 이무기 전설을 소재로 제작되었다고 해서 화제가 되었다. 이무기는 상상의 동물로, 옥황상제에게 죄를 지어 용으로 승천하지 못한 전설상의 큰 구렁이이다. 그런데 이 이무기가 사실은 수달이라는 주장이 있다. 과연 그럴까?

보양은 신라 말기의 스님이다. 당나라에서 불법을 전수받고 돌아오는 길에 서해 용왕의 초청을 받아 용궁을 방문하게 되었다. 용왕은 금실로 수놓은 비단 가사 한 벌을 주면서 자기 아들 '이목(이무기)'이를 데리고 가서 가르침을 줄 것을 부탁하였다. 이목과 함께 돌아온 보양은 봉성사에 머물면서 불법을 전수하는 일에 전념하였다. 이목은 낮에는 절에서 불법의 교화를 도왔고 밤이 되면 절 옆에 있는 호박소라는 연못으로 가서 놀곤 하였다.

어느 해 갑자기 가뭄이 심하게 들어 온갖 농작물이 타들어가자 사람들이 보양 스님을 찾아왔다. 비를 내리게 할 수 있는 방법이 없느냐고 간청을 하자, 스님은 문득 이목을 생각해냈다. 용왕의 아들인 이목이 비를 내리게 할 수도 있지 않을까 하고 생각했던 것이다.

"애야, 백성들이 가뭄에 시달리고 있는데 네가 비 좀 내리게 해주면 좋겠구나."

거듭되는 스님의 간청에 못 이겨 마침내 이목이 비를 내리게 하였다.

그러자 하늘의 옥황상제는 자기의 허락 없이 마음대로 비를 내리게 한 죄를 물어 이목을 벌하려 하였다. 저승사자에게 이목을 찾아

벼락을 내리치라는 명을 내린 것이다. 뇌성벽력과 함께 저승사자가 스님 앞에 나타났다.

"여기 이목이라는 자가 있느냐?"

이목은 스님 뒤에 숨어 벌벌 떨고 있었다. 스님은 순간적으로 기지를 발휘하였다.

"뒷산에 이목(梨木)이라는 나무가 있습니다."

말이 끝나기가 무섭게 뒷산 이목에 벼락이 내리치고는 날씨가 다시 맑아지는 것이었다.

그 뒤 아무도 이목을 보지 못했는데, 짐작하기를 자기 마음대로 비를 내린 죄 때문에 용으로 승천하지 못해서 그 길로 호박소로 숨어들어간 것이라고 했다. 간혹 스님이 그 소로 찾아가면 이목이 눈물을 흘리더란 이야기가 전한다.

여기서 우리가 살펴봐야 할 것은 이야기 속 이무기의 생태다. 먼저 이무기는 용왕의 아들로 서해바다에서도 살고 호박소와 같은 연못에서도 산다고 했다. 바다와 민물 어디든 살 수 있는 동물이란 뜻이다. 그러면서 주로 밤에 연못 주변에 나타나 놀고는 사라진다는 특징이 있다. 사실 이러한 조건을 갖추고 있는 동물이 딱 수달이다.

수달은 한반도 대부분의 강이나 계곡, 호수와 남서해안의 바닷가 및 섬들에 산다고 한다. 물속과 육지에 함께 살 수 있는, 이 땅에 살고 있는 유일한 포유류라고도 한다. 수달은 사람들의 주변에서 살고 있으면서도 그 참모습이 좀처럼 알려지지 않은 숨겨진 동물 중 하나이다. 사

람 앞에 잘 나타나지 않기 때문이
다. 수달은 낮에는 주로 동굴에 숨
어 있다가 인적이 드문 밤이 되면
계곡이나 시내에 나타나서 놀고 간
다고 한다. 특히 수달이 물속에서
헤엄을 칠 때는 특이하게도 머리만
내밀고 헤엄을 친다고 한다.

수달과 이무기 수달은 물속에서 큰 뱀처럼 생긴
머리만 내밀고 헤엄을 친다고 하는데, 어둑어둑
한 밤중에 그렇게 헤엄치는 수달을 보고 이무기
를 상상해냈을 수도 있겠다.

가늘고 긴 체형의 미끈한 몸매에
다리가 짧고 상대적으로 긴 꼬리를 가진 수달이 머리만 내밀고 헤엄치
는 모습은 영락없는 큰 구렁이였을 것이다. 여기에 물속에 있을 때는
시속 60킬로미터의 속력을 낼 만큼 빠른 움직임을 보인다고 하니 이것
이 수달을 더욱 신이한 무엇으로 만들었을 것이다. 이런 이유로 상상
의 동물인 이무기를 만들어내는 데 수달이 큰 몫을 했을 것이라는 추
측이 설득력 있게 다가온다.

동물 잡는 법

옛이야기에는 황당한 것들도 참 많은데, 여기 소개하는 '동물 잡는 법'도 그 중의 하나이다. 어찌 생각하면 참 말도 되지 않는 황당무계한 것들이지만 또 어찌 생각해 보면 참 그럴 듯한, 유쾌 · 상쾌 · 통쾌한 상상력의 세계이다.

참새 잡는 법

좁쌀을 술에 담가서 그것을 뜰에다 뿌려 놓으면 참새들이 많이 와서 그 좁쌀을 주워 먹는다. 좁쌀을 다 주워 먹고 나면 참새들은 지붕 위로 올라가서 쉬게 되는데, 조금 있으면 취기가 올라와서 비틀거리다가 데굴데굴 굴러서 아래로 떨어지게 된다. 이때 를 기다려 지붕 아래에서 삼태기나 소쿠리로 받으면 많은 참새를 잡을 수 있단다.

꿩 잡는 법

소의 잔등에다 진흙을 잔뜩 바르고 거기다가 콩알을 박아둔다. 그리고 소꼬리에다 가는 망치를 잡아 매달아서 산에 갖다 매 놓으면 꿩들이 콩을 보고 내려와서 소잔 등에 붙어서 콩알을 콕콕 찍어 파먹는다. 그러면 소는 잔등이 간지러워서 꼬리를 휘휘 잡아 내두르게 되고, 이때 꿩들은 소꼬리에 매달린 망치에 맞아 죽어서 아래 로 떨어진다.

오리 잡는 법

가을밤이 되면 들오리들은 떨어진 벼이삭이나 조 이삭을 먹겠다고 논이나 밭으로 날아와서 내려앉는다. 그리고 한 마리를 논두렁이나 밭두렁에 내세워서 사람이 오나 안 오나 망을 보게 한다. 이럴 적에 사람은 가만히 손전등을 가지고 가서 논두렁이나 어디에 숨어서 전등을 잠깐 반짝 하고 비친다. 그러면 망보던 오리는 무엇이 왔다고 '깨깨' 하고 소리를 낸다. 이삭을 주워 먹던 오리들은 사람이 왔나 하고 사방을 둘러본다. 아무리 살펴도 아무것도 없으면 요놈의 새끼 거짓말을 했다고 여러 오리들이 달려들어 망보던 오리의 털을 다 뽑아 죽이고 만다. 그리고 다른 오리를 내세워 망을 보게 하고는 또 이삭을 주워 먹는다. 이럴 적에 사람은 또 전등을 반짝하고 비추고 숨는다. 망보던 오리는 또 '깨깨' 하고 소리를 내고 아무것도 없는 것을 확인한 오리들은 또 달려들어 망보던 오리의 털을 다 뽑아서 죽인다. 그리고는 또 다른 오리에게 망을 보게 하고 이삭을 주워 먹으면, 같은 일이 또 반복된다. 이렇게 해서 오리 백 마리가 왔다면 아흔아홉 마리를 다 잡을 수 있다는 것이다.

호랑이 통가죽 얻는 법
봄이 되면 산천초목이 모두 물이 올라서 매끈매끈해진다. 호랑이를 비롯한 동물들도 물이 바짝 올라서 가죽이 알몸으로부터 느슨하게 올라와 있게 된다. 이때가 되면 엄지손톱을 날카롭게 길러서는 산으로 올라가 큰 바위 밑을 뒤지고 돌아다니면 춘곤증을 이기지 못해 바위 밑에서 꾸벅꾸벅 졸고 있는 호랑이를 볼 수 있다. 가만가만 호랑이한테로 가서 손톱으로 호랑이 앞 콧잔등을 따짝따짝 긁어서 조금 상처를 내놓고 꼬리를 꽉 밟으며, "예끼 놈!" 하면서 큰 소리를 친다. 맘 놓고 자던 호랑이는 갑자기 큰소리가 나게 되면 깜짝 놀라서 훌쩍 앞으로 튀어나가게 될 것이고, 그 바람에 콧잔등으로부터 알몸만 튀어나가고 통가죽만이 고스란히 남게 된다는 것이다.

6관 | 작은 부끄러움도 숨기지 마라

숨은 동물관

이제 마지막 관입니다. 여기에서는 우리 눈에 잘 띄지 않는, 그래서 숨어 있다고 생각되는 동물들의 이야기가 펼쳐집니다. 숨어 있다는 것이 무슨 의미일까요? 이나 벼룩처럼 너무 작아서 잘 보이지 않는다는 뜻이기도 하고, 거미처럼 자신의 정체를 감추고 있다는 뜻이기도 하고, 지렁이나 장어처럼 땅속이나 모래 속에 몸을 숨기고 있다는 뜻이기도 합니다. 평소에 우리가 친근하게 느끼는 동물들은 아니지만, 사실 그래서 이 이야기들이 더욱 신기하고 매력적이랍니다. 자, 이제 눈을 크게 뜨고 숨은 동물들의 숨겨진 사연들을 찾아 출발하겠습니다.

이의 재발견

주둥이는 삐쭉해도 / 말 한마디 못해보고

등걸이 넓적해도 / 뒷동산에 성 쌓는데 흙 한 짐을 못 져보고

배때기에 먹통 한 짐 짊어졌어도 / 편지 한 장 못써보고

발이발이 육발이라도 / 육십 리 한번을 못 걸었네

이 노래는 〈이 타령〉이라는 민요로, 디딜방아를 찧을 때 불렀다고 한다. 이를 거의 볼 수 없게 된 요즘에는 이런 민요가 참 생소하기만 하다. 그러나 사진이나 그림을 통해 이의 생김새를 보게 된

이의 생김새 입은 삐쭉하고 등은 납작하며 배가 까맣고 발은 여섯 개로, 생김새가 민요 그대로이다.

다면 이 민요가 얼마나 기가 막히게 이를 잘 묘사하고 있는지 감탄하게 될 것이다. 사진에서 보듯 이의 입은 뾰쪽하게 앞으로 툭 튀어나왔다. 물론 사람의 피를 빨아먹기 위한 것이겠지만 이 노래에서는 이에 대한 못마땅함을 실어 말도 못하는 입이라는 비아냥거림으로 표현해 놓았다.

등은 길쭉하면서도 넓적하다. 투명한 배는 빨아먹은 피가 고여 있어서 그런지 푸르스름하기도 하고 까맣기도 하다. 사람이 가지지 못한 특징을 가지고 있으니 중요한 쓰임새가 있을 것 같지만 실제로는 그렇지 않다. 등은 넓적해도 짐을 져 나를 수 없고, 배때기에 먹통을 가지고 다녀도 글을 쓸 수가 없다. 그저 사람의 피를 빨아먹는 것 외에는 하는 일이 없는 얄미운 존재이다.

가장 압권은 마지막 구절이다. 육발이라니! 정말로 이의 다리는 여섯 개, 육발이다. 평균 0.2~0.3센티미터 정도인 이를 보고서, 그것도 사람에게 그리 이로울 것이 없어 보이는 이를 보고서, 그것의 다리가 여섯인 것까지 알고 있었다니 놀라지 않을 수 없다. 그리고 이것을 다시 노래 가사로 정리하여 디딜방아를 찧으면서 심심풀이로 불렀다고 하니 미물을 대하는 선인들의 마음씀씀이가 대단하다.

'그렇게 잘나 보이는 생김새이건만, 정작 세상에 이로운 일은 한번도 못해보지 않았냐" 면서 사람의 입장에서 이에게 핀잔을 주고 있는 이 민요와는 달리, 이의 입장에서 사람을 원망하는 이야기도 전해지고 있어서 또 다른 맛을 느끼게 한다.

옛날에는 명절이 가까워오면 집안 대청소를 했다고 하는데, 빨래 만 하더라도 몇 날 며칠을 두고 했다고 한다. 이럴 때면 사람들 옷에 사는 이들도 바짝 긴장을 했다. 누가 빨래를 하는지가 그들의 가장 큰 관심거리였다.

"아이고, 시어머니가 씻는다." 하면 이들은 한숨을 푹 쉬면서 푸념 을 해댔다.

"에이고, 이젠 우리 씨도 못 건지겠다."

반면에 "며느리가 씻는다." 하면 자기들끼리도 안도의 한숨을 내쉬 며 기뻐했다.

"그래도 씨는 건지겠구나."

사람 몸에 기생하는 이는 사람에게서 떨어지면 얼마 살지 못한다. 특히 열에 약하기 때문에, 이가 기생하지 못하게 하려면 뜨거운 물로 목욕을 자주하고 벗은 옷을 삶아서 빨면 된다. 하지만 한창 바쁜 농사 철에는 이게 쉬운 일이 아니다. 결국 특별한 날이 되어야만 이런 일을 하게 되는데, 이들에게는 이때가 가문이 끊기느냐 이어지느냐의 고비 였다.

사실 얼토당토않게 이의 입장에서 가문의 씨를 건지느냐 건지지 못

하느냐를 따지고 있다는 점도 재미있지만, 며느리와 시어머니의 입장 차이를 여기에 녹여서 이야기로 만들었다는 점이 재미를 더해주는 것 같다. 언제나 이방인일 수밖에 없는 며느리와 시어머니의 빨래 방식은 차이가 많았을 것이다. 시어머니가 보고 있지 않으면 며느리는 굳이 힘들여 빨래를 할 필요가 없었을 것이고, 대를 이어가야 하는 막중한 임무를 지닌 이들에게는 그것이 안도의 순간이었을 것이다.

일상에서 느낄 수 있는 삶의 모습을 이의 생태와 연결시켜 재미난 이야기로 만들어 놓았다고 할 수 있는데, 다음 이야기 역시 마찬가지다.

무더운 여름밤, 더위에 지친 사람들이 하나둘씩 마을 정자나무 아래로 모여들기 시작했다. 더위도 더위지만 온몸을 물어뜯는 벌레들 때문에 더욱 잠을 이루기 힘들었다. 평상에 모여 앉은 사람들은 무료함을 달래고자 한 사람씩 이야기를 풀어냈는데, 먼저 마을의 가장 큰 어른이 이야기를 꺼냈다.

"내가 장에 갔다가 고개를 넘어오는데, 갑자기 어디선가 '사람 살려, 사람 살려' 하는 소리가 들리지 않겠나. 그래서 놀라서 사방을 둘러보았지. 아무것도 보이지 않았어. 그런데 계속 '사람 살려, 사람 살려' 하는 소리가 들리는 거야. 자세히 들어보니 내 몸에서 소리가 나는 것 같지 않나. 그래서 내 몸을 자세히 들여다보니, 옷 시침실에 이 한 놈이 목이 끼어서 사람 살려달라고 하고 있지 않겠나. 하하하."

이 이야기를 듣고 있던 한 영감이 자기도 한마디 하겠다며 나섰다.

"내가 밭에 나갔다가 돌아오는 길인데, 이상하게도 어디서 쉬쉬쉬

하는 소리가 나는 거야. 주위를 둘러보아도 도대체 어디에서 그런 소리가 나는지 알 수가 없는 거야. 가만히 멈춰 서서 소리 나는 곳을 찾아보니 뜻밖에는 내 수염이었지. 이란 놈 한 마리가 수염에 그네를 매고 그네를 뛰느라고 쉬쉬쉬 하고 있지 않겠는가. 하하하."

마지막으로 한 사람이 자기도 이 이야기를 알고 있다면서 앞으로 나섰다.

"내가 길을 가고 있는데, 어디서 '떴다, 떴다' 하는 소리가 들려서, 어디 씨름판이 섰는가 보다 하고 둘러보니 사방이 조용한 거야. 또 조금 이따 '떴다, 떴다' 하는 소리가 들려서 소리 나는 곳을 찬찬히 찾아보니 내 허리춤이야. 허리춤을 들치고 보니까 이하고 벼룩하고 씨름을 하면서 '떴다, 떴다' 하고 있지 않겠는가. 하하하."

이쯤 되면 이는 더 이상 사람을 괴롭히는 귀찮은 존재, 그래서 멀리하거나 없애야 하는 존재가 아니다. 미물이지만 사람과 더불어, 사람과 똑같은 방식으로 살아가는 존재이다. 옷 시침실에 목이 끼어서 살려달라고 외치는 이는 '이 살려'가 아니라 '사람 살려'라고 외친다. 비록 크기는 작지만 사람의 수염으로 그네를 타는 이의 모습은 영락없는 광한루의 춘향이었을 것이다. 이와 벼룩의 씨름 대결은 또 어떤가? 설날 천하장사 씨름대회를 방불케 했을 것이다. 비록 상상의 세계이지만 황홀하고 신비한 마이크로 코스모스의 세계를 보는 것과 다를 바 없다.

이제는 이런 유의 이야기에 좀 적응이 되었을 것 같으니 등장 동물의 폭을 좀 넓혀보기로 하자. 다음은 이뿐만 아니라 벼룩, 모기, 빈대 등 사람을 괴롭히는 벌레들이 총출동하는 이야기이다. 또 얼마나 황당한 이야기가 펼쳐질까 기대된다.

옛날에 벼룩하고 이하고 모기가 모여 앉아서 서로 양반 자랑을 하였다. 자기가 더 훌륭한 양반이고, 자기를 당할 양반은 여기에 없다면서 서로 주장을 굽히지 않고 자기자랑만 해댔다. 암만 해도 누가 더 양반인지를 가리기 어려워, 저기에 있는 빈대한테 가서 말을 들어보자고 했다. 그래서 벼룩, 이, 모기는 빈대에게로 달려가기 시작했는데, 성미가 급한 벼룩이 먼저 뛰어갔다.

"여보 남 생원, 저 슬(虱, 이)가 놈하고 문(蚊, 모기)가란 놈이 자기가 양반이라고 자랑을 합니다. 좀 나무래주시지요."

한참 그렇게 말하고 있는데, 이하고 모기가 뒤쫓아와서는 이 소리를 듣고 화를 냈다.

"아니 조(蚤, 벼룩)가 네 놈이 뭐라고 그런 소리를 하느냐?"

결국 싸움이 붙었다. 화를 참지 못한 이가 먼저 벼룩한테 달려들다가 가슴을 채여서 그만 시퍼렇게 멍이 들었다. 빈대는 싸움을 말리다가 그만 이와 벼룩 밑에 깔려서 납작하게 되었고, 모기는 입을 앞으로 쑥 내밀고 앵앵 소리를 지르느라 입이 삐쭉해졌다.

싸움은 간신히 정리되었다. 그러자 빈대가 사태를 수습하려 말을 꺼냈다.

"양반은 글을 지을 줄 알아야 하느니. 그렇게 싸울 것이 아니라 모두 글을 지어서 결판을 내는 것이 좋겠소."

　그러면서 운자로는 '사이 간(間)' 자와 '사람 인(人)' 자를 내놨다.
벼룩, 이, 모기는 글을 짓느라고 한참을 낑낑거리더니, 벼룩이 먼저
지었다면서 읊기 시작했다.

　　　용약천지간(勇躍天地間)　　　천지간을 날쌔게 뛰노라니,

　　　단견일지인(但見一指人)　　　손가락 하나 가진 사람만 보겠더라.

다음으로 이가 지었다.

　　　회행요대간(回行腰帶間)　　　허리춤을 이리저리 돌아다니다 보니,

　　　난견직구인(難見直口人)　　　바른 입을 한 사람을 보기 어렵구나.

마지막으로 모기가 글을 지어 내놓았다.

　　　비입주렴간(飛入珠簾間)　　　주렴 사이로 날아 들어가노라니,

　　　빈견타협인(頻見打頰人)　　　자기 뺨을 치는 사람을 흔히 보겠더라.

　빈대가 이들이 지은 글을 다 보고 나서 누구의 글이 더 잘 지었고
누구의 글이 못 지었는지 판가름을 낼 수가 없었다. 그래서 모두 잘
지었다고 하고 모두 양반이라고 했다고 한다.

이는 배가 시퍼렇고, 빈대는 몸통이 납작하고, 모기는 입이 가늘고 길게 뻗은 것이 특징이다. 저마다의 특징을 하나의 이야기에 모아서 그 유래를 말하고 있다는 점은 동물 유래담에서 익히 보아왔던 방식이기 때문에 그리 새로울 것도 없다. 정작 놀라운 것은 그들이 지었다는 한시다. 그들의 생태를 시와 연결시켜 유쾌하게 풀어놓고 있는 것이 이 이야기의 가장 큰 매력이다.

벼룩의 주 장기는 뛰기이다. 0.04~0.1센티미터밖에 안 되는 녀석이 20센티미터에서 30센티미터까지 뛴다고 하니 천지간 날쌔게 뛴다고 이야기할 만하다. 그 벼룩을 죽이기 위해 사람들이 가장 많이 쓰는 방식은 엄지손가락으로 꾹 눌러주는 것이다. 벼룩의 입장에서 보면 세상에는 손가락 하나 가진 사람만 있는 셈이다. 이는 바느질 땀이 많은 허리춤이 제일 좋은 서식지이다. 거기를 이가 이리저리 돌아다니면 사람들은 가려움을 느껴 입을 삐쭉빼쭉하게 되는데, 이의 입장에서 보면 입이 바른 사람을 보기 어려울 수 있겠다. 모기는 주렴 사이를 날아 방으로 들어가 사람의 피를 빨아먹는 것이 주특기이다. 웽웽 소리가 나면 사람들은 신경을 곤두세우고 손을 써서 모기를 잡으려고 하는데, 대개는 실패하고 제 뺨만 치게 된다. 모기의 입장에서 보면 참 한심한 인간들일 수 있겠다. 운자인 사이 간(間)자와 사람 인(人)자를 사용해서 이 미물들과 인간이 얽힌 해프닝을 멋진 한시로 표현하고 있다는 점이 돋보인다.

하지만 생각해보면 미물에 대한 관심의 수준이 좀 과도한 것 같기도 하다. 사람의 피를 빨아먹고 항상 가렵게만 만드는 벌레들에 대해서까지 이렇듯 지대한 관심을 보일 필요가 있었을까? 이규보는 〈슬견설 蝨犬說〉에서 이나 개는 피와 기운이 있는 생명체이기에 구분해서 생각할 수 없다고 하였다. 사람의 죽음이 슬픈 것이라면, 개나 돼지의 죽음도 슬픈 것이고, 이나 벼룩의 죽음도 슬픈 것이란다. 하지만 이 이야기들을 통해서 이러한 거창한 철학까지 말하고 싶지는 않다.

대신 미물들을 대하는 선인들의 여유로운 시야를 엿볼 수 있으면 그것으로 족하다. 발이 여섯인 것을 보고서, 그렇게 다리가 많으면

〈이 잡는 노승〉 조영석(趙榮祏, 1686~1761)의 작품. 이는 사람의 피를 빨아먹기 때문에 성가시고 귀찮은 존재여서, 옛 사람들은 쉴 때면 항상 이를 잡곤 했다.

서도 움직이지 않고 사람에게 딱 달라붙어 있느냐고 핀잔을 주기도 하고, 시침실을 오가면서 혹 머리가 끼어서 살려달라고 외치지는 않을지 걱정도 해보고, 가려움에 입을 삐죽거리는 사람들을 그들은 또 어찌 생각할지도 상상해보는 여유 말이다. 그들은 비록 사람의 피를 빨아먹는 성가신 존재이지만, 이러한 여유로움 속에서 옛이야기의 주인공이 될 수 있었던 것이다.

'우리 인간은 어떻게 해서 생겨났을까?'

누구나 한번쯤 이러한 궁금증을 품어봤을 것이다. 동물 이야기를 하다가 무슨 뜬금없는 소리냐고 하겠지만 우리 인간의 선조가 동물이었다고 하면 사정은 달라진다. 성경에서와 비슷하게 중국 신화에서는 '여와'라는 여신이 황토를 빚어서 인간을 창조했다고 되어 있는데, 우리 이야기에서는 인간이 동물에서 비롯되었다고 한다. 과연 어떤 동물일까? 우리의 무속신화인 〈창세가創世歌〉를 보면 우리 인간이 어떻게 생겨나게 되었는지를 설명해주는 대목이 있다.

> 옛날 옛 시절에
> 미륵님이 한쪽 손에 은쟁반을 들고
> 다른 한쪽 손에 금쟁반을 들고
> 하늘에 축사를 하니
> 하늘에서 벌레가 떨어져
> 금쟁반에도 다섯이요
> 은쟁반에도 다섯이라.
> 그 벌레가 자라서
> 금벌레는 사내가 되고
> 은벌레는 계집이 되어
> 금벌레와 은벌레가 자라서
> 부부가 되어서

세상 사람들이 생겨났어라.

세상에, 인간의 조상이 벌레라니! 이를 비롯한 벌레들의 이야기를 그렇게도 많이 만들어놓은 이유가 따로 있었다.

땅속으로 숨어버린 지렁이

　　홀로 시어머니를 모시고 사는 며느리가 있었다. 가난한 살림에 글만 읽던 남편은 과거를 보기 위해 먼 길을 떠난 지 한참이 되었다. 게다가 시어머니는 앞을 보지 못하는 신세라 며느리의 보살핌이 없이는 한시도 연명하기 어려운 상황이었다. 정성을 다 들여보았지만 워낙에 없는 살림이라 먹을 것도 변변치 않아 시어머니는 갈수록 몸이 쇠약해졌다. 헌데 사정을 아는지 모르는지 시어머니는 밥상에 앉을 때마다. 죽기 전에 고깃국 한번 먹어봤으면 소원이 없겠다는 말을 한숨처럼 내뱉었다. 고기는 물론 튼실한 강피조차 제대로 구하기 어려웠던 며느리는 마지못해 최후의 선택을 하게 되었다. 지렁이를 잡아 곰국을 끓였던 것이다.

"아니, 웬 곰국이냐? 맛이 아주 기막히구나."

"아랫마을에서 방아 찧는 것을 도와주고 좀 구했어요."

앞 못 보는 시어머니를 속이는 것 같아 마음이 불편하긴 했지만 그래도 아주 맛있게 지렁이 곰국을 드시는 시어머니를 보니 한결 마음이 놓였다.

"어머님, 앞으로도 계속 도와주기로 했으니 곰국을 자주 드실 수 있을 거예요."

지렁이 곰국은 그 이후에도 계속해서 상 위에 올려졌다. 혹시나 지렁이 곰국이라는 것을 알아차리지나 않을까 해서 항상 건더기가 남지 않도록 푹 고아서 시어머니 앞에 내놓았다.

"아가, 어째 곰국에 고기 하나 안 씹히냐?"

"푹 고아서 그래요. 그래야 맛있죠."

"아니, 그래도 좀 씹히는 맛이 있어야지. 안 그러냐? 다음부터는 맛없어도 좋으니 고기가 걸리도록 좀 덜 고아라."

며느리는 그렇게 하겠다고 대답했다. 어차피 앞을 못 보는 분이라 건더기가 좀 씹힌다고 하더라도 지렁이로 곰국을 끓였다는 사실을 알아차리기는 어려울 것이라 생각했던 것이다. 며느리는 이후 건더기가 있는 곰국을 끓여내기 시작했다. 시어머니는 며느리가 끓여주는 이 곰국을 매일같이 먹고 토실토실하게 살이 올랐다. 얼굴도 기름진 것이 예전보다 훨씬 보기 좋았다.

드디어 아들이 과거에 합격하여 금의환향했다. 아들은 어머니의 몸이 무척 좋아진 것을 보고는 깜짝 놀랐다. 어머니는 그동안 며느리가 매일 곰국을 끓여주어서 그렇게 됐노라고 자랑하듯 말했다. 아들은 웬 곰국이냐고 물었고, 어머니는 의기양양해하면서 이불 밑으로 손을 넣었다. 사실 시어머니는 며느리가 곰국을 내올 때마다 나중에 아들이 오거든 자랑을 하려고 건더기를 하나씩 집어 이불 밑에 모아두고 있었던 것이었다.

"아, 내가 그렇잖아도 너 오면 보여주려고 여기 모아뒀지 않겠냐."

그러면서 새빨간 지렁이를 이불 밑에서 꺼내 아들 눈앞에 자랑스레 치켜들었다.

"아니, 어머니. 이것은 지렁이잖습니까!"

놀란 아들의 외침에 어머니도 깜짝 놀라 눈을 번쩍 떴다. 앞 못 보던 시어머니는 지렁이라는 소리에 놀라 눈을 뜨게 된 것이다.

지렁이로 곰국을 끓이다니, 우리의 상식으로는 쉽게 용납하기 힘든 행동이다. 일반적으로 식용으로는 사용하지 않는, 지저분하고 징그러워서 만지는 것조차 꺼려지는 지렁이로, 그것도 앞을 못 본다는 시어머니의 약점을 이용하여 국을 끓였다는 것은 비난받아 마땅하다. 하지만 한편으로는 이러한 행위가 궁극적으로는 시어머니의 건강을 위한 어쩔 수 없는 선택이었다는 점을 생각하면 무작정 비난만 할 수 있는 상황도 아니다. 여기에서 우리는 딜레마에 빠진다. 차라리 지렁이로 곰국을 끓였다는 사실이 영원히 묻히기만을 바랄 뿐이다.

그런데 참 옹색하게도 시어머니는 며느리의 보살핌을 칭찬하기 위해 지렁이를 몰래 감추어두었고, 이 때문에 과거에 급제하고 돌아온 아들에 의해 사실이 발각되고 만다. 딜레마가 표면화되는 이 지점에서 우리는 모두 숨을 죽이게 된다. 과연 시어머니는 며느리의 행동을 어떻게 평가할까? 속았다는 배신감으로 며느리를 내쫓을 것인가, 아니면 며느리의 정성에 새삼 감복하여 아낌없이 칭찬을 할 것인가? 그런데 이야기의 마무리는 의외의 곳으로 향한다. 사실의 발각이 곧 전화위복이 돼서 시어머니의 눈을 뜨게 했다는 파격으로 마무리되는 것이다.

결국 앞을 못 보는 시어머니에게 곰국을 끓여 봉양하는 행위는 현실적인 관점에서 잘잘못을 평가할 수 있는 성질의 것이 아니라는 말이다. 지극히 나쁜 행위이면서 동시에 지극히 선한 행동, 그래서 선과 악의 잣대를 초월한 행위라는 것이다. 그리고 여기서 비롯된 초월적인 힘이 인간의 의술로는 불가능했던 어머니의 감긴 눈을 뜨게 하는 신이한 힘으로 작용했다고 할 수 있다. 이것이 바로 지독한 가난 속에서 꽃핀 지극한 효성이 도달할 수 있는 최상의 경지가 아닐까?

그런데 왜 하필 지렁이였을까? 한방에서는 지렁이가 오래전부터 약재로 쓰이고 있는, 없어서는 안 될 소중한 동물이란다. 열을 내리고 경련을 진정시키며 천식을 다스리고 독성을 씻어내는 작용을 해서, 중풍이나 고혈압, 두통, 소변불리, 간경화증 등을 치료하는 데 효과를 발휘하는 숨은 약재라고 한다. 특히 혈전을 용해하는 능력이 탁월해서 혈액순환에 장애가 있게 마련인 노인들에게는 더없이 좋은 약재라는 것이다.

옛이야기는 이미 이러한 지렁이의 약효를 알고 있었던 것이 아닐까? 그래서 지렁이를 통해 며느리의 지극한 효성이 지닌 초월성을 드러내려고 했던 것은 아니었을까? 징그럽다는 부정적인 이미지와 긍정적인 효능을 함께 지닌 지렁이는, 며느리의 효성을 효과적으로 드러내기에 가장 알맞은 동물이었던 것 같다.

약 혹은 음식으로서의 가능성뿐만 아니라 옛이야기가 주목한 지렁이의 또 다른 면모는 바로 생김새다. 모두가 알고 있겠지만 지렁이를 보면 유독 눈에 띄는 것이 몸통 중간쯤에 둘러 있는 띠 부분이다. 별반 필요할 것 같지도 않은 것이 유별나게 도드라져 보이는 것을 보고, 옛이야기는 뛰어난 상상력을 발휘하기 시작한다. 금띠를 두르고 땅속으로 숨어들어갈 수밖에 없었던 지렁이의 사연을 그럴싸한 이야기로 만들어냈던 것이다. 여기서 지렁이에 관한 두 번째 이야기를 살펴보자.

옛날 옛날에 어느 물 맑은 골짜기에 지렁이와 가재가 살고 있었다. 지렁이는 늘 멋진 금띠를 두른 가재가 부러웠다.

"야, 금띠 정말 멋있다! 오늘따라 더욱 찬란해 보여."

그러나 눈이 없는 가재는 자신의 금띠가 얼마나 멋있는지 전혀 모르는 모양인지 늘 불평만 해댔다.

"치. 이까짓 것. 난 볼 수도 없는 걸 멋있으면 뭐해."

지렁이는 가재의 금띠를 한번만이라도 둘러보고 싶었다. 그래서 하루는 가재에게 제안을 했다.

"가재야. 너의 그 멋진 금띠를 잠깐 내가 해봐도 되겠니?"

그 말에 가재는 귀가 솔깃했다. 지렁이가 가재의 금띠를 부러워했던 듯 가재 역시 지렁이의 눈을 부러워했던 것이다. 가재는 한번만이라도 '눈'을 가져서 세상을 바라보고 싶었다. 그리고 지렁이가 찬탄해 마지않는 자신의 금띠도 보고 싶었다.

"좋아. 그러면 내가 띠를 줄 테니 너도 눈을 내게 빌려줘."

지렁이는 가재가 단번에 승낙하자 너무 기뻐 어쩔 줄 몰랐다. 당장에 그렇게 하겠다고 말하며 두 눈을 떼어 가재에게 내밀었다. 가재도 크게 기뻐하며 금띠를 벗어주었다.

지렁이에게 눈을 받은 가재는 갑자기 세상이 훤해진 느낌이었다. 이리저리 고개를 돌리며 연신 눈을 깜빡여 보았다. 눈앞에 펼쳐진 세상은 상상했던 것 이상으로 한없이 아름다웠다. 이렇게 좋은 광경을 그동안 못 보고 살았다니, 너무도 감격스러워 눈물이 날 지경이었다. 한편 지렁이는 답답했다. 가재에게 막상 금띠를 받기는 하였으나 눈이 없어서 금띠를 두른 멋진 자신의 모습을 볼 수가 없었던 것이다. 아니, 금띠고 뭐고 아무것도 보이지 않으니 그저 갑갑할 뿐이었다. 그제야 가재가 그렇게 멋진 띠를 두르고도 늘 불평만 해댔던 것을 이해할 수 있었다.

"가재야, 금띠 이제 돌려줄게. 어서 내 눈 돌려줘."

아름다운 광경에 흠뻑 취해 있던 가재는 뜻밖의 이 말에 고개를 돌려 지렁이를 바라보았다. 지렁이가 그토록 부러워했던 자신의 금띠는 처음 보는 세상의 아름다움에 비하면 그리 멋있어 보이지 않았다. 더군다나 지렁이의 가늘고 빈약한 몸통에 둘러 있어서 그런지 초라

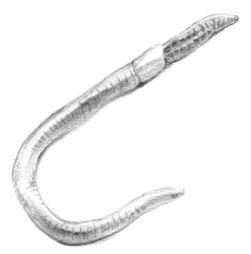

지렁이의 금띠 금띠는 지렁이의 생식기다. 지렁이는 비록 암수가 한 몸에 있는 자웅동체지만 번식을 하기 위해서는 두 마리의 지렁이가 이 띠를 이용하여 교배해야 한다. 하지만 이야기에서의 금띠는 지렁이의 슬픈 욕망이다.

하기 짝이 없었다. 가재는 잠시 망설였다. 아직도 볼 것이 많은데 벌써 눈을 돌려달라니. 저 따위 금띠쯤은 없어도 상관없었다. 다시 암흑과도 같은 세계로 돌아가기는 정말 싫었다. 앞으로 어느 누가 또 자기의 눈을 주고 금띠를 빌려갈지도 알 수 없는 노릇이었다.

"싫어. 미안하지만 이 눈은 내가 가질 거야."

가재는 완강하게 말했다. 그동안 얼마나 바라왔던 일인데 눈을 돌려주다니, 생각하기도 싫은 일이었다. 지렁이는 가재의 말에 자신의 귀를 의심했다. 지렁이는 화가 치밀어 올랐다. 왠지 가재에게 속은 기분이 들었다.

"뭐라고, 이놈아! 어서 내 눈 내놔!"

아무리 해도 말을 듣지 않자, 급기야 지렁이는 가재에게 달려들어 직접 눈을 뜯어내려고 했다. 가재는 두 눈을 부여잡고는 빼앗기지 않으려고 안간힘을 썼다. 그러기를 한참, 가재의 힘을 당해내지 못한 지렁이는 그만 제풀에 고꾸라지고 말았다. 결국 지렁이는 눈을 되찾지 못했다. 허울 좋은 금띠만 두른 채 볼 수 없는 세상을 등지고 땅속으로 들어가 살게 되었다. 지렁이가 하도 잡아당겨서 그때부터 가재의 눈은 툭 튀어나오게 되었고, 지렁이는 억울함을 잊지 못해 "애드르르르" 하고 서럽게 울게 되었다고 한다.

세상에는 공짜가 없다. 삶은 하나를 얻으면 반드시 하나를 내주어야 하는 제로섬 게임이다. 이것을 모를 리 없는 사람들이 자꾸 욕심을 부려 남의 것을 얻으려는 것은, 남으로부터 얻는 하나는 무척 좋아 보이고, 주는 하나는 별스럽지 않게 생각되기 때문이다. 지렁이도 마찬가지였다. 만물을 볼 수 있게 해주는 소중한 눈보다도 한낱 액세서리일 뿐인 금띠에 더 마음이 가는 것은 어쩔 수 없는 일이었을 것이다. 지금 지렁이에게 눈이 있고 금띠는 없기 때문이다. 나에게 있는 것보다 남에게 있는 것을 더 소중히 여기는 데서 연유한 이러한 욕망은 분명 잘못된 것이다. 이 이야기는 이러한 헛된 욕망의 덧없음을 꼬집는다.

실제로 지렁이에게 이러한 욕망이 있으리라고 생각해서 이런 이야기를 만들지는 않았을 것이다. 사람의 욕망을 지렁이에게 투사해서 만든 이야기일 뿐이다. 그렇다면 애먼 지렁이가 어찌해서 이런 악역을 맡게 된 것일까? 사람들은 땅속에 숨어 있다 비만 오면 꾸물꾸물 나타나는 지렁이를 유심히 살펴보았을 것이다. 그런데 가장 눈에 띄는 둥

가재의 눈 툭 튀어나온 눈은 커다란 집게 못지않게 가재의 중요한 특징 중의 하나다. 튀어나온 눈 덕분에 가재는 빛을 반사시켜 볼 수 있어, 다른 동물보다 폭넓은 시야를 확보할 수 있다.

그런 띠는 아무리 생각해도 별반 쓰임새가 없어 보였다. 생물학적으로 그 실제의 쓰임새가 생식기인 것과는 아무런 상관이 없다. 또한 꼭 있어야 할 것 같은 눈은 아무리 찾아봐도 없었다. 필요 없어 보이는 것이 더 있고, 꼭 있어야 할 것이 없는 지렁이를 보고 상상의 나래를 펼치는 것은 당연한 수순이다. 잉여와 결핍에는 분명 잘못된 욕망이 작용했을 것이라는 추측으로 이어지게 된다. 잘못된 욕망 때문에 패가망신하는 사람들을 수없이 보아왔기 때문이다.

다음에는 상대를 찾아야 했다. 지렁이에게 띠를 주고 대신 눈을 받아 올 수 있는 상대를 찾아야만 이야기를 만들어갈 수 있었다. 상대는 지렁이와 가까운 곳에서 살면서도 눈이 도드라져 보여야만 했다. 그래서 찾은 것이 가재다. 가재는 첫눈에 보기에도 별스럽게 눈이 튀어나와 있다. 여기에 자주 허물을 벗어 생장하는 가재의 생태도 크게 한몫하게 된다. 허물을 벗는 가재의 행동을 금띠를 벗어주는 것으로 치환하고, 툭 튀어나와 있는 눈을 지렁이에게서 가져왔다고 하면 얼추 이야기는 완성된다. 모르긴 몰라도 이런 과정으로 상상력이 펼쳐져 이이야기가 만들어지지 않았을까.

하지만 이 이야기의 압권은 이러한 꿰맞추기식 상상력이 아니다. 지렁이가 억울함을 잊지 못해 "애드르르르" 하고 서럽게 울게 되었다는 대목, 이는 우리의 상상력 저 너머에 있는 옛이야기가 보여줄 수 있는 멋들어짐이다. 지렁이가 운다니, 그것도 "애드르르르"라는 소리를 내면서. 실제로 발음기관이 없는 지렁이가 울 리 만무하다. 아니 지렁이가 운다는 상상 자체도 너무나 엉뚱해 보인다. 그런데 소리까지 만들어두었다. "애드르르르." 사실 여름밤에 시골길을 걸어보면 "애드르르르"라는 정체를 알 수 없는 소리가 들려온다고 한다. 이를 우리 선인들은 이야기를 만들어 지렁이의 울음소리로 환치시켜 놓았던 것이다. 실제로 지렁이가 그렇게 우는지는 전혀 중요하지 않다. 이야기 속에서 지렁이가 그렇게 울면 그런 것이고, 그렇게 믿을 뿐이다.

김용택 시인이 이런 말을 한 적이 있다고 한다. "지렁이가 우는 소리를 들어보았는가? 이른 봄 나뭇가지를 날아다니는 어린 딱새를 아는가? 농부는 위대한 시인이자, 생태학자이며, 철학자이다."라고. 시인이 말하는 농부의 삶은 곧 옛이야기의 세계다. 따라서 지렁이가 우는 소리를 "애드르르르"라고 표현했던 옛이야기 역시 위대한 시인이자, 생태학자이며, 철학자일 수 있다.

한번쯤 비온 뒤에 공원에 나가 찬찬히 귀를 기울여 보시라. 혹시 아는가? 지렁이의 한 섞인 울음소리를 듣게 될는지. 만약 당신의 귀에 그 소리가 "애드르르르" 하고 들린다면 그 순간 당신도 옛이야기의 멋진 세계를 아는 사람이다.

지렁이는 땅에 사는 용이라 하여 '지룡(地龍)'이라고
도 한다. '지렁이'라는 이름은 바로 이 '지룡'에 접미
사 '-이'가 붙어서 이루어졌다. 땅속에 살아 평소에는
눈에 잘 띄지도 않는 이 작고 가는 동물이, 하필이면 땅의 용
이라 불리는 까닭은 무엇일까?

지렁이는 비록 몸통이 작아 보잘것없는 것처럼 보이지만 다른 동물
과 구별되는 독특한 특성이 있다. 지렁이는 아무리 몸통을 잘라도 죽
지 않고 계속해서 살아난다. 이러한 지렁이의 재생력은 옛 선인들에게
불사신의 상징처럼 여겨졌을 것이다. 또한 지렁이는 암수가 한 몸에
있는 자웅동체이다. 비록 교배할 때는 두 마리가 있어야 가능하다고는
하지만 암수가 한 몸에 들어있다는 점 자체는 신비롭지 않을 수 없다.
지렁이는 또한 몸통이 늘어났다가 줄어들었다가 하는데 이러한 모습
이 남성의 성기와 많이 닮아 있다. 남성의 성기가 생명력을 상징한다
면, 이러한 점 때문에 지렁이는 비록 작은 동물이지만 신성시될 수 있
었다고 하겠다.

견훤의 탄생과 관련된 이야기는 이러한 지렁이의 신성함을 잘 보여
주는 대표적인 이야기다.

옛날 어떤 마을에 한 부자가 살았는데 그에게는 어여쁜 딸이 한 명
있었다. 그런데 어느 날부터인가 집안의 하인들이 딸의 행실에 대해
쑥덕이기 시작했다. 내용인즉 딸에게 연인이 생겼다는 것이다. 이 소
문을 들은 부자는 딸을 불렀다.

"너에게 연인이 생겼다는데 참말이더냐? 그가 도대체 누구냐?"

딸은 고개를 숙이고는 정숙한 자세로 말했다.

"예, 아버님. 사실 밤마다 붉은 옷을 입은 자가 저를 찾아옵니다. 하지만 늘 밤 깊은 시간에 와서 동이 틀 무렵에 가버려서 그가 누구인지는 정확히 알지 못 하겠습니다."

잠시 고민에 잠긴 부자는 한참을 생각했다. 그러더니 딸에게 그 남자가 또 오거든 옷에 실을 꿴 바늘을 꽂아두라고 일렀다.

그날 밤 딸은 아버지가 일러준 대로 행동하였다. 그리고 다음날 아침, 아버지와 딸은 함께 실을 따라가보았다. 실의 끝은 북쪽 담 밑을 향하고 있었다. 바로 거기 커다란 지렁이의 허리에 바늘이 꽂혀 있었던 것이다.

훗날 딸이 임신을 하여 아들을 낳았는데 그가 바로 견훤이었다.

이 이야기로 보면 지렁이는 한 나라 왕의 아버지였다. 비록 견훤이 세운 후백제가 짧은 역사로 마감되기는 했지만 그렇다고 지렁이의 신성함이 땅속으로 꺼져버리는 것은 아니다.

알고 보니 모진 동물, 거미

건망증이 심한 사람들은 혹시 자신이 치매가 아닐까 걱정을 많이 한다. 이럴 때면 건망증과 치매를 쉽게 구분하는 방법이 있으면 좋을 텐데 하고 생각하게 되는데, 그래서 나온 것이 '냉장고 검사법'이라는 우스개다. 냉장고 문을 열었는데 거기에 휴대폰이 있는 것을 보고, '아이쿠, 휴대폰을 냉장고에 넣어두고 한참을 찾았구나.' 하면 건망증이고, '이것은 어떤 요리에 넣는 물건인고.' 하면 치매란다.

예전이라고 달랐을 리 없다. 건망증은 항상 골칫거리여서 어찌하면 그것으로부터 벗어날 수 있을까 무척 고심했던 모양이다. 그런 끝에

'칠월 칠석의 거미줄' 이라는 아이디어를 생각해냈다. 칠석날 거미줄을 걷어다가 건망증이 심한 사람의 옷 갈피나 관모 속에 몰래 넣어두면 건망증이 사라진다는 것이다. 거미줄이 도망가려는 기억력을 잡아준다는 셈인데, 베를 짜는 직녀와 거미줄을 엮는 거미의 이미지가 상통하다는 데에서 생겨난 속신이다.

거미의 이미지는 대부분 거미줄에서 생겨났다고 할 정도로, 거미 하면 '거미줄' 을 같이 떠올리게 된다. '거미가 줄을 치면 비가 그친다.', '산 입에 거미줄 치랴.', '거미줄에 목을 맨다.' 등 우리네 속담뿐 아니라, 멀리 아프리카에도 '거미줄을 모으면 사자도 묶을 수 있다.' 는 속담이 있다고 하니, 거미줄의 위력은 대단하다.

옛이야기에서도 마찬가지다. 이야기 속 거미 역시 항상 거미줄과 함께 등장한다.

옛날에 한 처녀가 있었는데 하루는 나무 밑 평상에 앉아 바느질을 하고 있었다. 근처의 나무에는 왕거미가 쳐놓은 커다란 거미줄이 있었다. 그런데 날아가던 학 한 마리가 그만 그 거미줄에 걸려버렸다. 학은 괴로워하면서 고개를 이리저리 저어댔고. 날개를 위아래로 펄럭이며 거미줄을 벗어나려고 애를 썼다. 벗어나려고 발버둥을 치고 있는데 갑자기 어디선가 왕거미가 나타나 거미줄로 학을 돌돌 말기 시작했다.

이 광경을 본 여자는 깜짝 놀라 가위로 거미줄을 쳐냈다. 거미줄을 걷어내도 왕거미는 학의 머리를 꽉 쥐고는 놓아주지 않았다. 하는 수 없이 처녀는 거미를 눌러 죽였다. 그러고는 학의 몸통에서 거미줄을 떼어내어 다시 날아갈 수 있게 해주었다. 그런데 그 일이 있은 뒤 이해할 수 없는 일이 벌어졌다. 처녀의 배가 점점 불러오는 것이었다. 그리고 열 달이 지나 처녀는 아들을 낳았다.

아들은 젖을 먹고 무럭무럭 자랐다. 이상한 것은 열 살이 되어도, 스무 살이 되어도 젖을 뗄 줄 모른다는 것이었다. 아들은 어머니의 말라비틀어진 젖을 빨고 또 빨았다. 어머니는 다 큰 아들이 하는 양이 징그러웠고 메말라버린 젖을 힘껏 빨아대어 고통도 심했지만 차마 아들을 뿌리칠 수가 없었다. 아들은 밥도 먹지 않고 그 나이가 되도록 오로지 어머니의 젖만 빨았던 것이다.

어느 날이었다. 그날도 아들은 나무를 한 짐 해오자마자 어머니에게 달려들어 젖을 빨았다. 빨아대는 젖의 양이 만족스럽지 않으면 않을수록 아들은 더욱더 힘차게 빨아댔다. 어머니는 너무도 괴로웠다. 이제 더 이상 나올 젖도 없었다. 아마도 지금 아들이 빨아대는 젖이 어머니에게 남은 마지막 한 방울일 것이다.

'아이고, 이러다가는 내가 죽겠구나.'

어머니는 두려운 생각이 들어 허겁지겁 도망을 쳤다. 어머니가 정신없이 도망을 가고 있는데 어디선가 자기를 부르는 소리가 들렸다. 어머니는 가던 길을 멈추고 뒤를 돌아보았다. 어떤 남자가 방립을 쓰고 도포를 입고는 하늘에서 훨훨 내려오고 있는 것이 아닌가. 남자는 여자 앞에 사뿐히 내려섰다.

"여보시오, 부인! 그렇게 자꾸 가면 목숨이 위태로우니, 얼른 내 도포 밑으로 들어가 숨으시오."

어머니는 아들이 쫓아올까 두려워 그가 시키는 대로 했다. 어머니는 꿇어앉아서 무릎걸음을 걸어 남자의 도포 밑으로 들어갔다.

한편 아들은 어머니의 몸에서 이제 더 이상 젖이 나오지 않을 것이라는 생각이 들자 이제는 어머니를 죽이기로 마음먹었다. 아들은 어머니가 눈치 채지 못하도록 몰래 광으로 들어가 낫을 찾아 갈기 시작했다. 혹여 어머니가 광으로 들어올까봐 주위를 살피며 낫을 갈고 있었는데, 낌새가 이상했다. 집 안이 너무 조용했던 것이다.

아들은 어머니가 잠을 자나 싶어서 살금살금 안채로 들어갔다. 그런데 댓돌 위에 있어야 할 어머니의 신발이 보이지 않았다. 아들은 그제야 어머니가 도망쳤다는 사실을 깨달았다. 드디어 오늘이 마지막이었는데 그것을 어머니가 미리 눈치 챈 모양이었다. 화가 난 아들은 시퍼렇게 간 낫을 들고는 어머니를 쫓아 뛰기 시작했다. 흙길에 어머니의 발자국이 남아 있어 처음에는 찾기 쉬웠지만 산속으로 갈수록 발자국이 희미해졌다.

아들은 새파랗게 갈아놓은 낫을 들고는 헐떡거리며 달렸다. 이윽고 길 위에서 방립을 쓰고 도포를 입고 있는 한 남자를 만났다. 아들은 숨을 고르며 남자 앞에 멈추어 섰다.

"말 좀 하나 물읍시다. 혹시 여기 여자 한 사람 가는 것 못 봤소?"

남자는 고개를 저으며 보지 못했다고 말했다. 아들은 번쩍이는 낫을 들고는 고개를 갸우뚱했다.

"하, 이 년이 참. 오늘 저 죽고 나 죽는 날인데, 용케 빠져나갔단 말

쓰이지."

아들은 주위를 둘러보기 위해 남자를 등지고 섰다. 그때 남자는 아들의 손에서 낫을 빼앗아 아들의 머리를 찍었다. 순식간에 일어난 일이라 아들은 손도 못 쓰고 그 자리에 쓰러졌다. 머리에 낫이 찍혀 죽은 아들은 순식간에 왕거미로 변했다.

그제야 도포 밑에서 나온 여자는 그동안 자기 아들이라 믿었던 이가 거미였다는 사실에 소스라치게 놀랐다. 할 말을 잃고 망연자실 서 있는데 도포를 입은 남자가 공손하게 여자에게 절을 올렸다. 알고 보니 그 남자는 예전에 자신이 구해주었던 학이었다. 은혜를 갚기 위해 사람의 모습을 하고 나타나서 거미로부터 여자를 살렸던 것이다.

사실 거미줄 자체에는 모진 동물로서의 거미 이미지가 배어 있지는 않다. 그저 좀 오래되고 낡았다는 느낌을 주거나, 거추장스럽고 청소하기 귀찮은 것으로 여겨질 뿐이다. 성공하지는 못했지만 이렇듯 끔찍한 복수극의 주인공으로 거미가 선택된 데는 우리가 미처 주목하지 못한 거미의 생태가 한몫 했다.

거미는 거미줄에 먹잇감이 걸리면 일단 독침을 쏘아 마비시킨 다음 소화액으로 먹이의 체액을 녹여 빨아먹는다. 빨아먹고, 또 빨아먹고, 그렇게 먹다가 지치면 먹잇감들을 저장해두었다가 배고플 때 또 빨아먹는다. 실로 살풍경한 모습이 아닐 수 없다. 사람들에게 가장 위협적인 동물로 여겨지는 호랑이나 곰은 거미처럼 먹잇감을 마취시켜 끈질기게 빨아먹지 않는다. 목덜미를 물어서 한번에 죽이는 방법을 택하고, 배가 부르다면 굳이 먹잇감을 사냥하지도 않는다. 이런 호랑이나 곰과 같은 동물들에 비해 눈에 띄지도 않을 만큼 작은 동물인 거미가 오히려 더 지독한 방법으로 사냥을 한다.

여기에 더하여 거미를 더욱 모진 동물로 만드는 것은 거미줄에 걸린 벌레들을 흔적도 없이 먹어치운다는 사실이다. 거미에게 먹힌 동물들은 결국 빈껍데기의 퍼석퍼석한 상태로 분해되어 그 흔적조차 남기지 않고 공기 중으로 사라져버린다. 민요에서는 이러한 거미의 습성을 이렇게 노래하고 있다.

> 세상에 모진 것은 거미 외에 또 있겠나
> 제 발로 제 창자 내여 만단 위에 줄을 친다
> 오는 벌레 가는 벌레 흔적 없이도 다잡아묵네

모질다고 생각해서 그런 것인지, 아예 거미줄이 거미의 창자라고 우기기까지 한다. 자기의 발로 자기의 창자를 내서 줄을 치는, 즉 몸의 일부를 스스로 꺼내는 자해를 감행해서 벌레들을 잡아먹으려는 거미는 세상에 둘도 없는 모진 동물일 수밖에 없다고 한다. 사실 거미줄은 거미의 몸에서 나온 체액으로, 거미의 창자가 아니다. 하지만 모진 동물로 낙인찍힌 이상, 보는 사람에게는 그것이 꼭 창자를 꺼내서 줄을 치는 것처럼 보였을 것이다. 시조에서도 비슷하게 제 배알(창자의 속어)을 풀어내서 망령된 그물을 널어두었다고 했다.

거미 거미는 몸에서 뽑아낸 거미줄을 이용해 먹이를 사냥한다. 이러한 모습이 사람들에게는 자신의 창자를 꺼내 덫을 놓는 것으로 보였는지, 거미는 동물 중에서도 가장 모진 동물로 여겨졌다.

일생에 얄미울손 거미 외에 또 있는가.

제 배알 풀어내어 망령그물 널어두고,

꽃 보고 춤추는 나비를 다 잡으려 하더라.

또한 모질고 모진 동물로 거미를 손꼽는 것은 거미가 어미를 잡아먹는다는 사실과 모종의 관련이 있는 것 같다. 물론 일부 거미의 생태이기는 하지만, 어미거미가 죽으면 새끼거미들은 그 사체를 흔적도 없이 먹어버린다고 한다. 어미거미의 입장에서 보면 그가 보여줄 수 있는 마지막 모성애인 셈인데, 새끼거미에게 초점을 두고 생각해보면 참 모진 습성을 타고났다고 하지 않을 수 없다.

다시 이야기로 돌아가 보자. 이 이야기에서 가장 이해하기 어려운 설정은 아들이 스무 살이 되어서도 계속해서 어머니의 젖을 빤다는 것이다. 이는 아이가 거미의 환생이라는 점을 강조하기 위한 장치로 이해할 수 있을 것 같다. 어미가 젖을 분비하는 동안 난소에서는 난포의 발육이 억제되어 월경도 거의 일어나지 않게 된다. 즉 아들이 스무 살이 넘도록 어미의 젖을 먹었다는 것은 어머니가 여성적 기능도 잃어버린 채 아들에게 계속 영양분을 공급해주었다는 뜻이다. 또한 모유수유 기간이 길어질수록 어미의 몸은 점점 더 마른다고 한다. 영양소를 자식에게 빼앗겨서 상대적으로 영양분을 섭취하지 못하기 때문이다.

이로 미루어보아 아들은 어미의 젖을 먹으면서 자신의 생명을 유지하는 한편 서서히 어미의 생명을 스러지게 하고 있었던 셈인데, 거미가 흔히 먹잇감을 마비시켜 죽을 때까지 계속해서 체액을 빨아먹는 방법과 꼭 닮았다. 더욱이 어미의 젖을 끝까지 빨아먹고도 마지막에 직접 어미를 죽이려 덤비는 아들의 모습은 어미거미의 사체까지 흔적도 없이 먹어치우는 새끼거미의 습성을 반영한 것이다.

여기에 한 가지 더! 비록 성공하지는 못했지만 이 이야기를 끔찍한 복수 이야기로 만드는 데는 '원수는 자식으로 태어난다'는 관념 또한 작용한 것이 아닐까. 물론 자식은 더없이 소중하고 사랑스런 존재이다. 하지만 항상 그런 것은 아니다. 부모를 괴롭히고 말썽을 피울 때면 넋두리처럼 '원수 같은 자식'이라는 말을 하기도 한다. 일상에서 느끼는 이런 사소한 감정들이 이야기의 세계로 이어지면 자식은 원수가 복수를 하기 위해 환생한 존재가 된다.

옛이야기에는 원수가 자식으로 태어나서 복수를 하는 내용이 꽤 많다. 늦은 나이에 얻은 자식이 훌륭하게 잘 크는 것으로 시작되다가, 과거에 급제하여 금의환향하는 날이나 곱게 자라 결혼을 하는 날 갑자기 비명횡사해버린다. 부모에게 이것만큼 허망하고 슬프고 끔직한 일이 또 어디 있겠는가? 복수는 대개 이런 식으로 이루어진다.

　모진 동물 거미가 죽어서 원수로 환생했는데 그것이 곧 자식이었다는 것은 반대로 생각해보면 자식만큼 모진 존재도 없다는 것을 말하고 있는 것은 아닌지 모르겠다. 그렇다면 세상의 모진 것 두 가지는 거미와 자식? 그러고 보니 모진 거미를 어찌할 수 없어 '거미를 함부로 하면 안 된다' 는 속신이 생긴 것과 마찬가지로 '자식 이기는 부모 없다' 는 말도 결국 부모의 인생에서 자식은 그렇게 모진 존재일 수밖에 없다는 말인 셈이다. 혹 우리 손에 낫을 들고 있지는 않은지 살펴볼 일이다.

거미 이야기에 등장하는 거미는 앞 이야기처럼 대개
왕거미이다. 왕거미는 일반 거미들과 달리 몸이 금빛을
띠고 등에 검은 줄무늬가 있어서 특이하다. 크기도 암컷
은 3센티미터, 수컷은 1.5센티미터로 5~15밀리미터인 다른 거미들에
비해서 훨씬 크다. 크기나 생김새에서 눈에 띄는 왕거미가 생겨난 것
은 임금님의 보은 때문이라고 하는데, 어찌된 사연일까.

지투리
우수리

나라에 난리가 나서 임금이 적군을 피해 도망가던 중이었다. 그러
나 아무리 도망을 가도 적군은 빠른 속도로 뒤에서 임금을 추격해왔
다. 산속까지 들어오게 된 임금은 피해야할 곳을 몰라 주위만 살필
뿐이었다. 도무지 숨을 곳이 없었다. 적군은 점점 가까이 다가오고
있었다. 마음이 조급해진 임금의 눈앞에 마침 커다란 버드나무 한 그
루가 보였다. 그 버드나무 밑에는 큰 구멍이 뚫려 있었다. 달리 숨을
곳을 못 찾은 임금은 얼른 그 버드나무 구멍으로 들어갔다. 들어가
보니 나무 안쪽으로 층층다리가 놓여 있었다. 어쩔 수 없다는 심정으
로 층층다리를 타고 나무 꼭대기까지 올라가 숨었다.

곧 적군이 쫓아왔다. 그러나 임금이 분명 그 근방에서 사라졌는데
당최 어디로 갔는지 알 수가 없었다. 아무리 찾아도 임금 옷자락 하
나 보이지 않았다. 그러다 버드나무 구멍이 뚫린 것을 보고 혹시나
싶어 가까이 다가갔다. 그런데 이게 웬일. 구멍 앞에 거미줄이 쳐져
있는 것이 아닌가. 사실 이것은 임금이 구멍으로 들어가자마자 거미
가 나와서 구멍 입구에다 친 것이었다. 이를 알 턱이 없는 적군들은

사람이 방금 들어갔다면 거미줄이 쳐있을 리 없다고 판단했다. 적군들은 그 주변을 샅샅이 뒤지다가 결국은 임금을 못 찾고 돌아갔다.

그런 뒤 며칠 안 되어 난이 모두 진정되었다. 간신히 목숨을 건진 임금이 나무 구멍에서 나와 자신의 병사를 하나둘 불러 모아 역습작전을 펼친 것이었다. 다시 궁으로 돌아간 임금은 그때 거미가 자신의 목숨을 구해준 것을 생각해냈다. 그래서 조선 팔도의 거미란 거미는 다 불러들이라고 했다. 그리고는 거미들에게 금으로 된 옷을 입혀주고 띠까지 둘러주어 이름을 왕(王)거미라고 지어주었다고 한다.

이 이야기에서는 조선의 임금으로 되어 있지만, 주인공만 알렉산더 대왕이니 다윗이니, 칭기즈 칸으로 바뀌어 세계 곳곳에 비슷한 이야기가 전한다. 생김새가 워낙 특이하니 어디 간들 눈에 띄지 않았을까!

장어, 꼬리를 감춰라

여름철 보양식의 선두주자로 장어를 꼽는 사람들이 많다. 이로운 영양소들이 풍부하게 들어 있어 스태미나를 키우는 데 제격이라는 것이다. 유달리 장어를 좋아하는 사람들은 특히 풍천장어를 많이 찾는다. 선운사를 향해 가다 보면 주변 곳곳에 '풍천장어'라는 간판이 많아서 그곳이 풍천장어로 유명한 곳이라는 걸 금방 알아차릴 수 있다. 여기서 오해가 생겨, 장어를 먹으려면 역시 풍천에서 먹어야 한다는 사람들이 있다. 풍천이 어디냐고 물으면 선운사 근처, 그러니까 고창군 풍천면이라고 제법 구체적인 지명까지 이야기해주는 사람도 있다.

하지만 아무리 지도를 펴놓고 찾아보아도 고창군에는 풍천면이라는 곳이 없다. 사실 풍천은 지명이 아니다. 한자로 '風川'이니까 '바람 강'이라는 의미이다. 선운사 앞에 있는 인천강은 바다와 인접해 있어 하루 두 번씩 바닷물이 들어온다고 하는데, 이때 장어의 움직임이 대단해서 장어가 바닷물과 함께 바람을 몰고 들어온다는 생각이 들었던 모양이다. 풍천장어라는 이름은 이렇게 붙여졌다. 담수와 해수가 만나는 곳이라서 특히 플랑크톤 등의 양분이 많아 고기가 살지고, 물살의 흐름을 역류하는 힘찬 움직임으로 인해 담백하고 구수한 맛을 자랑한다는 것이다.

이 정도만 해도 우리가 그동안 장어에 대해 알고 있던 것이 무척 적다는 느낌을 받기에 충분하다. 우리와 자주 접하는 동물에게도 이처럼 알지 못하는 숨겨진 사연들은 많다. 이왕 장어에 대해 이야기를 꺼냈으니 여기에 장어와 얽힌 숨겨진 이야기 하나를 소개해본다.

요즘만큼이나 나라 살림이 어려웠던 적이 있었던 모양이다. 나라님께서 친히 난국을 헤쳐 나갈 빼어난 인물을 백방으로 찾고 있었다. 이곳저곳에서 수많은 인물들이 추천되어 올라왔다. 늘 그렇듯이 명문가의 유수한 자제들 이름이 빼곡히 들어서 있었다. 그러나 나라님의 얼굴에는 못마땅한 표정이 역력했다. 암행이 시작된 것은 바로 이즈음이었다.

며칠 밤을 타고 이곳저곳을 쫑긋해보았다. 그런데 입을 맞추기라도 한 듯이 여러 사람들이 한결같이 한 사람의 이름을 뇌는 것이었다. 이력도 특이했다. 서당을 잠깐 다닌 것이 유일한 정규교육이었고, 이후로는 심산유곡을 찾아 수십 년 동안 스스로 학문을 깨우쳤다는 것이다. 마음에 들었다. 물어물어 그 사람의 집을 찾으니, 예상했던 대로 초라한 삼간초옥이었다.

마주 앉아 몇 마디만 오고 갔을 뿐인데도 사람의 크기를 짐작하기에는 충분하였다. 비로소 나라님의 표정에 미소가 번지기 시작했다.

"나는 어명을 받들어 인재를 천거하는 임무를 맡은 관료라네. 자네, 이 나라를 위해 일해볼 생각 없나?"

부담을 주지 않기 위해 나라님이라는 사실을 숨긴 채 은근히 묻는 것이었다. 그런데 대답은 뜻밖이었다.

"그리할 수 없습니다. 저는 공인으로서 일할 만한 덕성을 지니지 못했습니다."

처음에는 그냥 겸손의 뜻인 줄로만 알았다. 한참의 실랑이를 한 후에야 그 속사정을 듣게 되었다. 사연인즉 이러했다.

심산유곡에서 독학을 하고 있을 때였다. 하루는 한밤중에 밖에서 급하게 문을 두드리는 소리가 들렸다. 반사적으로 몸을 일으켜 밖으로 향하던 걸음이 차츰 무디어졌다. 여인의 목소리가 감지되었기 때문이다. 다짜고짜 문을 열어달라는 것이었다. 만약 문을 열어주지 않으면 그 자리에서 자결을 하겠다는 협박도 있었다. 문 앞에서 여인이 죽어 있을 경우 자신이 의심받는 것이 걱정되었던 선비는 문을 열어줄 수밖에 없었다. 그런데 정작 문이 열리고 나니 사태는 걷잡을 수 없어서, 결국 두 사람은 그렇게 격정의 밤을 보내고야 말았다.

혼자서 이 선비를 흠모하던 그 여인은 그렇게 자신의 욕망을 잠재울 수 있었겠지만, 이 선비는 문을 열어준 자신의 행동을 두고두고 곱씹었던 모양이다. 이유야 어찌됐든 욕정의 하룻밤을 보내게 된 자신의 행동은 충분히 부도덕해 보였던 것이다.

　　"모름지기 관료란 자신을 위한 욕망을 절제할 수 있는 덕성을 지니고 있어야 한다고 생각합니다. 관료가 되기에는 저의 부끄러움이 너무 큽니다."

　　잠시 정적이 흐른 뒤 나라님이 입을 떼기 시작했다.

　　"이 사람아, 와우(蛙憂, 개구리의 근심)일세."

　　"……."

　　"이런 이야기가 있지. 아주 먼 옛날, 하루는 저 바다의 용왕님께서 큰 잔치를 베풀었다네. 아마 환갑잔치 정도 되었던가 보네. 워낙 큰 잔치라서 바다의 물고기는 물론이고 민물에 사는 고기까지 모두 용궁으로 초대를 했었지. 좁은 민물에서만 살다가 넓은 바다를 구경할 수 있는 것만으로도 충분히 만족스러운데, 갖은 진미에 향긋한 술까지 마음껏 즐기게 되니 천국이 따로 없다고 생각했던 모양이야, 민물고기들이 말일세. 그중에서 제일 탄력을 많이 받은 고기가 바로 뱀장어였다네. 이렇게 좋은 세상이 있는 줄 몰랐다는 둥, 조건만 허락된다면 당장 바다 쪽으로 이사를 했으면 좋겠다는 둥, 술에 취해 고래고래 소리를 지르는 것까지는 그래도 보아 넘길 만했지. 대형 사고는 한창 분위기가 무르익어 춤판이 벌어졌을 때 발생했다네. 술에 취해 비틀거리던 뱀장어가 그만 그 긴 꼬리로 용왕님의 용안을 세차게 후

려갈기고야 만 것이야.

용왕님이 생각하기에 괘씸하단 말이야. 기껏 잔치를 베풀어 대접을 해주었더니 이런 무례한 행동을 하다니 기가 막힐 뿐이었어. 곧바로 숙청 작업에 들어갔겠지. '민물에 사는 꼬리 달린 놈들은 모두 잡아들이라'고.

민물 세계가 난리가 난 것이지. 뱀장어 때문에 민물 세계가 거의 초토화될 지경에 이른 것일세. 그런데 정작 범인인 뱀장어는 이 소식을 듣고 바위틈에 숨어 꼬리는 뒤로 감추고 주둥이만 뻐끔뻐끔 내밀고서는 지나다니는 고기들에게 일일이 말을 걸면서 딴죽을 피고 있었다는 거지. 자기에게는 꼬리라는 것이 도대체 없다는 듯이 말일세. 한참을 그러고 있는데 갑자기 물 위에서 개구리 한 마리가 풀쩍 뛰어 들어온단 말일세. 표정을 보니 영 말이 아니었다네. 얼굴은 사색이 되어 있었고 가슴은 벌렁거리고 있었다네. 뱀장어가 물었지. '자네 왜 그러나?' '아니 소식 못 들었나? 용왕님께서 꼬리 달린 놈들을 다 잡아들이라 했다고 하지 않나?' '자네도 꼬리가 있나?' 남 사정은 알지도 못하고 그런다는 표정으로 삐죽거리며 대답하는 말이, '나 어릴 적에 꼬리가 있었지 않았나!'"

"……."

나라님의 이와 같은 간곡한 설득으로 마음을 고쳐먹은 이 선비는 비로소 나라의 큰 일꾼이 될 수 있었다고 한다.

동물에 관한 이야기는 그냥 만들어지지 않는다. 항상 그 동물에 대한 세심한 관찰이 뒷받침되어 있다. 이 이야기도 예외는 아니다. 장어는 낮에는 거의 움직이지 않고 밤에만 움직인다고 한다. 일단 이러한 장어의 습성이 옛 선인들에게는 못마땅했던 모양이다. 밝은 낮보다 컴컴한 밤을 좋아하는 사람들은 대개 구린 구석이 있게 마련이라고 보았기 때문이다. 여기에서 유추하여 장어에게도 무슨 피치 못할 구린 사연이 있어서 낮은 피하고 밤에만 활동하는 것으로 생각했던 것이다.

과연 그렇다면 그 피치 못할 사연이란 무엇이란 말인가? 장어는 활동을 접고 조용히 지내는 낮 동안은 주로 바위틈이나 모래 속에 꼬리를 숨기고 머리만을 내놓고 있다. 낮에는 거의 활동을 하지 않는다는 점도 특이하지만 그 낮 동안 바위틈이나 모래 속에 숨어서 머리만을 내밀고 조용히 버티고 있는 모습은 더욱 특이했던 모양이다. 그렇다면 장어는 왜 꼬리를 숨겨야만 했을까? 답은 간단하다. 무엇인가를 숨기는 건 그것을 숨겨야 하는 잘못을 저질렀기 때문이라는 것이다. 이렇게 해서 장어는 꼬리로 죄를 지어서 그것을 숨기고 있다는 설정이 가능했다.

장어가 바다 용왕의 잔치에 초대되었다는 설정도 흥미롭다. 민물의 뱀장어를 바다로 진출하게 만든 설정 역시 우연히 나온 것은 아닌 듯하다. 민물에 사는 뱀장어는 8년 정도 자라게 되면 알을 낳기 위해서 바다를 향한다. 나름대로 장소를 물색해서 알을 낳고는 거기서 일생을 마감하게 된다. 알에서 부화한 새끼들은 난류를 따라 이동하여 연안의 강으로 올라와 본격적인 민물생활에 접어들게 된다. 우리가 흔히 알고 있는 연어의 생애 주기와는 정반대라고 생각하면 쉽다.

꼬리를 감춘 장어 야행성 동물인 장어는 낮에는 주로 바위틈이나 모래 속에 꼬리를 숨기고 머리만을 내놓고 있다. 이러한 모습이 마치 큰 죄를 짓고 숨어 있는 것처럼 보였을 법하다.

　민물의 장어가 부화를 위해 바다를 향하는 모습을 보고 옛 선인들은 용왕의 잔치에 초대되어 가는 모습으로 이해했던 것이다. 하기야 민물에 사는 고기가 바다를 향해가는 모습은 전혀 자연스러워 보이지 않았을 터. 얼마 후 작은 장어가 되어 다시 돌아와서는 바위틈이나 모래 속에 꼬리를 감추고 숨어 있는 모습을 보면서, 분명 용왕의 잔치에서 꼬리를 가지고 잘못을 저질러 그것을 감추려는 행동일 것이라는 상상으로 이어졌던 것이다. 장어의 특이한 생태가 장어를 부정적인 이야기의 주인공으로 몰아갈 수 있는 충분한 조건을 마련하고 있었던 셈.

　하지만 이 이야기가 매력적인 이유는, 실제 장어의 특이한 생태를 이야기의 상상력과 결부시켰다는 것보다는 올챙이에서 변태하는 개구리의 생태와 과거의 잘못을 뼈저리게 반성하고 있는 선비 이야기를 끼

위 넣고 있다는 점이다. 그리하여 장어의 뻔뻔함을 부각시키기보다는 올챙이 시절을 너무도 잘 기억하고 있는 개구리의 소심함에 어이없어 하고, 과거의 조그마한 잘못에 쓸데없는 집착을 보이는 선비의 과도함을 나무라는 주제로 이야기를 이끌고 있는 것이다.

잘못을 저지르고도 뻔뻔한 인간에게 호통을 치면서 나무라는 이야기는 누구나 할 수 있다. 못된 인간을 더욱 못되게 그려서 모두가 광분할 수 있게 하면 이야기는 더욱 인상적이리라. 하지만 그렇게 한다고 해서 세상은 달라지지 않는다. 어느 세상에나 항상 나쁜 놈은 있게 마련이고, 그런 사람들은 또 항상 뉘우치지 않고 뻔뻔하게 잘도 살아간다. 한편 소심하고도 양심적인 사람들은 자신의 조그마한 잘못을 평생 마음의 짐으로 떠안고 살아간다. 이 이야기는 이런 사람들을 보듬고자 했던 것이 아니었을까. 그래서 장어를 비난하는 데 초점을 두는 대신 개구리의 행동을 웃음의 근원으로 삼고, 선비의 과도한 반성을 나무라고 있는 것이다.

이 이야기의 메시지는 여기에 있다. 잘못한 이들을 찾아 그들에게 벌을 주려고 애쓰기보다는 잘못을 저지른 이가 스스로의 과오를 드러내고 뉘우칠 때 오히려 우리는 그 잘못을, 잘못을 저지른 사람을 너그러이 용서할 수도 있다는 것이다. 그것이 진정 더불어 사는 깨끗한 세상을 만드는 올바른 길이기도 하다. 이야기를 읽으면, 장어로 향했던 부정적인 시선이 개구리 때문에 허탈해졌다가 다시 선비를 만나면서 부드럽고 따뜻한 시선으로 바뀌게 된다. 그리고 궁극적으로는 '나는 과연 장어 쪽에 가까운가, 아니면 개구리나 선비 쪽에 가까운가?'를 자문하게 만든다. 이야기는 이렇듯 듣는 이의 시선을 내부로 향하게 하는 힘을 가질 때, 좋은 이야기로 오래도록 남는다.

　예전이나 지금이나 관료의 임명에서 도덕성은 중요한 잣대이다. 인사 청문회를 요란스럽게 하는 것을 보면, 웬만한 도덕군자가 아니고서는 도무지 엄두를 내지 못하는 자리들이 즐비한 것 같다. 하지만 아이러니하게도 그런 자리에는 대개 부도덕한 사람들이 차지한다. 그래서 사람들이 나무라면서 자리에서 물러나라고 하면, 바위틈에 꼬리를 감추고서는 목에 핏대를 세우고, 스스로는 꼬리를 가진 적이 없다고 항변한다. 이것이 바로 장어의 모습이자 검찰 청사를 들어서는 관료나 정치인들의 모습이다. 기억이 나지 않는다거나, 다른 사람이 했기 때문에 잘 모른다거나, 관행이었다고 하면 그만이다. 그러다가 더러는 꼬리가 감추어지기도 하니 장어가 돼볼 만도 한 일이다.

　과거사 문제로 나라가 시끌벅적한 적이 있었다. 뱀장어처럼 바위틈에 숨어서 꼬리를 감추고서는 큰소리를 쳐온 사람들이 너무 많아서 이제는 적당히 바위를 들어내는 작업을 해보자는 취지였을 것이다. 타의에 의해 진상이 밝혀지기 이전에 이야기 속의 선비 같이 스스로 자신의 부끄러움을 드러내는 미덕을 보일 수는 없는 것일까. 만약 그렇게만 해준다면 "자네 와우일세."라며 사람 좋은 몸짓으로 어깨를 두들겨줄 수 있을 텐데 말이다. 좋은 이야기 끝에 괜한 공상 한번 해보았다.

장어는 스태미나 음식이기 때문에 이와 관련된 야한 이야기가 없을 리 없다. 아래 이야기를 읽고나면, 장어를 먹을 때마다 이 이야기가 떠올라 피식거리며 웃게 될 것이다.

무척 가난한 선비 부부가 살고 있었다. 어려운 살림살이에도 남편 뒷바라지에 온 정성을 쏟았던 부인은, 더운 여름날 땀을 죽죽 흘리며 열심히 공부에 전념하고 있는 남편을 위해 뭔가 특별한 음식을 해주고 싶었다. 그때 마침 집 앞으로 생선장수가 지나가고 있었다. '저거구나' 하고 생각했지만 부인에게는 그 비싼 생선을 살 만한 돈이 없었다. 한참을 고민하다가 이내 생선장수를 붙잡고 통사정을 하면서 무엇이든지 시키는 대로 할 테니 장어 한 마리만 달라고 애원을 했다.

그날 저녁, 남편의 밥상에는 맛있게 구워진 장어 한 마리가 올라와 있었다. 남편은 눈이 휘둥그레져서 어찌된 영문인지 물었고, 아내는 울면서 사실을 고백했다. 요는 생선장수에게 몸을 주고 장어를 얻었다는 것이었다. 남편은 화가 났지만 모든 것이 자신의 탓이라 생각해 큰소리를 칠 수도 없었다. 이윽고 남편이 조용히 말을 꺼냈다.

"모든 게 내 탓이오. 하지만 앞으로는 절대 이런 짓을 하지 마시오."

그런데 며칠 뒤 밥상에 또 장어가 올라왔다. 게다가 이번에는 두 마리였다. 이제는 참을 수 없다는 생각에 남편이 성난 목소리로 아내를 추궁했다. 흐느껴 울던 아내가 한참 후에 비로소 입을 떼며 말했다.

"당신이 시킨 대로 절대 앞으로는 하지 않았습니다."

장어를 파는 생선장수니 얼마나 장어를 많이 먹었겠는가? 부인이 다시 장어를, 그것도 두 마리씩이나 상에 올린 이유를 짐작하고도 남음이 있다.

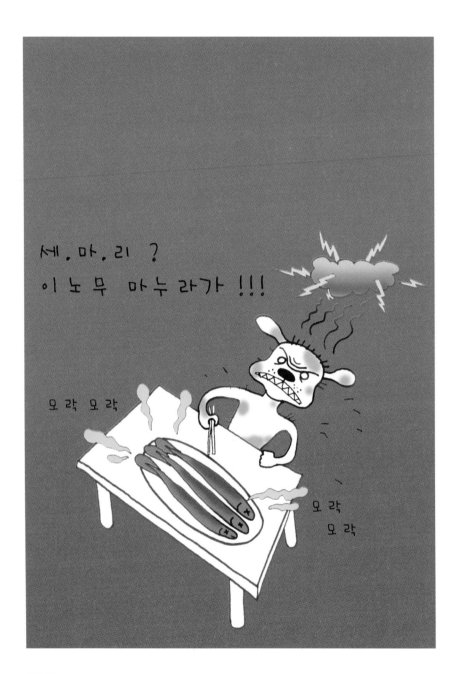

한자 속 동물들

우리는 일상에서 '그 사람은 성격이 저돌적이야' 라든지 '사람들 앞에서 위축되곤 해' 라든지 하는 말을 자주 사용한다. 그런데 여기서 사용되고 있는 '저돌' 이나 '위축' 등이 동물과 관련된 말이라는 점을 알고 있는지. 저돌(猪突)은 글자 그대로 멧돼지가 돌진한다는 말이다. 그리고 '위축(蝟縮)'에서 '위' 는 고슴도치를 뜻하기 때문에 '위축' 은 고슴도치처럼 오그라든다는 의미이다. 이처럼 일상생활에서 흔히 쓰는 한자어 속에 숨어 있는 동물들을 우연히 마주치는 재미가 쏠쏠하다.

유예(猶豫)

뉴스를 보다보면 '집행유예' 란 말을 심심찮게 접하게 된다. 이는 말 그대로 법 집행을 미룬다는 말인데, 여기서 '유예' 는 망설여 일을 결행하지 않거나 미룬다는 의미다. 유예는 전설 속의 두 동물의 이름이 합쳐져 만들어진 한자어이다. 원숭이처럼 생긴 유(猶)는 의심이 많아 바스락거리는 소리만 나도 숨어버렸고, 또 예(豫)라는 동물은 코끼리보다 훨씬 큰 덩치를 가졌지만 시냇물을 건널 때조차 한참을 망설였다고 한다. 이런 두 동물의 행동에서 유래한 이 한자어는 망설이다 일을 실행하지 못하거나 시간을 미룬다는 의미를 가지게 된 것이다.

비취(翡翠)

고려청자의 아름다움과 독특함은 오묘한 비색(翡色)에 있다. 비색이라 함은 비취색을 의미하는 것인데 여기서 '비취' 는 원래 물총새의 이름이었다고 한다. 물총새의 깃털은 광택이 나는 청록색인데 그 빛깔이 아름답기로 유명하다. 그래서 물총새의 깃털색과 흡사한 고려청자의 빛깔을 비색이라 칭하고 짙은 초록색을 띠는 보석 역시 비취라고 부른다.

용수철(龍鬚鐵)

'용수(龍鬚)'는 용의 수염이라는 의미이다. 용은 보통 임금을 상징하기 때문에 왕의 수염이라는 뜻도 있다. 용의 수염은 꼬불꼬불하면서도 강한 탄성을 지녔다고 한다. 그리하여 용의 수염처럼 탄력이 있고 꼬불꼬불 동그랗게 말아 올라가 충격을 완충시켜 주는 철선을 용수철이라고 이름 붙인 것이다.

귀감(龜鑑)

'귀(龜)'는 거북이를 의미하는 상형문자로, 거북이의 등을 위에서 본 모습이다. 옛날 중국에서는 거북의 등을 불에 구워 그것이 갈라지는 균열을 보고 사람의 장래나 길흉을 점쳤다고 한다. 이것이 일명 '거북점'이다. '감(鑑)'은 거울을 의미하는 단어로, 자신의 아름다움과 추함을 보기 위해 대야에 물을 떠놓고 자기 모습을 비추어보는 것을 말한다. 즉 '귀(龜)'와 '감(鑑)'은 사람의 길흉이나 사물의 미추를 판단해주는 도구로서, 여기서 유래하여 '거울로 삼아 본받을 만한 모범'이라는 의미를 지니게 되었다.

동물원을 나서며

이 책에 나온 동물들과 함께 한 세월이 벌써 수년이다. 처음 만나 인사하고 악수하고 이야기하고 웃고 티격태격하고 화를 내고 결국 화해하는 길고 지난한 과정을 거쳐 지금에 이르렀다. 동물들과 더불어 원고를 작성한 필자들과 함께한 세월의 두께 역시 그만큼인 셈이다. '안경 쓴 고릴라, 버럭 백구, 판사 오리, 지각 눈캣, 쐬주 다람쥐, 눈치 코끼리'는 동물원에 등장하는 어느 동물들보다 개성 강하고 재미있는 지은이들 스스로(?) 정한 각자의 캐릭터이다. 솔직히 고백하자면 원고를 쓰는 내내 거의 빙의의 수준으로 각자의 캐릭터에 충실한 모습을 보여주었다. 안경 너머로 차가운 시선을 보내 주위 동물들을 긴장하게 만드는 삽화계의 솔거 고릴라, 언제나 믿음직하고 성실한 그러나 가끔 버럭 하는 백구, 모든 일에 어김없이 판결을 내려주시는 결단력 최고의 오리, 우주 최고의 지각률을 자랑하는 눈캣, 소주를 너무도 사랑하는 다람쥐, 눈치가 너무 빨라 피곤한 코끼리 등.

시행착오를 거치며 함께한 세월만큼이나 미운 정 고운 정이 들어버린 이 여섯 마리의 동물들은 시원섭섭하게도 드디어 헤어지는 문 앞에서 있다. 그러나 어쩌면 이 문은 출구가 아닌 또 다른 입구라고 생각해 본다. 우리는 또 수년 후 따로 또 같이 옛이야기의 향기를 전할 방법을 고심하고 있지 않을까. 그것이 동물이든 식물이든 물건이든 사람이든 지 간에 옛이야기에 대한 애정을 담뿍 전할 수 있는 무엇을 가지고 끙 끙거리고 있을 여섯 명을 눈앞에 그리며 문을 나선다.

☞ **안경 쓴 고릴라** 책 삽화를 그려보는 것이 평소 소원이었죠. 버 럭 백구의 꾐에 빠져 덥석 시작은 했지만 너무 순진했어요. 작가 동 물들이 그림에 웬 욕심이 그리도 많고 수정 요구는 또 왜 그렇게 많 아!! 컴퓨터, 붓, 연필화까지……. 할 수 있는 그림 기법은 다 동원해 서 그려댔답니다. 결과가 아주 훌륭하지는 못하지만 아마추어 삽화 가가 데뷔한 것이라 생각하면 그리 나쁘지는 않아요.

☞ **버럭 백구** 소심, 쪼잔, 뒤끝 사장님께 감사드려요. 항상 우리를 가위처럼 누르는 사장님이 안 계셨다면 책이 완성되기 힘들었을 거 예요. 오랫동안 함께 해주신 든든짱 편집장님께도 감사드립니다. 두 분과 헤어지게 되어 정말 기쁩니다(?). ㅎㅎㅎ

☞ **판사 오리** 매번 글을 쓰고 서로의 글에 대해 혹독하게 평을 해 주는 것이 너무 괴로워서 만나는 시간이 두려웠지만 그 시간들을 통 해서 옛이야기를 더욱 잘 느끼게 되었고, 앞으로 어떤 일을 해도 잘 할 수 있다는 막연한 자신감(?)마저 드네요. 몇 번이나 뒤집힐 뻔한 위기의 동물모임을 지켜온 우리 모두에게 그동안 수고했다고 말해주 고 싶네요. ^^

☜ **지각 눈캣** 이젠 정말 끝, the end, 마지막이라고 생각하니 오십 삼만 육천칠백 가지의 감정이 드는 중 그래도 가장 가슴 깊이 차오르는 것은 역시 고마움이네요. 그저 다 고마울 따름입니다. 한편 울트라슈퍼메가톤급 채찍과 콩알만한 당근이 벌써 그리운 건 오랜 세월 너무 길들여진 탓이겠지요?

☜ **눈치 코끼리** 지금 나서는 이 문이 '출구'이든 또 다른 '입구'이든 간에 이제는 저 혼자가 아니라는 확신에 든든합니다. ^^ '책과함께' 출판사 모든 분들께 감사하다는 말씀 드려요. ㅎㅎ 벌써부터 너무 출판사 '눈치' 보는 건가? ㅠㅠ

☜ **쐬주 다람쥐** 딸기 다람쥐라는 예쁜 별명을 두고 소주를 너무도 사랑하는 다람쥐라니…….ㅠㅠ 어차피 끝나는 마당에 좀 더 괜찮은 특징 하나 붙여주십시오. 그래도 저, 뜨거운 열정으로 열심히 했다구요.

참고한 책들

이야기는 《한국구비문학대계》(전82권, 한국정신문화연구원, 1980~1988) 와 《한국구전설화》(임석재, 전12권, 평민사, 1987~1993)에서 주로 가져왔다. 《한국구비문학대계》는 같은 이야기가 전국적으로 다양하게 조사되어 있어 이야기의 중심 골격을 잡는 데 도움이 되었고, 《한국구전설화》는 독특하고 재미있는 이야기가 잘 정리되어 있어 이야기의 완성도를 높이는 데 큰 도움이 되었다. 이 외 다양한 구비 혹은 문헌설화 자료집들을 참고하였으며, 최근 이야기는 인터넷에서 검색하여 활용하기도 했다.

이야기와 관련된 동물의 상징이나 민속을 서술하는 데는 《한국문화상징사전》(전 2권, 동아출판, 1995)을 가장 많이 참고하였다. 동물과 관련한 민속, 상징, 풍습, 어원, 역사, 종교 등의 정보가 상세히 서술되어 있어 활용도가 높았다. 또한 《민족문화대백과사전》(전28권, 한국정신문화연구원, 1991)은 동물과 관련된 민속, 풍습에서부터 설화, 민요에 이르기까지 방대한 정보들이 수록되어 있고, 《한국민속의 세계》(전10권, 고려대학교 민족문화연구원, 2001)는 민속에 대한 자세한 설명과 함께 사진 자료가 풍부하게 수록되어 있어 큰 도움이 되었다. 또한 《한국동물

민속론》(천진기, 민속원, 2003)은 12지 동물과 관련된 종합적인 연구서로 12지 동물에 대한 자세한 정보를 얻을 수 있었으며,《33가지 동물로 본, 우리문화의 상징세계》(김종대, 다른세상, 2001)에서는 우리 문화 속에 숨겨진 동물들의 다양한 상징세계에서 새로운 정보를 많이 얻을 수 있었다.

제일 힘든 부분 중의 하나가 바로 동물들의 생태에 관한 서술이었는데,《동물대백과》(전 20권, 아카데미서적, 1995)가 큰 도움이 되었다. 방대한 분량에 걸맞게 동물들에 대한 사진과 삽화뿐만 아니라 동물의 행동, 동물의 생태, 진화와 유전, 동물의 구조와 기능 등에 대한 상세한 설명까지 참고할 수 있었다. 그리고《주머니 속 곤충도감》(조영권, 황소걸음, 2006)이나《우리바다 어류도감》(명정구, 다락원, 2002)과 같은 동물도감들은 각 종에 따른 상세한 정보를 접할 수 있어 이야기 속에서 해당 동물들의 생태를 서술하는 데 좋은 자료가 되었다. 이 외에도 인터넷의 블로그나 사이트에서 전문자료 못지않은 동물 생태와 관련된 다양한 정보를 얻을 수 있었다.

이야기와 더불어 보는 즐거움을 주고자 여러 가지 사진과 그림들을 참고하였다. 동물 생태 사진은《동물대백과》를 주로 참고하였고, 특히 어류에 대해서는《특징으로 보는 한반도 민물고기》(이완욱, 노세윤, 지성사, 2007),《원색도감 한국의 바닷물고기》(최윤 외, 교학사, 2002),《우리바다 어류도감》(명정구 글, 김병일 외 사진, 다락원, 2002) 등을 참고하였다. 이야기에 나와 있는 알 듯 모를 듯한 내용들이 생태 사진을 통해 확인되는 순간의 환희는 지금도 잊을 수 없다. 이 외 인터넷에 올라와 있는 신문, 잡지, 개인 블로그의 사진들도 참고하였다. 동물과 관련된 옛 그림은《민화》1·2(윤열수, 예경, 2000),《한국의 민화》I ~IV(임두빈, 서문당, 1997) 등의 민화 및 풍속화 책들과 국립중앙박물관, 국립문화재연구소 및 삼성미술관 리움 그리고 여러 박물관 자료에서 도움을 받았다.

그 외에도 동물에 관한 여러 연구논문들을 찾아보았다. 그중에는 동물 이야기와 관련된 것들도 있었고, 동물의 생태나, 상징과 민속에 관한 것들도 있었는데, 여기에서 얻은 낱낱의 정보들은 동물의 세계를 이해하는 데 참 소중한 것들이었다. 또 주위의 다양한 분들께 직접 여쭤봐서 얻은 정보들도 꽤 많다. 오랜 세월 동물과 더불어 지내 오셔서 동물의 생태와 습성을 상식처럼 알고 계시는 분들, 부모님 또는 시부모님, 고모나 이모, 삼촌에서부터 나이 많은 형님이나 누님까지 참 많은 이야기를 해주셨고, 함께 공부하는 여러 선생님들도 우리의 작업에 관심을 갖고 적절한 조언을 해주셨다. 일일이 이름을 언급할 수는 없지만 깊은 감사의 마음을 전한다.

설화 속 동물 인간을 말하다 : 이야기 동물원

1판 1쇄 2008년 2월 27일
1판 2쇄 2009년 1월 15일

지은이 ┃ 심우장, 김경희, 정숙영, 이홍우, 조선영
그린이 ┃ 문찬
펴낸이 ┃ 류종필

기획위원 ┃ 박은봉
편집 ┃ 김연아, 양윤주
마케팅 ┃ 김연일
경영관리 ┃ 장지영

표지 디자인 ┃ 이석운

펴낸곳 ┃ 도서출판 **책과함께**
      주소 서울시 마포구 서교동 373-5 동우빌딩 2층
      전화 335-1982~4
      팩스 335-1316
      전자우편 prpub@hanmail.net
      블로그 blog.naver.com/prpub
      등록 2003년 4월 3일 제6-654호

ISBN 978-89-91221-34-5(03810)